Roman Rausch, 1961 in Würzburg geboren, arbeitete nach dem Studium der Betriebswirtschaft im Medienbereich und als Journalist. Für seine Trilogie um den Kommissar Johannes Kilian wurde er 2002 auf der Leipziger Buchmesse mit dem Book on Demand Award ausgezeichnet. Im gleichen Jahr gründete Roman Rausch gemeinsam mit Blanka Stipetic die Schreibakademie *storials* (www.storials.com).

In der Reihe um Kommissar Kilian und seinen Kollegen Heinlein liegen weiterhin vor: «Tiepolos Fehler» (rororo 23486), «Wolfs Brut» (rororo 23651), «Die Zeit ist nahe» (rororo 23837), «Der Gesang der Hölle» (rororo 23890) und «Der Bastard» (mit Blanka Stipetic, rororo 24495).
In der Reihe um den Profiler Balthasar Levy sind bereits erschienen: «Und ewig seid ihr mein» (rororo 24106), «Code Freebird» (rororo 24395) sowie «Weiß wie der Tod» (rororo 24604).

Mehr über den Autor und sein Werk:
www.Roman-Rausch.info

Roman Rausch

Das Mordkreuz

Kommissar Kilians sechster Fall

Rowohlt Taschenbuch Verlag

Dieser Roman ist frei erfunden. Ähnlichkeiten mit lebenden oder verstorbenen Personen wären zufällig und sind nicht beabsichtigt. Die verwendeten Ortsnamen, Werke, Gruppierungen und alle sonstigen Bezeichnungen stehen in keinem tatsächlichen Zusammenhang mit dem Roman.

Originalausgabe
Veröffentlicht im Rowohlt Taschenbuch Verlag,
Reinbek bei Hamburg, September 2008

Redaktion Andreas Feßer
Umschlaggestaltung any.way, Hannah Krause
(Foto: Steinhilber/Bilderberg; Andreas Pufal)
Satz Aldus PostScript (InDesign) bei
Pinkuin Satz und Datentechnik, Berlin
Druck und Bindung CPI – Clausen & Bosse, Leck
Printed in Germany
ISBN 978 3 499 24763 7

«O MENSCH STEH STILL UND SCHAU / [MICH] ANN. G[E]DENCK DEIN SÜNDT SEINT / SCHULT DARANN.»
Inschrift eines Bildstocks in der Würzburger Straße in Estenfeld

«IT WILL NOT BE LONG LOVE, TILL OUR WEDDING DAY.»
She Moved Through the Fair, altes irisches Volkslied

Prolog

Vor vielen Jahren erzählte mir meine Großmutter die Geschichte von der Weißen Frau. Es war an einem kalten Herbstabend. Ich weiß es noch genau. Die Bäume bogen sich unter der unbarmherzigen Kraft des Windes, und der Regen drang durch die Ritzen des Hauses herein. Großmutter saß in ihrem alten Schaukelstuhl neben dem Holzofen und ich zu ihren Füßen. Die Schatten des Feuers zuckten an den Wänden entlang.

Die Weiße Frau sei kein Gespenst, sagte sie, sondern eine wahre Gestalt aus den Erzählungen der Leute. Sie erscheine in der Stunde des Todes – wehklagend und weinend. Eine eigentümliche Frau sei sie, voll von Mitleid für die Sterbenden. Das käme daher, dass auch sie viel Leid in ihrem Leben erlitten habe. In der Stunde des Todes wolle sie den Menschen beistehen, damit sie den Tod willkommen heißen, anstatt ihn zu fürchten. Denn für manche sei er ein Befreier von der Last des Schicksals.

Ich fragte Großmutter, ob sie die Weiße Frau schon einmal gesehen habe. Sie strich mir zärtlich über den Kopf. Nein, denn dann wäre sie nicht hier. Aber allzu fern sei dieser Tag nicht mehr.

Das beunruhigte mich, und ich wollte wissen, warum sie denn überhaupt sterben müsse. Wer würde sich dann um mich kümmern? Meine beiden Eltern waren ja bereits gestorben. Ich wäre dann ganz allein. Ich wäre niemals allein, antwortete sie. Die Familie wache über mich. Vom Himmel aus.

Ich mag die Weiße Frau nicht, erwiderte ich. Genauso wenig wie den Tod. Niemand solle je sterben müssen. Großmutter seufzte. Das hätten nicht wir zu entscheiden.

Wenn der Tod sie hole, fuhr sie fort, dann würde ich die Weiße Frau vielleicht zu Gesicht bekommen. Ich dürfe ihr nicht in die Augen sehen, denn dann hätte mein letztes Stündlein geschlagen. Sollte es doch unabsichtlich geschehen, müsste ich ihr mit großem Respekt begegnen. Vielleicht ließe sie mich dann am Leben.

Ihre Worte machten mir Angst.

Der Sommer kam wie Feuer in unser Tal. Er brannte so stark und lange, dass überall die Felder verdorrten und die Brunnen versiegten. Mensch und Tier litten unter der großen Hitze. Selbst die Nächte brachten nur wenig Linderung. Großmutter wurde sehr krank. Sie litt starke Schmerzen, und nichts vermochte ihr Fieber zu senken. Mein Großvater vergrub sich immer mehr in seinen Kummer und wich ihr nicht mehr von der Seite.

Anfang August kamen die ersten Gerüchte auf. Bauern wollten eine Frau, ganz in Weiß gekleidet, in den Wäldern gesehen haben. Die Männer riefen ihr nach, stehenzubleiben, doch sie verschwand auf wundersame Weise.

Als mein Großvater davon erfuhr, ließ er die Tür zu unserem Haus weit offen stehen. Er wusste, dass die Zeit gekommen war. Eines Nachts stand er auf und sah sie.

Ich verkroch mich unter dem Bett, zitterte und flehte, dass sie an meinem Zimmer vorbeigehen möge. Sie kam die Stufen herauf. Großmutter hatte sie bereits erwartet. Ich hörte sie beten. Dann ging sie zu ihr hinein. Ihr Schluchzen und Weinen nahm mir die Angst. Ich schlich mich hinaus und wagte einen Blick ins Schlafzimmer. Am Fenster sah ich sie stehen, mit einer Kerze in der Hand. Ihre Augen waren rot vom Weinen, und ihr Wehklagen war so laut und bitter, wie ich es niemals zuvor gehört hatte.

Als ein kalter Wind seinen Weg ins Zimmer fand, ergriff Großmutter die Hand der Weißen Frau. Ich fror augenblicklich und suchte Schutz in den Armen meines Großvaters. Er zeigte mir den Mond am Himmel. Der tauchte das Firmament in ein blutiges Rot, und ich hörte den Schrei der Weißen Frau.

Da wusste ich, dass der Tod zu Großmutter gekommen war.

Sieh dich vor. Eines Tages wirst vielleicht auch du den Schrei der Weißen Frau hören. Dann weißt du: Der Tod ist nahe.

1

Rosie Wilde hatte kein Ohr für die Worte ihres Mannes.

Mit einer Tasse Kaffee, an der sie sich die Hände wärmte, stand sie am Küchenfenster und blickte hinaus auf den Main. Die ersten Sonnenstrahlen bahnten sich einen Weg durch den nebelverhangenen Morgen. Die weit ins Flussbett reichenden Arme der Trauerweiden waren nur schemenhaft zu erkennen. Sie störten die Schwäne nicht, die, wie von Geisterhand getragen, über das Wasser liefen. Das kräftige Schlagen ihrer weißen Schwingen hob sie mit Anmut in die Luft, über das dumpfe Grau dieses Tals hinaus, weit weg in den Süden, wo es warm und sonnig war. Bald würde sie ihnen folgen.

«Hallo, ich spreche mit dir», hörte sie Gerald wie aus der Ferne rufen.

Doch sie weigerte sich, ihm Gehör zu schenken. Ihre Aufmerksamkeit war vollkommen von diesem Moment der Schönheit gefesselt. Sie glaubte, die Stimme der Sängerin Lisa Gerrard zu hören. *Now We Are Free*. Das Lied, mit dem sie nur wenige Stunden zuvor in einen tiefen, entspannten Schlaf gesunken war. Seine Hand lag in der ihren, und seine Wärme würde für ein ganzes Leben reichen.

Sie trank den Kaffee aus, stellte die Tasse auf die Anrichte und ging an Gerald vorbei in den Flur. Sie lächelte zufrieden, während sie den Mantel überstreifte und den selbst gestrickten Schal um den Hals schlang.

«Funktioniert die Heizung auch wieder?», rief sie in die Küche.

Gerald antwortete nicht.

Soll er weiter schmollen, dachte sie und zwängte die Finger in die Handschuhe. Jetzt hinaus in einen neuen, wunderbaren Tag.

Ihr alter Fiat Uno stand rückwärts geparkt vor dem Garagentor. Dann war wohl alles in Ordnung. Der Schlüssel öffnete die Tür problemlos, und auch der Motor sprang nach der zweiten Zündung an. Nachdem Francesca und Lucca aus dem Gröbsten heraus waren, hatte sie sich vor einem Jahr ihren größten Wunsch erfüllt: ein eigenes Auto.

Verloren stand er am Ende einer Reihe von schicken Kleinwagen, die eigens für die weiblichen Kunden entworfen worden waren. Doch diese herzlosen Kisten interessierten sie nicht. Sie wollte den schwarzen Uno. Den gleichen, mit dem sie vor vielen Jahren ihre ersten Ausflüge nach Italien unternommen hatte. In die Toskana, nach Venedig und sogar bis nach Rom hatte er sie gebracht. Nicht immer problemlos, aber immer bis ans Ziel.

Was holprige Straßen und der TÜV nicht schafften – den Uno aus den Verkehr zu ziehen –, erzwang die Geburt ihres ersten Kindes Francesca. Mit dem Verlust ihres eigenen Autos hatte sie auch ihre Unabhängigkeit aufgegeben. Francesca und später Lucca entschädigten sie zwar für vieles, aber dieses Gefühl, jederzeit gehen zu können, war mit dem Uno verschwunden.

Gerald konnte argumentieren, wie er wollte, dieser schwarze Uno würde sie zurück auf die Straße bringen. Der Kaufpreis, lächerliche achthundert Euro, war von ihrem Gehalt problemlos zu finanzieren, auch wenn sie sich das Geld vorab von Gerald leihen musste.

Die Rückzahlung war endlich geschafft, als die nächste Hürde anstand. Der alte Kassettenrecorder taugte nicht mehr. Zu Weihnachten hatte er ihr den Wunsch erfüllt und eine Stereoanlage eingebaut, die den Wert des Wagens auf das Doppelte erhöhte.

Und genau das brauchte sie jetzt, bevor sie den Gang einlegte. Musik. Sie drückte den Knopf. *Ray of Light*, Madonna. Etwas schnell für den frühen Morgen, aber es machte Laune. Sie blickte in den Rückspiegel, als sie die Auffahrt verließ. Gerald stand in der Haustür und schaute ihr nach. Heute Abend würde sie mit ihm sprechen, wenn die Kleinen im Bett waren.

Die Brücke, die hinüber auf die B13 führt, lag ganz vom Nebel eingenommen. Sie musste aufpassen, damit sie nicht auf ein wartendes Auto auffuhr. Wenn sie nur besser sehen könnte. Die Scheibenwischer quälten sich über die Windschutzscheibe. Von ihnen war nicht viel Hilfe zu erwarten. Und jetzt beschlugen auch noch die Fenster. Sie drehte den Schieber für die Lüftung auf. Nur kalte Luft kam heraus. Es war noch zu früh. Der Uno musste erst warm werden. Bis dahin wischte sie mit den Wollhandschuhen über die Scheibe. Das hätte sie besser bleiben lassen. Die Rücklichter der vor ihr fahrenden Fahrzeuge wurden durch die Schlieren verzerrt, sie konnte den Abstand nur noch erahnen.

Kurzerhand kurbelte sie das Seitenfenster herunter und schaute hinaus. Nach dem nächsten Auto würde sie auf die B13 auffahren können. Noch einmal zurückgeschaut, ja, da war eine Lücke. Sie drückte aufs Gas, und der Uno fädelte ruckelnd in den Morgenverkehr ein. Geschafft. Wenn jetzt noch bei Randersacker alles frei war, konnte sie noch rechtzeitig über die Ebertsklinge die Universität erreichen. Sie kurbelte das Seitenfenster hoch und wartete auf den warmen Luftstrom, der ihr endlich genügend Sicht auf den Verkehr verschaffen würde.

Eibelstadt passierte sie problemlos. Allmählich sollte aus den Schlitzen mal warme Heizungsluft kommen, dachte sie. Sie schob die Schieber hin und her, klopfte und schlug auf die Verkleidung. Vielleicht hatte sich was verklemmt. Doch sie traktierte nur den CD-Player, der zum nächsten Lied hüpfte.

Frozen. Sie schmunzelte. Madonnas Video fiel ihr dazu ein. Sie, in einem schwarzen Kleid in der Wüste, mit wunderschönen Ornamenten auf den Händen, sogenannten Mehndis.

Sie mochte den Refrain. *You're frozen, when your heart is not open*. Ihre Aufmerksamkeit verließ die Straße. Während sie weitersummte, fragte sie sich, in welchem Land diese Verzierungen der Braut auf die Haut gemalt würden. War es Marokko oder Indien? Beim nächsten Afrika-Festival würde sie danach Ausschau halten.

Ein Schrei holte sie zurück. Woher war er gekommen? Die Antwort stand direkt vor ihr auf der Straße. Eine Frau in einem weißen Kleid. Ihre langen Haare wehten im Wind. Aus ihrem bleichen Gesicht starrten Rosie zwei rote Augen an. Oder waren es die Rücklichter eines vor ihr fahrenden Autos? Die Frau hob die Hände, als wolle sie sich gegen den drohenden Aufprall wehren.

In dem Augenblick, als Rosie mit ihrem ganzen Körpergewicht auf die Bremse stieg, glaubte sie die Frau weinen zu hören.

2

Neun Monate später.

Kilian wälzte sich unruhig im Bett. An seiner Seite schlief Pia davon unberührt. Ein wiederkehrendes Motiv hatte sich ihm in den vergangenen Wochen in sein Unterbewusstsein gegraben.

Er lag am Strand und hörte aus der Ferne ein Rufen. Es war die Stimme eines Kindes. Obgleich er die Stimme nicht kannte, wusste er, um wen es sich handelte. Er stürzte sich ins Meer und tauchte unter. Hinter einem Felsen fand er den Zugang. Er führte ihn viele Kilometer weg in eine Stadt. Dort kam er an die Wasseroberfläche. Die Passanten kümmerten sich nicht um ihn, und sie beantworteten auch seine drängende Frage nicht, wo er das Krankenhaus finden würde. Hastig lief er weiter. Die Gebäude und Straßen waren ihm völlig unbekannt. Das Schreien des Kindes wurde lauter, verzweifelter und drängender. Niemand interessierte sich dafür.

In der Straßenbahn kam eine alte Frau auf ihn zu. Sie beschimpfte ihn, wieso er so lange gebraucht habe. An der nächsten Haltestelle wies sie ihm den Weg. Vorbei an dröhnenden Krankenwagen, blutenden Unfallopfern und verwaisten Krankenbetten irrte er in den verschlungenen Gängen dieses Gebäudes umher. Keine der Türen ließ sich öffnen. Das Schwesternzimmer war leer, ein Arzt war nirgends zu sehen. Er stürzte weiter, schrie und bat um Hilfe. Doch hier war niemand, der ihm helfen wollte.

Dann sah er den ersten Tropfen am Boden. Er fädelte sich zu einer Kette auf, und Kilian folgte der Spur. Sie führte ihn in einen grell erleuchteten Gang, an dessen Ende der Kreißsaal lag. Atemlos versuchte er die Tür zu öffnen. Dahinter hörte er Schreie und die hektischen Kommandos der Ärzte. Doch die Tür blieb ihm verschlossen. Mit der Faust schlug er dagegen. Vergebens.

Er hörte erst auf, als sich zu seinen nackten Füßen Blut sammelte. Es strömte unter dem Türspalt hervor. Es war das Blut seines Kindes.

Kilian öffnete die Augen. Pia hatte ihn wachgerüttelt. «Beruhige dich», seufzte sie schlaftrunken, «es ist alles in Ordnung.»

Dann drehte sie sich wieder um und schlief weiter.

Zu spät, hörte er das Echo des Traums in seinem Kopf verhallen. Er stand auf, nahm das T-Shirt vom Stuhl und wischte sich damit den Schweiß ab. Inzwischen konnte er sich schneller von seinem Traum erholen als bei den Malen zuvor. Im Kühlschrank stand eine Wasserflasche, die er mit großen Schlucken zur Hälfte leerte. Die Zigarillos und der Brandy würden sich um den Rest kümmern. Er packte beides und stieg die Wendeltreppe hinauf. Auf dem Flachdach angekommen, setzte er sich an den Bistrotisch. Hier war es ruhig und dunkel. Niemand würde ihn sehen, so wie er war: nackt und verschwitzt.

Nachdem Pia und er die Dachgeschosswohnung in der Nähe des Sternplatzes gemietet hatten, hatte er diesen Platz zu seinem gemacht. Von hier aus hatte er freien Blick über die Stadt und das Treiben zu seinen Füßen. Zu dieser späten Stunde waren die Straßen jedoch leer. Einzig die heiße Luft, die in den Mauern gespeichert war, drang zu ihm hoch. Das Schwitzwasser der Steine roch modrig.

Er nahm einen Zug von dem Zigarillo und vergoldete ihn mit Brandy.

Wie lange soll das noch so weitergehen, fragte er sich. Hatte er sein schlechtes Gewissen nicht schon längst mit seiner Rückkehr nach Würzburg besänftigt? Er hatte sich schließlich gegen seine Freiheit und für eine Familie entschieden. Das konnte nicht jeder von sich behaupten. Viele wären einfach gegangen. Eine alleinerziehende Frau war keine Tragödie mehr. Umso weniger, als es sich bei Pia um eine starke und selbstbewusste Frau handelte.

Aber das schien nicht das Problem zu sein. Etwas anderes machte ihm zu schaffen. Es bohrte tief in seinem Innern, fraß sich durch die Träume in sein Leben.

Ein sanfter Windhauch streifte seinen Körper. Die Abkühlung war nicht der Rede wert, nur eine Erinnerung an bewegte Luft, die seit dem Beginn der Hitzewelle nur noch selten zu spüren war.

Fast hatte er vergessen, wie ein Sommer im Maintal sein konnte, wenn sich nichts mehr rührte und die Temperaturen jedes erträgliche Maß überstiegen. 2003 war so ein Sommer gewesen. Vierzig Grad und kein Ende abzusehen. Jetzt war es wieder so weit. Würde hinter dem Maintal das Meer liegen, hätte es kein Problem gegeben. Ein Bad in den Wellen, und sein Hitzkopf hätte Abkühlung gefunden.

Das Blaulicht eines Einsatzfahrzeugs tanzte über die Dächer. Er hörte den Wagen am Mainkai entlangbrausen. Wahrscheinlich zum nahe gelegenen Juliusspital. Für viele wurde die Hitze lebensgefährlich.

Kilian schenkte sich noch einen ein. So weit war es bei ihm noch nicht. Noch konnte er eine Nacht auf dem heißen Dach genießen.

Schorsch Heinlein, sein Kollege, hatte da andere Schwierigkeiten. Seitdem er dem kleinen Eisenbahnerhäuschen in Grombühl den Rücken gekehrt und eine seinem neuen Status als Erster Kriminalhauptkommissar entsprechende Wohnung im oberen Frauenland gefunden hatte, haderte er mit der Klimaanlage. Er hatte sie auf Wunsch seiner Frau

Claudia einbauen lassen, die sie als unabdingbar angesehen hatte. Das wäre sie auch gewesen, wenn sich das Ehepaar auf eine für beide angenehme Raumtemperatur hätte einigen können. Heinlein hätte es gern eine Spur wärmer gehabt als sie. Schließlich fing man sich leicht einen Schnupfen bei diesen neumodischen Anlagen ein. Das konnte er sich nach seiner Beförderung nicht mehr leisten.

Nun lag er in einen Bettüberzug gewickelt auf einer Sonnenliege. Vom Balkon aus hatte er einen exzellenten Blick über das Maintal. Alles schlief, nur er nicht. Die Stechmücken raubten ihm den letzten Nerv. Eine hatte ihn bereits am Auge erwischt. Morgen würde er mit einer Schwellung im Kommissariat erscheinen – sehr zur Belustigung von Sabine, seiner Sekretärin, und natürlich von Kilian.

Einfach wieder ins Schlafzimmer zurückgehen wollte er nicht. Damit hätte er klein beigegeben. Diesen Triumph würde er Claudia nicht gönnen. Mit dem geschwollenen Auge brächte er sie schon zur Räson. Aber diese Stechmücken waren unerträglich. Es brummte und schwirrte über seinem Kopf, als sei er das Festmahl der Nacht. Gegen diese Biester gab es keinen Schutz. Kurzerhand stand er auf, schob die Balkontür vorsichtig zur Seite und schlich sich am gemeinsamen Ehebett vorbei in den Flur. Er würde es sich am Boden in Thomas' Zimmer bequem machen. Bevor Claudia am Morgen aufstünde, wäre er längst im Bad, und sie hätte nichts von seinem Rückzug gemerkt.

Schorsch horchte ins Zimmer seines Sohnes hinein. Nichts. Kein Atmen, kein Schnarchen. Er machte Licht. Kein Wunder, Thomas war nicht in seinem Bett. Er schaute ins Bad, in die Küche und ins Arbeitszimmer. Thomas war tatsächlich nicht zu Hause.

Verdammt, wo trieb sich der Bengel wieder mitten in der Nacht herum? War er bei seinen dubiosen Freunden oder bei Vera, die das Haus in Grombühl nach ihrem Auszug übernommen hatte? Dort anrufen konnte er nicht, er hätte sie nur geweckt. Stattdessen ging er ins Arbeitszimmer, kramte sein Handy hervor und wählte Thomas' Nummer. Er ließ es klingeln. Ein ums andere Mal, doch Thomas ging nicht ran.

Das Licht ging an. Heinlein fuhr herum.

«Was machst du hier?», fragte eine verschlafene Claudia.

Heinlein zog sich an. «Thomas ist nicht da.»

Auf einen Schlag war Claudia hellwach. «Hast du ihn nicht gehen gehört?», fragte sie vorwurfsvoll.

«Wie denn», antwortete Heinlein bissig, «wenn ich auf dem Balkon schlafen muss.»

«Was hast du vor?»

«Ich gehe ihn suchen. Was sonst.»

Heinlein drängte sich an ihr vorbei. «Ich nehme das Handy mit. Ruf an, wenn er nach Hause kommt. Ich fahr zuerst bei Vera vorbei.»

«Sie hätte sich doch gemeldet, wenn …»

Doch Heinlein war schon zur Tür hinaus.

Einige Kilometer entfernt saß eine Gruppe Jugendlicher um einen Bildstock herum, wie es viele im fränkischen Land gibt. Zu ihren Füßen lagen leere Bierflaschen. Inzwischen waren die Jungs auf Wodka umgestiegen. Ein Joint ging im Kreis herum. Das Sprechen fiel ihnen schwer.

«O Mann, ist das eine Mörderdröhnung.»

«Quatsch nicht. Lass rüberwachsen.»

«Hey, Tom. Was machst du eigentlich, wenn dein Alter merkt, dass du stiften gegangen bist?»

Thomas setzte die Flasche ab und grinste. «Der ist so dämlich … Der pennt auf'm Balkon, während meine Mutter im Bett liegt.»

«Ey, Alter, wieso'n das?»

«Sie können sich nicht über diese blöde Klimaanlage einigen. Er will's warm und sie kalt.»

«Dann soll er sich halt noch 'ne Decke nehmen. What shall's?»

«Hab ich ihm auch gesagt. Aber der Alte is stur. Seitdem er der Obermotz bei den Bullen ist, geht's bei uns drunter und drüber.»

Ein anderer mit Namen Sven schaltete sich ein. «Dann soll er sich halt bei deiner Mutter aufwärmen. Ist noch 'ne ziemlich scharfe Braut für ihr Alter.»

«Lass meine Mutter aus'm Spiel. Da versteh ich keinen Spaß.»

«Haste was mir ihr laufen, oder wieso zickste hier so rum?», antwortete Sven.

Thomas sprang auf, wankte zur anderen Seite des Bildstocks und hob die Flasche. «Noch ein Wort und ich hau dir das Ding in die Fresse.»

Ein anderer hielt ihn zurück. «Ey, mach langsam. Der redet nur Scheiß, wenn er besoffen ist.»

«Los, entschuldige dich», forderte Thomas.

Sven dachte nicht daran. «Einen Scheiß werd ich.»

«Zum letzten Mal … entschuldige dich.»

«Was macht ihr hier so'n Stress. Können wir nicht mal in Ruhe abhängen, ohne dass ihr euch die Birne einschlagen wollt?»

«Komm, Sven, entschuldige dich. Peace.»

Zögernd kam Sven der Aufforderung nach. «Okay, weil ihr's seid. Sorry.»

Für Thomas war das nicht überzeugend. «Der meint das nicht ehrlich. Ich will 'ne richtige Entschuldigung.»

«Lass gut sein, Alter», mischte sich ein weiterer Junge ein und zog ihn weg. «Er hat sich entschuldigt. Okay?»

Widerwillig ließ sich Thomas mitziehen. Er riss sich los und stapfte ein paar Meter weiter ins Dunkel, um zu pinkeln.

«Habt ihr 'ne blasse Ahnung, wo wir hier überhaupt sind?», rief er zu seinen Kumpels.

«Irgendein Kaff. Die schauen doch alle gleich aus. Hier kannste dir nur die Dröhnung geben.»

«Und wie's hier stinkt», rief Sven dazwischen. «Hey, Tom, haste dir in die Hosen geschissen, oder was?»

Einer der Jungs schritt ein. «Halt's Maul, Mann.»

Thomas fuhr herum. «Jetzt reicht's.»

Er stürmte auf Sven zu, der sich auf den Sockel des Bildstocks gestellt hatte und sich provozierend die Nase zuhielt.

«Komm runter, du Scheißhaufen», brüllte Thomas. «Jetzt kriegste endlich mal eine in die Fresse. Ist schon längst fällig.»

Die anderen sprangen auf und hielten ihn zurück.

«Ey, Mann, hör doch nicht auf den Scheiß.»

«Lass mich los. Ich mach den fertig.»

Sven umarmte die Säule, rieb sein Bein an ihr. «Hat's dein Alter mit deiner Mutter so gemacht? So wie'n Köter, wenn er pissen muss? Los, sag schon.»

Thomas riss sich los, packte Sven am Bein und zerrte daran. «Komm runter, du Drecksack.»

Ein Fußtritt ließ Thomas zu Boden gehen, was seinen Zorn nur noch verstärkte. Mit einem Satz war er auf dem Sockel, der die Säule des Bildstocks hielt. Sven wich seinen Schlägen aus, so gut er konnte. Dabei klammerte er sich an die Säule, um das Gleichgewicht nicht zu verlieren. Das war für das jahrhundertealte Material eindeutig zu viel. Es knackte, und Sven stürzte mit der Säule zu Boden. Thomas warf sich auf ihn. Er bearbeitete ihn mit den Fäusten, bis die anderen ihn wegzerrten.

«Okay, das reicht. Er hat seine Abreibung gekriegt.»

Sven stöhnte. Einer nahm die Fackel, die in stockdunkler Nacht für Licht gesorgt hatte, und ging zu ihm hinüber.

«Alles klar, Alter?»

Sven wischte sich das Blut-Speichel-Gemisch vom Mund. Es tropfte in langen Fäden zu Boden.

«Mann, wie's hier stinkt», sagte er.

«Jetzt halt endlich mal deine dumme Schnauze», rief ihm einer zu.

«Selber Schnauze», entgegnete Sven. «Hier stinkt's nach was anderem. Bah, ist das eklig. Halt mal die Fackel her.»

Das flackernde Licht offenbarte ein Loch, das die herabstürzende Säule in den Boden geschlagen hatte.

Sven nahm die Fackel an sich. «Der Gestank kommt hier raus. Los, kommt mal her. Hier ist was.»

Sie gruppierten sich um Sven und schauten gemeinsam in das Loch. «Halt das Ding rein, damit wir was erkennen.»

Er folgte der Aufforderung. Im Schein erkannten sie so etwas wie Fäden, die an einer Wurzel oder einem Stein klebten.

«Was ist das?»

Als sie die Augenhöhlen und das Gebiss eines Totenschädels erkannten, war die Frage beantwortet.

Erschrocken wichen sie zurück. «Verdammte Scheiße, da ist einer begraben.»

«Was hast du anderes erwartet, du Spast. Wir sind auf einem Friedhof.»

«Der Friedhof ist da drüben, nicht hier.»

«Aber in der Nähe.»

«Was machen wir jetzt?»

Sven stand auf und griff nach einer Flasche. «Ganz einfach. Wir saufen einen auf ihn.»

«Du bist krank.»

«O Mann, der kann uns nichts mehr tun. Der ist tot. Also, wer trinkt einen mit? Auf das verschissene Wohl eines Toten.»

Niemand wollte in den Trinkspruch mit einstimmen. Sven setzte die Flasche an. Noch bevor er zu Ende trinken konnte, stoppte er. «Wer heult denn hier?»

«Was quatschst du da?»

«Hört ihr das nicht?»

«Was denn?»

«Da heult einer.»

Stumm lauschten sie in die Nacht. Ja, jetzt hörten auch sie es. Ein Weinen, ein Wimmern, das allmählich lauter wurde. Sie blickten sich um. Woher kam das?

Aus den Sträuchern, die sich entlang der Friedhofsmauer zogen, erstrahlte ein Licht, einer Kugel gleich, die rasch an Größe und Helligkeit gewann. Sie erhob sich in die Nacht. Aus ihr bildete sich eine Form. War zuerst die Silhouette eines Rocks erkennbar, so wurde schnell daraus ein Kleid und dann eine menschliche Gestalt, die es am Körper trug. Auf ihrem Kopf wuchsen lange weiße Haare. Sie wehten im Wind, wo keiner war.

Die Jungen wichen erschrocken zurück. Der Erste suchte sein Heil in der Flucht, der Zweite folgte. Auch Thomas rannte davon. Nur Sven blieb wie versteinert stehen. Die Gestalt schwebte einige Meter über dem Boden auf ihn zu. Sie schluchzte und klagte laut. Sven erkannte in ihr eine Frau – weiß wie der Schnee, mit roten verweinten Augen.

Nun endlich kapierte er, dass er schnell verschwinden musste. Er rannte ziellos ins Dunkel hinein – die Weiße Frau auf den Fersen.

3

Nachdem der letzte Stein entfernt worden war, hatten die Fliegen endlich ungehinderten Zugang zur Leiche.

Rechtsmedizinerin Dr. Pia Rosenthal strich mehrmals durch die Luft, um sie zu vertreiben. Ergebnislos. Sie fanden schnell Zuflucht in den offenen Höhlen des Schädels.

«Beeil dich, bitte», drängte sie den Kollegen von der Spurensicherung an ihrer Seite, der die Auffindesituation mit dem Fotoapparat dokumentierte.

Der Körper lag wie ein Embryo kauernd seitlich in einem Loch, das scheinbar eigens für ihn ausgehoben worden war. Es war nicht tief, aber ausreichend, um den Körper zu fassen. Das Gesicht des Mannes war mit weißen Schimmelpilzen überzogen. An den Lippen, der Nasenspitze und an den Ohrmuscheln zeigte sich Tierfraß. Die Wunden waren sauber, ohne Anzeichen von Blut. Der Mann war demnach nach Eintritt des Todes hier verscharrt worden.

Obwohl es noch nicht einmal acht Uhr morgens war, brannte die Sonne heiß vom klaren Himmel. Einer der schwarz gekleideten Bestatter, die den Leichnam nach der Freigabe ins gerichtsmedizinische Institut überführen würden, hatte einen Regenschirm über Pia ausgebreitet. Der andere stand mit verschränkten Händen ein paar Meter entfernt. Der Schweiß lief ihm über die Stirn, und er fing ihn gelegentlich ohne Hast mit einem Taschentuch auf.

Das Motorgeräusch eines sich nähernden Fahrzeugs ließ Pia aufblicken. Jenseits eines ausgetrockneten Wasserkanals der Flurbereinigung stiegen die Kommissare Kilian und

Heinlein aus. Sie gingen ein paar Schritte und erreichten ihren Kollegen Karl Aumüller, der sich des zweiten Opfers angenommen hatte. Ein junger Mann lag leblos im Wasserkanal. Sie wechselten ein paar Worte, dann kamen sie auf Pia zu.

«Ich bin fertig. Du kannst ihn haben», sagte der Kollege mit dem letzten Klick seiner Kamera.

Pia nickte stumm. Bevor sie die Leiche von den Bestattern aus dem Loch bergen ließ, wartete sie die Ankunft der Kommissare ab. Sie näherten sich wie zwei Desperados in der Wüste. Jeder Schritt löste eine kleine Staubwolke auf dem ausgetrockneten Acker aus. Während Kilian dem Wetter angemessen in Jeans und weißem Hemd gekleidet war, saugte Heinleins dunkler Anzug jeden Sonnenstrahl in sich auf.

«Ihr kommt gerade richtig», begrüßte Pia sie.

Kilian nahm die Sonnenbrille ab und ging über der Leiche in die Hocke. Der strenge Verwesungsgeruch schien ihn nicht zu stören. «Was haben wir hier?», fragte er und vertrieb die Fliegen.

Pia beugte sich zu ihm hinunter. «Ich kann noch nicht viel sagen. Eine männliche Leiche. Alter Ende fünfzig, vielleicht sechzig Jahre.» Sie zeigte auf eine Zertrümmerung des rechten Hinterkopfs, die unter vertrocknetem Blut verdächtig schien. «Das könnte die oder eine tödliche Verletzung sein. Sieht nach einem Schlag aus, bei der der Schädel zertrümmert und das Gehirn verletzt wurde.»

«Wie lange liegt er schon hier?», fragte Heinlein von oben herab. Er hatte seine Sonnenbrille nicht abgenommen.

«Kann ich noch nicht sagen. Nach dem Stand der Verwesung schätze ich mehrere Wochen. Der Körper war mit Steinplatten abgedeckt und notdürftig mit Erde zugeschüttet. Dennoch wird Luft rangekommen sein.»

«Woraus schließt du das?», fragte Kilian.

Sie zeigte auf mehrere weiße, stecknadelkopfgroße Körner. «Das sind Insekteneier. Dort sind Maden, und hier unten liegen Puppenhülsen.»

«Dann brauchen wir einen Fliegenmann, einen forensischen Entomologen», schlug Kilian vor.

«Richtig. Und zwar so schnell, wie's geht, bevor wir das Larvenwachstum beeinflussen.»

«Ich fürchte, dafür fehlt uns das Budget», widersprach Heinlein.

Kilian wollte sich damit nicht abfinden. «Frag den Chef, oder stell einen Antrag.»

Pia pflichtete ihm bei. «Wenn die Leiche länger als zwei Wochen hier liegt, dann werde ich außer der Todesursache nicht viel sagen können. Je weiter der Tod zurückliegt, desto ungenauer wird meine Bestimmung des Todeszeitpunkts. Ein Insektenkundler kann helfen.»

«So weit ist es noch nicht», entgegnete Heinlein. «Was hast du noch?»

«Nichts. Ich habe ja gerade erst angefangen.»

Heinlein nickte dem Bestatter, der an Pias Seite noch immer den Schirm hielt, auffordernd zu. Dieser reichte den Schirm an Heinlein weiter und rief seinen Kollegen herbei. Gemeinsam fassten sie den Leichnam an Schultern und Beinen, hoben ihn heraus und legten ihn auf eine bereitliegende Plastikfolie. Die Totenstarre war bereits gelöst, sodass der Körper mühelos ausgestreckt werden konnte.

Während Pia den Toten entkleidete, um die übliche erste Untersuchung vornehmen zu können, tastete Kilian den Körper nach Ausweispapieren ab. In der Innentasche des Jacketts wurde er fündig.

«Wenn es nur immer so einfach wäre», sagte er zufrieden.

Die unversehrte Brieftasche enthielt einen Personalausweis. Er nahm ihn heraus und las vor. «Dr. Gregor Zinnhobel.»

«Zinnhobel, der Richter?», fragte Heinlein erschrocken und nahm seine Sonnenbrille ab. Wie vermutet, hatte sich in den vergangenen Stunden über seinem linken Auge eine Schwellung aufgetan, die das Lid herunterdrückte, sodass er kaum sehen konnte.

«Was ist denn mit dir passiert?», fragte Pia.

«Ein Mistvieh von Stechmücke hat mich erwischt», antwortete er.

Pia kam näher. «Lass mal sehen.»

Heinlein wich vor den Handschuhen zurück, die zuvor die Leiche berührt hatten. «Ist schon in Ordnung. Danke.»

Er verglich das Foto im Ausweis mit dem verzerrten und teils verwesten Gesicht der Leiche.

«Was meinst du?», fragte er Kilian.

«Ja, das könnte er sein.»

«Verdammt, wieso muss der gerade in meinem Bezirk sterben.»

«Zinnhobel war am Landgericht tätig», erinnerte sich Kilian, «und gilt seit wann vermisst?»

«Seit etwa drei Wochen.»

«Das könnte passen», pflichtete Pia ihm bei. «Wenn wir den Todeszeitpunkt aber mit seinem Verschwinden vergleichen wollen, brauchen wir unbedingt einen Entomologen.»

Heinlein seufzte. «Ich werde mit dem Chef sprechen. In diesem Fall wird er wohl kaum nein sagen können.»

Er schaute sich um. Am Boden lagen die zerbrochene Säule des Bildstocks, ein halbes Dutzend leere Flaschen und eine Handvoll Zigarettenstummel. «Habt ihr was angefasst oder verändert?»

«Wir mussten ein Stück der Säule bewegen», antwortete Pia, «damit wir an die Leiche kamen. So wie es aussieht, ist sie eingestürzt und hat eine der Steinplatten durchschlagen. Dadurch wurde die Leiche erst entdeckt.»

Kilian hob indes einen Zigarettenstummel auf, der ihm

verdächtig vorkam. Er roch daran. «Die haben sich ordentlich einen gegeben. Hier sind Cannabisreste, und dort drüben liegen leere Wodkaflaschen. Schaut nach einer Fete übermütiger Kids aus.»

«Weißt du, wo sie sind?», fragte Heinlein Pia.

Ohne aufzublicken, antwortete sie: «Hinten im Dorf, gleich das erste Haus.»

«Gut, dann gehen wir. Hören wir heute noch von dir?»

Sie nickte. «Gegen Abend. Wir haben ja noch eine zweite Leiche.»

«Zieh den Zinnhobel vor … sofern er es wirklich ist.»

«Dafür brauch ich Vergleichsmaterial.»

«Kriegst du. Ich schick jemand bei der Familie vorbei.»

Heinlein setzte die Sonnenbrille wieder auf und ging mit Kilian in Richtung Dorf, das sich in rund einhundert Meter Entfernung befand. Dazwischen lag der Friedhof. «Was meinst du, was letzte Nacht passiert ist?», fragte er Kilian.

«Die Kids haben einen draufgemacht, bis sie die Leiche entdeckt haben. Sie gerieten in Panik und sind auf und davon. Einer hat den Wasserkanal übersehen, ist gestürzt und schließlich an seinem Erbrochenen erstickt.»

Heinlein nickte. «Ja, so könnte es gewesen sein. Und wie passt diese übernatürliche Erscheinung ins Bild?»

Kilian erinnerte sich an den kurzen Bericht Karl Aumüllers und grinste. «Glaubst du wirklich an diesen Humbug? *Eine Frau, ganz in weiß, die am Himmel schwebte*. Ich denke, die Jungs haben zu viel gesoffen und gekifft.»

«Kann sein.» Heinlein schickte ein Gähnen nach.

«Noch müde?»

«Ich habe die ganze Nacht kein Auge zugemacht. Thomas ist mitten in der Nacht verschwunden. Ich war bis vor einer Stunde auf der Suche nach ihm, bis ich zum Einsatz gerufen wurde.»

«Hast du ihn gefunden?»

«Nein. Wenn er wenigstens Bescheid gesagt hätte, dann bräuchten wir uns keine Sorgen machen.»

«Der taucht zum Frühstück wieder auf. Wir waren genauso.»

«Da kanntest du meinen Alten Herrn nicht. Wer nicht um zehn im Bett war, brauchte erst gar nicht nach Hause zu kommen. Eine Tracht Prügel gab's obendrein.»

Sie hatten das Dorf erreicht. Ein Dutzend Einwohner stand am Eingang zum Pfarrhaus und diskutierte den Vorfall der vergangenen Nacht. In der Mehrzahl waren es alte Leute, die sichtbar betroffen waren. Von einer Weißen Frau war die Rede, von Tod, Angst und der Rache Gottes.

«Bitte lassen Sie uns durch», bestimmte Heinlein und zwängte sich an ihnen vorbei durch das enge Eingangstor. An der Tür wartete Gruber, der Kollege vom Kriminaldauerdienst KDD. Er war als Erster am Einsatzort gewesen. «Gut, dass ihr da seid. Sie warten drin auf euch.»

Er ging voran. «Schorsch», sagte er mit unterdrückter Stimme, «mach dich auf was gefasst.»

«Was meinst du?»

«Wirst gleich sehen.»

Durch den Flur gelangten sie in ein großes Zimmer, das durch die dicken Steinwände erstaunlich kühl geblieben war. In der Mitte des Raums stand ein großer Tisch, an dem drei Jugendliche und ein älterer Mann saßen. Es war der Pfarrer. Drei von vier Augenpaaren erhoben sich, als Kilian und Heinlein hereinkamen. Gruber ging an ihnen vorbei und stellte sich hinter die Jungs.

«Einer nach dem anderen ist in den letzten zwei Stunden hier eingetroffen», sagte er. «Der Pfarrer war so freundlich, sich um sie zu kümmern, bis ihr da seid.»

«Danke, Gruber», sagte Heinlein und setzte sich an den Tisch. «Alles Weitere sollen die Jungs erzählen.»

Er konnte allen ins Gesicht sehen, nur einer hatte seinen

Kopf unter einer Kapuze versteckt, als wolle er nicht erkannt werden. An seinen Ärmeln klebte vertrocknetes Blut.

«Hallo, junger Mann. Würdest du mich bitte ansehen, wenn ich mit dir spreche.»

Als Thomas den Kopf hob und seinem Vater in die Augen sah, fühlte Heinlein einen Stich in der Brust.

«Was machst du denn hier?», fragte er überrascht.

Anstelle von Thomas antwortete der Pfarrer. «Seien Sie ihm nicht böse. Es sind junge Männer …»

«Entschuldigen Sie, Herr Pfarrer», fiel Heinlein ihm ins Wort. «Ich möchte von ihm hören, was er hier zu suchen hat.»

Thomas suchte nach einer Erklärung. Doch nichts schien ihm passend, um den aufkeimenden Zorn seines Vaters zu besänftigen.

«Ich höre», presste Heinlein mit unterdrückter Stimme heraus.

«Sehen Sie», sagte Thomas zum Pfarrer, «ich kann überhaupt nicht mit ihm reden. Er steckt voller Wut auf mich. Am liebsten würde er mich windelweich schlagen.»

«Das hättest du auch verdient», erwiderte Heinlein laut und schlug mit der Hand auf den Tisch.

Thomas sprang auf und rannte zum Ausgang.

«Komm sofort wieder her!», schrie Heinlein ihm nach. Er erhob sich, um seinem Sohn zu folgen, doch Kilian hielt ihn zurück.

«Lass gut sein», besänftigte er ihn. «Du kannst später mit ihm reden.» Zu Gruber gewandt: «Schaust du nach ihm?»

Gruber nickte und verließ das Zimmer.

Kilian setzte sich an den Tisch und übernahm die Befragung. Heinlein hatte mit sich zu kämpfen.

«Dann erzählt mal, was letzte Nacht passiert ist.»

Keiner der drei wollte den Anfang machen. Sie schauten verlegen auf die Gläser vor ihnen.

Kilian ermunterte sie aufs Neue. «Keine Angst, mein Kollege hat sich beruhigt.» Das war eine glatte Lüge. Kilian konnte Heinleins Aufregung förmlich spüren. «Erzählt frei von der Leber weg.»

«Linus kam als Erster zu mir», antwortete der Pfarrer, nachdem keiner Anstalten machte, den Mund aufzumachen. «Es klingelte gegen fünf Uhr an der Tür. Die alte Müllerin begleitete ihn. Sie hat ihn völlig verstört am Dorfplatz gefunden.»

«Was war passiert?», hakte Kilian nach.

«Das sollte Linus vielleicht selbst erzählen.»

Der Pfarrer legte ermutigend die Hand auf die Schulter des Jungen. Schließlich begann er mit zittriger Stimme. «Ich bin die ganze Nacht umhergelaufen. Ich weiß nicht mehr, wo. Hauptsache, nur weg. Als die Sonne aufging, habe ich eine Straße erkannt und bin ihr nachgelaufen. Irgendwann war ich dann wieder hier.»

«Du meinst, du bist im Kreis gelaufen», hakte Kilian nach.

Linus nickte.

«Wovor bist du weggelaufen?»

Linus schwieg. Stattdessen griff er zum Glas und trank es mit einem Schluck leer.

Der Pfarrer füllte die Pause. «Sie haben jemand gesehen.»

«Wen habt ihr gesehen?»

Der andere Junge fasste sich ein Herz. «Eine Frau. Sie kam aus dem Holunderbusch am Friedhof.»

«Wer war sie?»

Keiner der beiden wusste darauf eine Antwort.

«Sie wollen eine Weiße Frau gesehen haben», sagte der Pfarrer.

Verärgerung stieg in Kilian hoch. Genau das wollte er vermeiden. Der Pfarrer legte ihnen Aussagen in den Mund, die sie wohl selbst nicht getätigt hätten. «Bitte, lassen Sie sie antworten», sagte er mit dem Rest verbliebener Höflichkeit.

Linus spürte das. «Es stimmt, es war eine Weiße Frau», protestierte er. «Wir haben sie mit eigenen Augen gesehen.»

«Wisst ihr denn überhaupt, was eine Weiße Frau ist?», konterte Kilian.

«Ja, der Pfarrer hat es uns erklärt», erwiderte der andere.

«Gut, dann beschreibt sie mir. Ich kenne sie nämlich nicht.»

«Sie trägt ein langes weißes Kleid», begann Linus. «Auch ihr Haar ist weiß und ihr Gesicht ebenfalls. Sie hat geweint, als sie auf uns zukam.»

«Sie kam nicht», widersprach der andere, «sie schwebte. Frei in der Luft.»

«Und wie hat sie das angestellt?»

Sie hatten keine Erklärung dafür. «Wir haben es gesehen», bestand Linus auf seiner Beobachtung. «Sie stand wie ein heller Stern am Himmel. Ihre Haare und ihre Kleider wehten im Wind. Kein Scheiß, ich schwör's.»

«Kann es nicht eher sein, dass ihr zu viel getrunken und geraucht habt?»

Die beiden fühlten sich herausgefordert. «Nicht mehr als sonst. Wir wissen, was wir gesehen haben.»

«Und ich habe eure halb aufgerauchten Tüten gefunden. Daneben lagen leere Flaschen Bier und Schnaps. Wenn ihr nachher auf dem Revier eine Blut- und Urinprobe abgebt, werden wir erfahren, wie betrunken und bekifft ihr wart. Und ich wette, ihr seid es noch. Habe ich recht?»

Ertappt rangen sie sich zu einer Antwort durch. «Ja, es stimmt. Wir haben was getrunken und geraucht. Aber wir haben das im Griff.»

«Einen Scheiß habt ihr», fuhr Heinlein überraschend auf. «Wie lange geht das denn schon mit eurer Kifferei?»

Kilian ging entschieden dazwischen. «Beruhige dich. Das klären wir später.» Zu den Jungen: «Okay, ihr habt also ordentlich was weggedrückt. Was ist dann passiert?»

«Sven und Tom haben sich in die Haare gekriegt», begann Linus zu erzählen, und er wiederholte die Vorkommnisse der Nacht, bis zu dem Moment, als sie in alle Richtungen verstreut davonliefen. Letztlich seien sie wieder im Pfarrhaus aufeinandergestoßen. Als Letzter wäre Thomas vor einer halben Stunde eingetroffen.

«Wo war er gewesen?», fragte Heinlein.

«Er sagt», antwortete Linus, «er sei über die Felder gegangen und habe sich im Wald versteckt gehalten, bis er die Kirchenglocke gehört habe. Dann sei er in Richtung des Geläuts gelaufen.»

Heinlein wägte die Antwort ab. Dann stand er auf, ging zur Tür und bestellte Thomas herein. Der setzte sich verängstigt an den Tisch.

«Wo bist du die letzten Stunden gewesen?», fragte Heinlein, sichtlich um einen besänftigenden Ton bemüht.

«Ich habe mich oben im Wald versteckt.»

«War jemand bei dir?»

«Nein.»

«Noch einmal: Warst du allein im Wald, oder war einer der beiden bei dir?»

«Ich war allein. Jeder von uns ist in eine andere Richtung getürmt.»

Heinlein kämpfte mit sich und der Glaubwürdigkeit seines Sohnes. Dabei stierte er auf die Blutflecken an Thomas' Jacke.

Kilian entging es nicht. «Wohin ist Sven gelaufen?»

Thomas zuckte die Schultern. «Keine Ahnung. Irgendwo anders hin.»

«Hast du ihn später noch einmal getroffen?»

«Nein. Der Arsch kann mir gestohlen bleiben.»

Kilian holte zur Kardinalfrage aus. «Was sind das für Flecken an deinem Ärmel?»

Thomas schob ihn zurück und zeigte eine Schürfwunde am Unterarm.

«Woher hast du das?», fragte Heinlein.

«Keine Ahnung.»

«Erinnere dich!», fuhr Heinlein ihn an.

Kilian versuchte die Situation zu retten. Freundlich, aber bestimmt wandte er sich an den Jungen. «Thomas, es ist sehr wichtig, dass du uns jetzt die Wahrheit sagst. Woher stammt die Wunde?»

«Hab ich doch gesagt.»

«Nichts hast du», explodierte Heinlein.

«Ich glaube, sie stammt vom Kampf», erklärte Linus.

«Welcher Kampf?»

«Na, als die beiden oben auf der Marter rumgeturnt sind. Tom wollte Sven eine verpassen, und dann sind sie mitsamt der Säule abgestürzt.»

«Ja, kann sein», stimmte Thomas zu. «Ich glaube, ich hab da was gespürt.»

Heinlein zischte ihn leise an. «Gnade dir Gott, wenn du lügst.»

«Ich denke, das reicht erst mal», sagte Kilian und beendete damit die Befragung. «Die Kollegen bringen euch zur Blutentnahme ins Krankenhaus und dann nach Hause. Schlaft euch aus. Wir sprechen uns später wieder.»

Damit war es noch nicht getan. Kilian musste Thomas' Jacke sicherstellen. «Zieh sie aus», sagte er.

Heinlein wusste genau, was nun folgte. Die Blutspuren würden auf Sven hin untersucht. Würden sie zu ihm gehören, bestünde Anfangsverdacht gegen seinen Sohn. Das war nicht zu vermeiden.

«Was ist mit Sven?», fragte Linus ahnungslos.

«Was soll mit ihm sein?», antwortete Kilian.

«Irgendwo muss er sich ja noch rumtreiben. Wollt ihr ihn nicht endlich mal suchen?»

4

Du hältst die Weiße Frau für ein Gerücht? Für ein Ammenmärchen, mit dem man vielleicht noch kleinen Kindern Angst machen kann? Aber dir, einem aufgeklärten und erwachsenen Menschen, der Internet und Aktienkurse für unbestreitbare Realitäten hält, vermag dabei nicht mehr als ein Schmunzeln über die Lippen zu kommen?

Dann amüsier dich, solange du noch kannst. Ich kenne viele von deiner Sorte. Ihr könnt nur zulassen, was euch nicht zweifeln lässt. Wäre es anders, würde eure Sicherheit ins Wanken und euer Leben aus der Bahn geraten.

Aber sieh dich vor. Dieser Täuschung sind bereits viele vor dir erlegen. Sie wollten erst glauben, als es zu spät für sie war. Sie wurden ohne Vorbereitung aus dem Leben gerissen.

Der Tod kommt in vielen Gestalten. Die Weiße Frau ist nur eine von ihnen. Sie ist die Wächterin an der Schwelle zwischen dem Hier und dem Dort. Sie warnt dich, einzuhalten, wenn noch Zeit dafür ist. Hör auf sie, damit der nächste Schritt nicht dein letzter ist. Seit vielen Jahren geht sie an meiner Seite als treue Gefährtin.

Nachdem meine Großmutter gestorben war und mein Großvater ihr aus Gram bald darauf folgte, war ich allein. Ich spürte keine Angst, denn ich wusste, Großmutter wachte vom Himmel aus über mich. Gern wäre ich in unserem Haus geblieben. Hier fühlte ich mich sicher und beschützt. Die Menschen konnten das nicht verstehen. Sie brachten mich zu einer fremden, aber mich liebenden Familie. Zu allem Glück gewann ich eine Schwester hinzu. Sie war in meinem Alter, und wir verstanden uns vom ersten Augenblick an. Wann immer die Arbeit auf Feld und Hof getan war, spielten wir bis in den Abend hinein. Bald konnte ich mir gar nicht mehr vorstellen, als einziges Kind geboren worden zu sein und meine alte Familie überlebt zu haben. Wir gehörten zusammen, und niemand würde etwas daran ändern können.

Im Sommer spielten wir oft unten am Teich. Niemand kam den weiten Weg vom nächsten Dorf zu uns heraus, sodass wir tun und lassen konnten, wonach uns war. Wir badeten immer ohne Kleider, obwohl uns Mutter das verboten hatte. Es sei nicht anständig, schimpfte sie uns, wenn die Nacktheit für jedermann offenbar wurde. Damit hatte sie nicht ganz unrecht, denn wir spürten bereits erste Anzeichen des Erwachsenwerdens an unseren Körpern. Ein fremder Mann, der uns vielleicht in der Einsamkeit des Teichs unbemerkt beobachtete, hätte sich dadurch verleitet fühlen können.

Der Teich war an einer Stelle flach, und man betrat das Wasser ohne Gefahr. Vor dem Morast am Grund musste man sich jedoch in Acht nehmen. Er war tief und unberechenbar. Wer sich darin verfing, hatte Schwierigkeiten, sich selbständig aus dem modrigen Gestrüpp zu befreien. Doch auch das schreckte uns nicht. Wir waren zwei, die immer aufeinander achteten.

Auf das Planschen am Ufer folgte das Schwimmen über die tiefen Stellen des Teichs hinweg. Obwohl sich meine Schwester mit den Schwimmbewegungen noch schwertat, konnte sie sich auf meine Hilfe verlassen. An meiner Seite musste sie sich vor nichts fürchten.

Zeit bedeutete uns nichts. Erst als die Schatten länger wurden, mussten wir uns sputen, um das Abendessen nicht zu verpassen. Mutter war darin heikel. Einmal am Tag sollte die Familie gemeinsam essen. Ausnahmen duldete sie nicht.

Eine letzte Teichüberquerung sollte es werden, und dem Sieger winkte die Nachspeise des Verlierers. Wir sprangen auf drei ins Wasser, und jeder gab sein Bestes. Obwohl ich überlegen war, wich ich ihr nicht von der Seite. Nur auf den letzten Metern würde ich es entscheiden. Das Ufer war in Reichweite, als ich eine Stimme aus einer längst vergessen geglaubten Zeit wiedererkannte. Sie kam auf uns zu, weinte und schluchzte, wie ich es bei Großmutter erlebt hatte. Doch dieses Mal war etwas anders. Die Weiße Frau hielt die Arme weit nach vorn ausgestreckt, als wolle sie uns vom Ufer fernhalten.

In diesem Moment erinnerte ich mich der Worte meiner Großmutter. *Begegne ihr mit Respekt.* Für mich hieß das, auf ihr Drängen einzugehen und nicht ans Ufer zu schwimmen. Meiner Schwester hatte ich zwar von der Weißen Frau erzählt, doch ob sie sich auch an die Bitte meiner Großmutter erinnerte?

Sie tat es nicht und schwamm, von Panik ergriffen und so schnell es ihre erschöpften Arme erlaubten, in Richtung Ufer. Ich schrie ihr nach, zurückzukommen. Sie hörte nicht auf mich.

Als ihre Leiche geborgen wurde, war mir klar, dass die Worte meiner Großmutter mir das Leben gerettet hatten. Ich war nicht ans Ufer geschwommen, und ich hatte mich nicht im Gestrüpp der Seerosen verfangen.

Alles Weinen um den Verlust meiner Schwester half nicht. Noch weniger, als ich meinen Eltern den Hergang erzählen musste. Von einer Weißen Frau wollten sie nichts hören. Stattdessen hätte ich meine Schwester ertrinken lassen, ohne einen einzigen Rettungsversuch unternommen zu haben.

Ein Jahr hielten wir es noch miteinander aus. Stets unter dem allgegenwärtigen Druck des Vorwurfs und des Unverständnisses, meiner Schwester die Hilfe verweigert zu haben.

Ich war weder damals, noch bin ich heute verrückt. Ich habe die Weiße Frau gesehen. So wahrhaftig, wie du an einen

Schöpfer des Universums und an die Liebe deiner Mutter glaubst, so unbestritten hat sie mir das Leben gerettet.

Sie tat es, weil ich ihr glaubte, ohne zu wissen. Denn wer konnte ahnen, wenn nicht sie, dass uns am Ufer der Tod erwartete.

5

Die mächtigen Kastanien warfen einen nahezu vollständigen Schatten auf den Biergarten der Würzburger Hofbräu. Unter den alten Bäumen ließ sich zur Mittagszeit entspannt essen, obwohl die Tische mit Seminarteilnehmern und Touristen gut besetzt waren.

Heinlein brachte keinen Bissen hinunter. Die Bedienung musste seine Leibspeise, fränkische Bratwürste mit Kraut und einem Silvaner, unberührt abräumen. Aber auch Kilian war das Essen nicht leichtgefallen. Er wusste, was auf ihn zukam.

«Also», begann er, «was hat der Chef gesagt?»

«Die Überprüfung der Fliegeneier durch einen Entomologen geht in Ordnung», antwortete Heinlein geistesabwesend. «Pia schickt eine Probe in die Rechtsmedizin nach Frankfurt.»

«Das meine ich nicht. Wie geht es mit Thomas weiter?»

Heinlein seufzte. «Der Chef besteht auf eine vorbehaltlose Aufklärung. Der tote Junge war erst sechzehn Jahre alt.»

«Schon klar.»

«Ich werde natürlich die Finger davon lassen. Der Chef wollte den Fall rausgeben, damit niemand auf die Idee kommt, da würde was vertuscht. Ich habe ihn darauf hingewiesen, dass wir noch nicht wissen, ob die beiden Todesfälle miteinander in Verbindung stehen.»

«Eine mutige These.»

Heinlein brauste auf. «Was hätte ich denn sonst sagen sollen? Glaubst du, ich lass jemand anderen an meinen Jungen ran?»

«Beruhige dich. Ich wollte nur wissen, wie der Chef entschieden hat.»

Nur mit Mühe konnte sich Heinlein beherrschen. «Ich übernehme den Zinnhobel, sofern er es tatsächlich ist, und du kümmerst dich um den toten Jungen. Du bist in dieser Sache allein dem Chef verantwortlich. Ich bin außen vor. So steht's auch in der Pressemitteilung.»

«Wo ist Thomas jetzt?»

«Zu Hause. Er pennt sich aus. Claudia und Vera sind bei ihm.»

«Dann nehm ich mir erst mal die anderen Jungs vor. Morgen komm ich bei euch vorbei und sprech mit Thomas.»

«Nein, es läuft streng nach Vorschrift. Er kommt zu dir aufs Revier.»

«Wie du willst. Kann ich sonst was für euch tun?»

Heinlein schüttelte wortlos den Kopf.

Kilian legte die Hand auf seine Schulter. «Lass mich wissen, wenn du deine Meinung änderst. Hörst du?»

Heinlein nickte. «Danke.»

«Gut, dann gehe ich jetzt los. Karl und Pia wollten nach der Mittagspause mit dem Jungen anfangen. Ich halte dich auf dem Laufenden.»

«Aber nicht offiziell.»

Kilian versprach es.

In trüben Gedanken versunken blieb Heinlein allein zurück. Er fragte sich, ob er nicht schon früher hätte erkennen müssen, dass sich Thomas immer weiter von der Familie entfernte. In den letzten Monaten war er kaum noch zu Hause. Ständig auf Achse, mit seinen Freunden *abhängen,* wie er sich ausdrückte. Abhängen, was war das überhaupt für ein Ausdruck? Hatten die Jugendlichen von heute nichts anderes mehr im Sinn, als faul rumzusitzen und ein Bier nach dem anderen zu trinken?

Und jetzt auch noch Drogen. Claudia wusste bestimmt

nichts davon. Er würde sie heute Abend einweihen müssen, wenn sie gemeinsam beim Abendbrot saßen. Endlich wieder einmal alle zusammen, so wie in den guten alten Zeiten. Wie würde sie reagieren, wenn sie erfuhr, dass Thomas drogenabhängig war? Heulen oder toben oder beides gleichzeitig? In dieser Hinsicht war sie unberechenbar.

Vielleicht hätte er früher ein Machtwort sprechen müssen. Dann wäre es gar nicht so weit gekommen. Nach der Schule ausruhen, Hausaufgaben machen, gemeinsames Abendbrot, miteinander reden und ab in die Kiste. Basta. Da konnte nichts schiefgehen.

Was würde morgen in der Zeitung stehen? *Sohn von Erstem Kriminalkommissar erschlägt im Drogenwahn einen Freund?* Unvorstellbar. Claudia würde vollends den Verstand verlieren. Seit seiner Beförderung waren sie in diese viel zu große und vor allem zu teure Wohnung gezogen, hatten unsinnige Anschaffungen gemacht und einen Urlaub in Südfrankreich verbracht, der für zwei in Österreich gereicht hätte. Das konnte so nicht weitergehen, denn er wollte keinen weiteren Kredit aufnehmen.

Alles hing an den Zeugenaussagen der Jungen. Wenn sie Thomas keine böse Absicht unterstellten, dann blieb es im günstigsten Fall bei einem Unfall mit Todesfolge. Andernfalls lief es auf fahrlässige Tötung hinaus. Das Blut an Thomas' Jacke durfte in keinem Fall von dem Jungen stammen. Hoffentlich hatte er nicht gelogen.

Eine Stimme im Hintergrund unterbrach. «Magst'd was anders, Schorsch?», fragte die Bedienung.

Heinlein verneinte und zückte sein Portemonnaie. «Was kriegst'd?»

«Fünfzehn achtzig.»

Er erschrak. «Für'n paar Bratwürscht und'n Schoppen?»

«Der Kilian hat g'sacht, seins geht auf dich.»

«Na, Mahlzeit.» Er legte einen Zwanziger auf den Tisch

und ließ es damit gut sein. Als er aufstand, wollte er doch noch eine Frage beantwortet haben. «Sag mal, Luzia, du stammst doch aus Üttingen?»

«Ja, warum?»

«Hat bei euch draußen net a mal a Weiße Fra g'spukt?»

«A Weiße Fra? Ja, da war mal was. Vor'n paar Jahr oder no länger will'se eener aus der Nachbarschaft auf'm Feld g'sehn hab.»

«Und, hat'se ihm was gemacht?»

«Nee, die is gleich widder verschwunne, sobald'se bemerkt worn is.»

«Der Nachbar … glebbst ihm die G'schicht?»

Luzia zuckte mit den Schultern. «Wess nit. Auf jeden Fall geht er seitdem widder in die Kärch.»

6

In der Mittagshitze lag das Dorf wie ausgestorben da. Die Rollos waren bis zur Hälfte heruntergelassen, und die Blumen in ihren Kästen kämpften einen aussichtslosen Kampf gegen die Sonne. Niemand zeigte sich an den Fenstern, geschweige denn auf der Straße. Die heiße Luft hatte sich wie eine Decke über die alten Häuser aus Bruchstein gelegt.

Heinlein lenkte den Wagen vorbei an dem kleinen Edeka-Laden, der geschlossen war, geradewegs auf eine alte Linde zu, die am Ortsausgang ein wenig Schatten spendete. Davon profitierten etwaige Besucher einer alten Holzbank wie auch mehrere Gräber hinter der angrenzenden Friedhofsmauer.

Er parkte den Wagen und stieg aus. Ein streunender Hund lag hechelnd in einer Ecke. Auch er litt unter der Hitze. Mühselig schluckte er den trockenen Speichel auf seiner Zunge hinunter, in der Hoffnung, etwas von dem Fremden zugesteckt zu bekommen. Heinlein spendierte ihm den Rest seiner Wasserflasche, den der kleine Kläffer gierig aufschlabberte.

Heinleins Schritte knirschten unter den Kieselsteinen des Friedhofs. Die Gräber an den Seiten waren liebevoll gepflegt, wenngleich die Bepflanzung stellenweise verdorrt und neuen Blumen keine große Zukunft beschieden war. Schnell erreichte er die hintere Ecke des Friedhofs. Jenseits der Mauer fand er den Holunderbusch, der von den Jungen als Quelle der Erscheinung benannt worden war. Mit einem Satz war er auf dem Gemäuer. Von hier aus hatte er einen exzellenten Blick über das Gelände.

Der Bildstock lag rund fünfzig Meter entfernt. Dahinter zeigte sich der Graben des Wasserkanals. Er führte schon seit Wochen kein Wasser mehr. Nur wenn es regnete oder das Schmelzwasser des Winterschnees abfließen musste, fand er seine Bestimmung. In den übrigen Monaten war er nutzlos. Welch ein Irrsinn, ging es Heinlein durch den Kopf, dass in einem ausgetrockneten Graben ein Mensch sterben musste. Ein kleiner Steg, über den man das angrenzende Feld betreten konnte, war mit einer Betonröhre untermauert. Genau in dieser Ecke, zwischen Röhre und Grabenboden, hatte man den toten Jungen gefunden. Er lag kopfüber darin, die Beine ans Gesicht herangezogen. Hoffentlich war er beim Sturz bewusstlos geworden und erst dann an seinem Erbrochenen erstickt.

Was für ein hinterlistiger Gedanke, sagte sich Heinlein. Würde er genauso denken, wenn es sich bei dem mutmaßlichen Täter nicht um seinen Sohn handelte?

Er verscheuchte den widerlichen Gedanken sofort aus seinem Bewusstsein und sprang von der Mauer herunter. Der Holunderbusch war ähnlich in Mitleidenschaft gezogen wie die Natur um ihn herum. Nichts verbarg sich darin, dahinter oder daneben. Er war schlicht vertrocknet. Hatte sich jemand unter Umständen einen Scherz mit den Jungs erlaubt und einen dieser in Mode gekommenen Silvesterbrennstäbe entzündet, um die Illusion eines Geistes in der Nacht zu erzeugen? Für diese Überlegung fanden sich keine Hinweise. Nichts war verbrannt, angeschwärzt oder roch verdächtig. Das hier war ein ganz normaler Busch. Es fanden sich auch keine Schnüre oder Klammern, die eine Lampe hätten festhalten können. Die dünnen, strohigen Äste wären ohnehin bei der kleinsten Belastung gebrochen.

Was blieb noch? Wie konnte man eine helle Erscheinung, wie sie die Jungs beschrieben hatten, hier noch bewerkstelligt haben?

Auf die Frage fand Heinlein keine logische Antwort. Mehr noch: Was machte es überhaupt für einen Sinn, vier betrunkene Jugendliche mit einem derart derben Spaß zu erschrecken? Und wer könnte das getan haben? Einer der Anwohner? Er blickte sich um. Neben dem ersten Haus, dem Pfarrhaus, standen zwei weitere Häuser, deren Bewohner sich womöglich in ihrer Nachtruhe gestört gefühlt hatten.

Aber die Nachbarn waren alle befragt worden. Niemand wollte von dem Treiben jenseits der Friedhofsmauern etwas mitbekommen haben. Und schon gar nicht von der Erscheinung einer mysteriösen Weißen Frau.

Nahezu unbemerkt hatte sich ein Mann genähert, der sich für den zerstörten Bildstock interessierte. Ein knappes Grüß Gott brachte er über die Lippen, am Bildstock schüttelte er fassungslos den Kopf. Heinlein ging zu ihm hinüber.

«Was machen Sie hier?», fragte er ihn.

Der Mann blickte auf. «Meine Name ist Willibald Kremer. Ich bin von der Gemeinde beauftragt worden, den zerstörten Bildstock zu untersuchen.»

«Zu welchem Zweck?»

«Wegen der Restaurierung, sofern da überhaupt noch was zu machen ist.»

Er bückte sich und klaubte zwei Steinbrocken auf. Entsetzt schüttelte er den Kopf. «Über dreihundert Jahre hat der Bildstock gestanden. Kein Krieg und nicht einmal die Flurbereinigung haben ihm was anhaben können. Und jetzt? Alles zerstört, in nur einer Nacht. Haben Sie die schon geschnappt, die das verbrochen haben?»

Der Mann musste sein Auto mit dem Kripo-Aufkleber gesehen haben, dachte Heinlein. «Ja, aber wie es scheint, haben sie es nicht mutwillig getan.»

Kremer nickte, obwohl er nicht begeistert schien. «Ich hoffe, sie werden eines Tages verstehen, was sie getan haben.»

Auch wenn Heinlein an etwas anderes dachte, so stimmte

er ihm zu. «Übermütige Jugendliche. Zu viel Alkohol bei der Hitze.»

«Wenn sie ihren Rausch ausgeschlafen haben, sollten sie zu einem Jahr Heimatkunde verdonnert werden und anschließend den Bildhauern helfen, den Schaden zu beheben.»

Das war keine schlechte Idee. «Ich werde mit dem Richter sprechen», antwortete Heinlein mit einem bemühten Lächeln.

Es entging Kremer nicht. «Ich meine das ernst. Die heutige Jugend hat keine Ahnung mehr, welche Kultur die ihre ist. Anstatt sich mit der Heimat zu befassen, äffen sie Drogenabhängige nach. Gangster mit goldenen Halsketten und Pistolen im Gürtel sind die neuen Idole. Ich verstehe das nicht. Früher wurde so etwas eingesperrt.»

Das Einsperren war zwar etwas drastisch, aber der Mann wurde Heinlein zusehends sympathischer. «Um welchen Bildstock handelt es sich hier?»

«Das ist eine sehr alte Geschichte. Sie handelt von Betrug und Totschlag.»

«Erzählen Sie. Ich würde es gern erfahren.»

«Schön, dass sich noch jemand für die alten Geschichten interessiert», sagte er und nahm zwei andere Steinbrocken zur Hand. Die Inschrift im Sandstein war kaum noch zu entziffern. «Hier steht: ‹Alle die ihr vorübergehet / habet acht ob ein / Schmerz gleich ist / meinem Schmerz.› Das hat der Stifter des Bildstocks, ein gewisser Adam Grimm, in den Stein hauen lassen, nachdem seine Tochter an dieser Stelle von einem Fuhrwerk überrollt worden war. Bis vor fünfzig Jahren verlief hier eine Straße, auf der der ganze Verkehr nach Würzburg abgewickelt wurde. Die Legende beschreibt sie als gläubige Christin, die auf dem Weg zur Tante war.»

«Er muss sie sehr geliebt haben.»

«Ja, obwohl er kein reicher Mann gewesen sein soll. Um so einen aufwendigen Bildstock in Auftrag zu geben, musste er sein gesamtes Hab und Gut verkaufen und sich verschulden. Ein paar Jahre später ist auch er gestorben. Sein letzter Wunsch sei es gewesen, neben seiner Tochter begraben zu werden.»

«Sie meinen, hier unter uns befinden sich noch seine Gebeine?»

«Oder das, was von ihnen übrig ist. Es wurde nie nach ihnen gegraben.»

Welch seltsamer Zufall, dachte Heinlein. Drei Tote an einem Ort. «Wie Sie wahrscheinlich wissen, haben wir dort in dem Loch eine Leiche gefunden.»

«Der Bürgermeister hat es mir gesagt. Wissen Sie schon, um wen es sich handelt?»

«Nein, die Identifizierung ist noch im Gange.»

«Eine schändliche Tat und ein Frevel, einen Gedenkstein so zu beschmutzen. Abscheulich. Gott sei es gedankt, dass die Strafe auf dem Fuß gefolgt ist.»

Heinlein horchte auf. «Ich verstehe nicht.»

«Die Weiße Frau. Sie soll einen der Täter in den Tod getrieben haben.»

«Nein, so war es nicht. Die Leiche lag schon länger hier. Damit haben die Jugendlichen wirklich nichts zu tun. Aber was sollte das mit einer Weißen Frau zu tun haben? Glauben Sie etwa daran?»

Kremer zeigte sich erstaunt. «Sie nicht?»

Heinlein gab der Objektivität den Vorrang. «Eine derartige mysteriöse Erscheinung ist nicht bewiesen.»

«Aber sicher. Wir haben glaubhafte Zeugenaussagen und Dokumente über viele Jahrhunderte, die die Existenz einer Weißen Frau belegen. Nur will in der heutigen Zeit niemand mehr daran glauben. Sie tun es als Märchen ab. So, als hätte es früher nur Spinner gegeben. Dabei ist die Erscheinung von letzter Nacht doch nur der Beweis. Und wenn Sie mich fragen, dann kann ich Ihnen auch sagen, wer sie ist.»

Jetzt ging der gute Mann einen Schritt zu weit. Bisher hatte er auf Heinlein sympathisch gewirkt, aber nun wollte er gar den Geist kennen, der an diesem Ort umgegangen sein sollte. Dennoch, wenn er glaubte zu wissen, was andere nicht wussten, dann sollte er mit der Sprache rausrücken.

«Also gut», sagte Heinlein, «wer ist diese Weiße Frau?»

«Mathilda, die Tochter Adam Grimms, die vor drei Jahrhunderten an dieser Stelle gestorben ist.»

«Das ist doch nicht Ihr Ernst?»

«Aber sicher. Die Toten können nicht eher ruhen, bis die Tat an ihnen gesühnt ist.»

«Welche Tat?»

«Mathilda wurde von einem Pferdefuhrwerk überfahren. Der Kutscher war der betrunkene Sohn eines Händlers aus Schweinfurt, der wegen der Tat niemals zur Rechenschaft gezogen wurde.»

«Wieso nicht?»

«Schon damals hat eine Krähe der anderen kein Auge ausgehackt. Sein Vater war wohlhabend und hatte Einfluss. Der Vogt des Fürstbischofs gehörte zu seinen Kunden. Mathilda ist der Fingerzeig des Jenseits auf diese schreckliche Ungerechtigkeit.»

Heinlein rieb sich vor Verwunderung den Nacken. Für einen Moment wusste er nicht, was er diesem scheinbar gebildeten, aber gutgläubigen Mann entgegnen sollte. Der Volksglauben an Geister und umherirrende Untote ließ sich nicht mal mit den Methoden der modernen Wissenschaft entzaubern. Es gab nirgends die Spur einer tatsächlichen übernatürlichen Erscheinung. Sosehr er es sich in diesem Fall auch gewünscht hätte. Denn damit hätte er seinem Sohn Thomas wieder Vertrauen schenken können.

Das Beste war, sich aus dem Gespräch zu verabschieden. «Ich muss jetzt wieder an die Arbeit», sagte er. «Es war sehr interessant, mit Ihnen zu sprechen.»

Kremer ließ ihn ziehen, obwohl er wusste, dass dieser Kriminaler ihn nicht verstanden hatte. «Denken Sie an meine Worte», sagte er und machte sich an das Einsammeln der übrigen Gesteinsbrocken.

Im Schatten der Linde fand Heinlein sein Auto vor. Sosehr er sich bei seiner Ankunft über das ausgestorbene Dorf gewundert hatte, so erstaunt war er nun beim Anblick einer Gruppe von Dorfbewohnern, die sein Fahrzeug belagerte. In der Mehrzahl waren es alte Männer und Frauen, die Heinlein ungeduldig zu erwarten schienen.

«Haben Sie sie gesehen?», fragte ein Alter.

Eine Frau fiel ihm ins Wort, noch bevor Heinlein antworten konnte. «Sie erscheint doch nur nachts.»

«Das stimmt nicht», widersprach eine weitere. «Sie soll schon tagsüber gesehen worden sein.»

«Jetzt lasst den Kommissar endlich mal reden», befahl eine Vierte.

Eigentlich wäre Heinlein ein Gespräch mit den Dörflern gelegen gekommen, man wusste nie, ob doch noch jemand etwas gesehen hatte. Aber er ahnte, worauf die Sache hinauslaufen würde.

«Hat jemand von Ihnen letzte Nacht etwas beobachtet?», fragte er.

Kopfschütteln machte die Runde.

«Wenn Ihnen noch etwas einfällt», fuhr Heinlein fort, «dann melden Sie es bitte der Polizei. Wir sind für jeden Hinweis dankbar.»

«Ich hab sie schreien gehört», sagte eine Alte, «wie eine Katz in der Nacht hat'se gejault.»

«Du hörst doch schon seit zehn Jahren nichts mehr», widersprach ein Mann. «Dich könnte man mitsamt dem Bett aus dem Haus schaffen, ohne dass du was merkst.»

Heitere Zustimmung machte sich breit, bis eine kleine, verschrumpelte Frau hervortrat. «Das letzte Mal war'se vor fünf Jahren da», sagte sie. «Sie kommt immer, wenn es so häß is wie in dem Jahr. Dann kommt'se aus ihrem feuchten Grab raus, die Mathild, an die frische Luft. Wehe dem, der'se trifft. Sie bringt den Tod.»

Niemand wagte ihr zu widersprechen.

«Kurz nach dem Krieg, 1947, ist sie en Heimkehrer begegnet. Dort owe, an der alten Strass war's gewesen. Ich wess es no wie heut. Kreidebleich mit aufgerissene Augen ham'se ihn am nächsten Morgen g'funden. Die Else, mei Schwester, hat'se in der Nacht no schrei'n gehört. A Woch später war'se a tot.»

7

Das Teebaumöl half überraschend gut gegen die bluttrunkenen Stechmücken. Nach dem ersten gescheiterten Angriff drehten sie beim nächsten Versuch ab und suchten eine wohlriechendere Nahrungsquelle.

Erneut hatte sich Heinlein auf dem Balkon für die Nacht eingerichtet. Doch dieses Mal lag es nicht an einem Streit über das wünschenswerte Klima im Schlafzimmer, sondern weil er ungestört nachdenken wollte. Über ihm erstreckte sich der Nachthimmel mit einem perfekten Vollmond, der seinen silbrigen Schatten über das geschwungene Maintal warf.

Es war ein ereignisreicher Tag gewesen, der nicht minder interessant zu Ende gegangen war. Das Abendessen hatte pünktlich mit seinem Eintreffen begonnen. Claudia, Vera und Thomas saßen bereits zu Tisch. Niemand sagte etwas. Erst als Heinlein einen guten Appetit wünschte, lockerte sich die Anspannung. Auch wenn es ihm schwerfiel, so hatte er sich doch vorgenommen, die Aussprache behutsam anzugehen, was ganz im Sinne Claudias war. Doch Thomas' verbundener Unterarm irritierte ihn zusehends. Wenn an seiner Jacke das Blut des toten Jungen klebte und an dessen Kleidung das von Thomas, dann wurde es eng. Es gab zwar die Aussagen der anderen Jugendlichen, dass die beiden bereits am Bildstock miteinander gekämpft hatten und dass dabei Blut geflossen war, aber ein Staatsanwalt konnte das auch zu Lasten Thomas' werten. Pia würde am nächsten Morgen das Ergebnis ihrer Untersuchungen präsentieren und Klarheit schaffen. Bis dahin gab es noch Hoffnung.

«Ich nehme an», begann Heinlein, «du hast deiner Mutter von letzter Nacht erzählt.»

Thomas nickte, ohne vom Suppenteller aufzublicken.

Dann an Claudia gerichtet: «Und, was hältst du davon?»

Sie räusperte sich. Es fiel ihr nicht leicht, aber im Zweifelsfall sah sie keinen Grund, ihrem Sohn zu misstrauen. «Ich glaube ihm», sagte sie knapp.

Vera, inzwischen zur Frau herangewachsen, setzte noch eins drauf. Sie wischte sich die Lippen mit einer Serviette ab, bevor sie sprach. «Mysteriöse Erscheinungen dieser Art sind keine Seltenheit. Man findet sie in allen Ländern zu jeder Zeit. Ich habe vorhin einen Abstecher in die Uni-Bibliothek gemacht, um dir weiterführende Literatur zu besorgen ... sofern es dir für deine Ermittlungen nützlich erscheint.» Sie wies auf einen Stapel Bücher, der auf dem Wohnzimmertisch stand. «Du findest darin sowohl Populärwissenschaftliches als auch ernsthafte Studien zum Thema. Ein sehr interessantes Werk ist das von Julius Freiherr von Minutoli: *Die Weiße Frau. Geschichtliche Prüfung der Sage und Beobachtung dieser Erscheinung seit dem Jahre 1486 bis auf die neueste Zeit.* Des Weiteren ...»

«Danke», fiel ihr Heinlein ins Wort, «ich werde es mir anschauen.»

Seitdem Vera ihr Musikstudium an der Hochschule für Musik in Würzburg begonnen hatte, neigte sie dazu, ihre Ausführungen mit Verweisen auf die entsprechende Literatur zu untermauern. Was Heinlein und seine Frau zu Beginn noch mit Freude sahen, hatte sich in letzter Zeit relativiert, da ihr nichts mehr entgegenzusetzen war. Dazu hätten sie ihre Quellen überprüfen müssen, was natürlich jenseits des Machbaren wie auch des Gewollten lag. Die abgedrehte Leichtigkeit ihrer früheren Spleens war einer Ernsthaftigkeit der Lebensplanung gewichen. Vera widmete sich ganz ihrer Ausbildung und war für ihre Eltern nicht mehr zu erreichen.

Die beiden sahen diese Entwicklung mit Stolz, aber auch mit Melancholie. Vera hatte ihr Leben in die Hand genommen. Die Abnabelung von der Familie war vollendet.

«Und du bleibst dabei?», fragte Heinlein seinen Sohn.

Thomas zeigte keine Zweifel. «Ich weiß, was ich gesehen habe. So wie die anderen auch.»

«Nun gut», antwortete Heinlein. «Mach dich aber darauf gefasst, dass deine Geschichte nicht jeden überzeugen wird.»

«Glaubst du mir?», fragte er zurück.

«Das ist nicht entscheidend», wich Heinlein aus, «du musst den Staatsanwalt und den Richter auf deine Seite bringen.»

Claudia gab sich damit nicht zufrieden. «Dein Sohn sucht deine Unterstützung. Also, glaubst du ihm?»

Heinlein zögerte mit der Antwort. «Ich bin mir noch nicht sicher. Zuvor gibt es noch etwas anderes, das geklärt werden muss. Wie lange nimmst du schon Drogen?»

Eigentlich hatte er erwartet, dass die Frage großes Erstaunen bei Claudia und Vera auslösen würde, aber Thomas hatte vorgesorgt und mit einer Generalbeichte die Überraschung vereitelt.

«Ich nehme keine Drogen», wehrte sich Thomas.

«Was war in den Zigaretten sonst drin?»

«Ein bisschen Gras, nichts weiter.»

«Ist das etwa kein Rauschgift?»

«Das nimmt doch heute jeder. So wie Bier in Bayern auch keine Droge mehr ist, sondern ein Grundnahrungsmittel.»

«So weit kommt's noch, dass du mir meinen Beruf erklärst. Das Zeug ist eine Einstiegsdroge für härtere Sachen.»

«Cannabis hat auch eine therapeutische Seite», fügte Vera hinzu. «Untersuchungen haben ergeben ...»

«Du hast Pause», ging Heinlein dazwischen, «wenn ich einen Arzt brauche, weiß ich, wo ich anzurufen habe. Dein Bruder hockt saufend und kiffend nachts auf Friedhöfen rum. Ich kann dir gern mal unsere Bücher zeigen. Dann siehst du, wohin das führt.» Er wandte sich wieder an Thomas. «Wie lange geht das schon?»

Kleinlaut gab er zu: «Seit ein paar Wochen. Nichts Dramatisches.»

«Das zu bewerten überlässt du besser mir.»

Claudia ergriff seine Hand. Ihr Zeichen zur Mäßigung. «Thomas weiß, dass er einen Fehler gemacht hat. Lass uns lieber darüber sprechen, wie es weitergeht.»

Heinlein bemühte sich, seinen Unmut zu zügeln, was ihm nicht leichtfiel. «Es läuft alles den korrekten Dienstweg. Kilian übernimmt die Ermittlungen. Er wird ihn morgen früh befragen. Bis dahin hat Pia ihre Untersuchungen abgeschlossen. Und dann werden wir sehen, wie schlimm es ist.»

«Wie schlimm kann es denn werden?», fragte Claudia vorsichtig.

«Frag deinen Sohn. Er weiß, was er gemacht hat.»

«Ich habe Sven nicht getötet», protestierte Thomas und stand wütend vom Tisch auf. «Du bist mein Vater. Von dir hätte ich mehr Unterstützung erwartet.» Dann ging er in sein Zimmer.

Vera schob noch eins nach. «Damit hat er nicht ganz unrecht.» Sie stand auf. «Zu deiner Information: Gras habe ich bereits mit vierzehn geraucht. Mit sechzehn habe ich Speed ausprobiert, und mit achtzehn habe ich wieder damit aufgehört. Und wie du siehst, bin ich nicht in der Gosse gelandet.» Sie warf die Serviette auf den Teller und ging zu Thomas aufs Zimmer.

Heinlein war perplex. «Das darf doch nicht wahr sein.» Er stand auf und wollte Vera nach. «Komm mal her, Fräulein.»

Claudia hielt ihn zurück. «Lass sie.»

«Hast du nicht gehört, was sie gesagt hat?»

«Ja, aber jetzt mach bitte nicht einen Elefanten daraus.»

«Was?»

«Setz dich und beruhige dich.»

Er folgte widerwillig der Aufforderung. «Hast du davon gewusst?»

«Nein. Aber es ist doch alles gutgegangen. Die Kinder sind jung und wollen ihre eigenen Erfahrungen machen. Wir waren nicht anders als sie.»

«O doch. Wir haben niemals Rauschgift genommen.»

Claudia schwieg. In ihrem Gesicht machte sich ein zartes Lächeln breit.

«Was ist?», fragte Heinlein.

«Kannst du dich noch erinnern, als ich in dieser Selbsterfahrungsgruppe war?»

«Ja, und?»

«Neben diesen vielen Dingen, die sie einem beibringen, um zu deinem Innersten vorzudringen, gehört auch … diese Erfahrung.»

«Ich versteh nicht.»

«Jetzt stell dich nicht dümmer, als du bist.»

Heinlein wagte nicht zu ahnen, was ihm seine Frau nahebringen wollte. «Sag bloß nicht …»

«Doch. Zauberpilze oder Magic Mushrooms werden sie genannt. Du tust eine Handvoll in eine Tasse mit Wasser und trinkst sie wie Suppe. Eine halbe Stunde später hebst du ab. Ich sag dir, was ich dann erlebt habe, war unbeschreiblich.»

Heinlein wusste nicht, wie ihm geschah. Wortlos stand er auf, nahm eine Flasche Wein aus dem Kühlschrank und ging auf die Terrasse.

Das war nun zwei Stunden her. Inzwischen hatte sich Claudia ins Bett gelegt, und Vera war in ihr altes Häuschen gegangen. Nach der ersten Flasche hatte Heinlein eine zweite aufgemacht. Sie schmeckte ihm ebenso gut wie die vorangegangene. Wenn schon seine gesamte Familie drogenabhängig war, dann brauchte er sich nun auch nicht mehr zurückhalten.

Er hatte mittlerweile die Hälfte von Veras Büchern durchgeblättert und Erstaunliches über das Phänomen der Weißen Frau gelesen. Im Grunde genommen fußte alles auf Erzählungen und Berichten der Bevölkerung aus den letzten Jahrhunderten. Das tat der Spannung keinen Abbruch. Im Gegenteil. Eine Weiße Frau trat insbesondere dann in Erscheinung, wenn Todesfälle von Familienmitgliedern oder Nachbarn bevorstanden. Sie wurde angeblich in vielen Orten in Deutschland gesehen, darunter befanden sich Berlin, Ansbach, Bayreuth, Coburg und noch zahlreiche andere Städte. Die bekannteste Sage hatte ihren Ursprung auf der Plassenburg ob Kulmbach und war mit der Familie Hohenzollern verknüpft.

Darin hieß es aus dem Jahr 1351: Kunigunde von Leuchtenburg, Ehefrau Ottos von Orlamünde-Plassenburg, wollte nach dem Tod ihres Mannes den Nürnberger Burggrafen Albrecht den Schönen heiraten. Der verweigerte sich, da *vier Augen* im Weg seien, wie er sagte. Kunigunde glaubte, ihre Kinder seien damit gemeint, und erstach sie mit einer goldenen Nadel. Stattdessen hatte der Burggraf von seinen Eltern gesprochen. Die Kinder wurden daraufhin im Kloster Himmelkron begraben. Aus Reue wollte Kunigunde auf Knien von der Plassenburg bis nach Himmelkron rutschen. Sie schaffte es jedoch nicht und brach bei Trebgast tot zusammen. Selbst im Tod soll sie keine Ruhe gefunden haben und spukt seitdem als Geist umher. Sie kündigte immer Unheil und Tod im Hause Hohenzollern an.

Erscheinungen von Weißen Frauen setzten sich über die Jahrhunderte fort. Im Februar 1713 erschien dem ersten Preußenkönig Friedrich I. kurz vor seinem Ableben eine weiße Frauengestalt mit Leuchter und Altarkreuz. Und selbst Napoleon fürchtete sich vor ihr. Als er am 14. Mai 1812 auf seinem Feldzug nach Russland in Bayreuth abstieg, hatte er von Aschaffenburg aus einen Kurier mit folgender Instruktion losgeschickt: Der Kaiser wolle keinesfalls jene Gemächer bewohnen, in denen die Weiße Frau zu erscheinen pflege.

Richtig interessant wurde es für Heinlein, als er von Weißen Frauen außerhalb Deutschlands las. Er fand Aufzeichnungen über Kanada, Frankreich, England und vor allem aus dem keltischen Irland. Unwillkürlich stellte Heinlein eine Verbindung zu den Frankenheiligen Kilian, Kolonat und Totnan her, die im Jahr 686 nach Würzburg gekommen waren.

In Irland wurden die Weißen Frauen *Banshees* genannt – aus dem gälischen Bean Sidhe oder Bean Si. Sie erschienen ganz in Weiß gekleidet denjenigen Menschen, die bald sterben würden. Ihr Wehklagen und Weinen über den baldigen Tod soll weithin hörbar gewesen sein. Einer der Autoren war ein seriöser Wissenschaftler, der Stein und Bein geschworen hatte, die Weiße Frau gesehen und gehört zu haben. Tags darauf sei ein Mann aus der Nachbarschaft gestorben. Selbiges wiederholte sich mehrmals an anderen Orten über Jahre hinweg. Der Glaube an eine Weiße Frau, eine Banshee, sei im tiefgläubigen, katholischen Irland tief verwurzelt.

Heinlein legte das Buch zur Seite und genehmigte sich noch einen Schluck aus dem Weinglas. Was wäre, so grübelte er, wenn sein Sohn Thomas nicht drogenbedingt halluziniert hatte? Was wäre, wenn tatsächlich eine Weiße Frau im Würzburger Umland umherginge?

8

Mir ging es gut. Ich konnte nicht klagen. Die Schwestern des Sankt-Theresa-Kinderheims brachten mir alles bei, was ich im Leben brauchen würde. Das Wissen über die Welt und ihre Lehren, die Kontemplation im Geiste des Herrn und die Disziplin, Maß zu halten, und zwar in allen Dingen, die einen werdenden Menschen im Prozess der Reife beeinträchtigten. Wer sich darauf einließ, hatte von den Schwestern nichts zu befürchten.

Der Tag war klar strukturiert. Fünf Uhr morgens Wecken. Danach Körperreinigung. Fünf Uhr dreißig Morgengebet. Sechs Uhr Frühstück. Sechs Uhr dreißig Küchenarbeit. Sieben bis zwölf Uhr Unterricht. Mittagessen mit anschließender Danksagung und Gebet. Ab dreizehn Uhr Arbeit auf dem angrenzenden Klostergelände. Sechzehn Uhr Körperreinigung und Vorbereiten des Abendessens um siebzehn Uhr. Danach Schulaufgaben und Abendandacht. Zwanzig Uhr Nachtruhe.

Wer sich bei diesen Tätigkeiten besonders hervortat, durfte mit Vergünstigungen rechnen. Ich für meinen Teil wählte den Zugang zur Bibliothek. Hier war alles, wonach ich strebte. Alte Schriften, Abgeschiedenheit und Raum für meine Studien. Sie bezogen sich im ersten Schritt auf die frühe Christianisierung des Abendlandes, um keinen Verdacht zu erregen. Der alte Kirchenvater Augustinus hatte es mir besonders angetan. Sein Postulat *Crede, ut intelligas* – Glaube, damit du erkennst – entsprach vollends meinem unstillbaren Verlangen, zu verstehen, was mit mir und der Welt vorging. Seine *Confessiones* lenkten mein Reifen in die gewünschten

Bahnen, sodass ich bald zu verstehen glaubte, was er mit der Zweiteilung der Wirklichkeit zwischen einer höheren Welt des Seins, die nur dem Denken zugänglich ist, und der niederen Welt des Werdens, die nur den Sinnen zugänglich ist, meinte.

Im zweiten Schritt arbeitete ich mich zur iro-schottischen Mönchskirche des frühen Mittelalters vor, die eigentlich eine rein irische und nicht schottische Angelegenheit nach unserem heutigen Verständnis ist. Auch hier fand ich viele Anhaltspunkte, die mir auf meiner Suche behilflich waren.

Schließlich gelangte ich zum eigentlichen Ziel meiner Forschungen – den keltischen Heidenreligionen, wie sie dummerweise im üblichen Sprachgebrauch abgetan werden. Ihre Verbundenheit mit der reichhaltigen Natur, die nicht nur einen Gott, sondern deren viele kennt, entsprach meinem Verständnis vom Aufbau der geistigen Welt. In zahlreichen Missionierungsschriften verstreut, fand ich Hinweise auf diese alte und für mich so faszinierende Kultur. Sosehr meine Begeisterung für dieses Wissen wuchs, desto unvorsichtiger wurde ich bei der Verschleierung meiner wahren Absichten in der Bibliothek wie auch in der knappen Privatsphäre eines Schlafraums, den ich mit dreißig Heiminsassen zu teilen hatte.

Schwester Helene hatte ein kritisches Auge auf mich geworfen. Meine Angepasstheit und die kritiklose Hinnahme jeglicher Strafe erweckten in ihr den Verdacht, dass ich ein Spiel jenseits ihres Regiments führte. Sie ließ sich die Bücher zeigen, die ich aus den Regalen zog und studierte. Sie stand neben mir, wenn ich das Morgen-, Mittag- und Abendgebet sprach. Sie untersuchte mein Bett auf versteckte Hinweise meines Treibens. Gegen alle ihre Nachstellungen konnte ich mich erfolgreich behaupten, nur nicht gegen die Hinterhältigkeit meines Bettnachbarn. Wenn das Licht erloschen und der letzte Kontrollgang beendet war, begann mein eigentliches, mein freies Leben als Individuum in dieser Zwangsgemeinschaft. Ich studierte die Notizen, die ich mir im Geheimen beim Studium der Schriften gemacht hatte, und entwickelte daraus meine eigene Sicht der Dinge. Sie korrespondierte in keinster Weise mit dem Erlöserglauben in diesen Hallen. Ich votierte für das Erleben der Kräfte der Natur, die sich in Gestalt von Göttinnen und Göttern anrufen ließen und auch dem einzelnen Gläubigen zugänglich waren, der sich nicht länger von einer zentral gelenkten Kirche bevormunden lassen wollte. Die Abwendung von einer Priesterreligion war eine fundamentale Konsequenz dieses Denkens. Das schloss auch ein dogmatisches Glaubensbekenntnis aus, dafür aber ein individualisiertes Erleben von Gläubigkeit und die Vielfalt gleichberechtigter Kulte ein. Kurzum: Ich machte reinen Tisch mit der christlichen Gehirnwäsche und der Entmündigung des Einzelnen.

Meine Aufzeichnungen, die über die Monate beträchtlich an Umfang gewonnen hatten, bunkerte ich in einem Hohlraum der Gartenmauer. Dort konnte ich, ohne Verdacht zu erregen, jederzeit meinen Schatz pflegen. Würde mich eine Schwester erwischen, so blieb mir immer noch die Ausrede mit den Zutaten für die Küche. Insoweit lief alles reibungslos, nahezu perfekt. Wäre da nicht die Schwäche meines Bettnachbarn für Süßes gewesen. Er hatte es irgendwie geschafft, Zugriff auf die Dose mit Süßigkeiten zu bekommen, die von Schwester Margarethe in der Küche bewacht wurde. Zu Ostern, so der christliche Brauch, war es üblich, Osterhasen zu backen und das Auge mit einer Rosine zu schmücken. Uns Kindern wurde damit bewusst gemacht, welch besonderer Tag neben Weihnachten gefeiert wurde, wenn wir die Gnadenspeise in Empfang nehmen durften.

Schwester Margarethe musste etwas gemerkt haben. In der Dose fehlte eine Handvoll der süßen Beeren. Sie wusste, es gab nur eine Gelegenheit während des Tages, wenn der

Dieb seine Beute unbeobachtet und mit Genuss verzehren wollte. Sie lauerte uns auf. Nach dem letzten Kontrollgang ließ sie noch ein paar Minuten verstreichen, um dann zuzuschlagen.

Ich ahnte nichts, als es im Schein des Mondes neben mir zu rascheln begann. Ein wohliges Seufzen begleitete jede einzelne Beere in den Mund. Es störte mich nicht sonderlich, war es doch besser als jeder Albtraum, der uns der Reihe nach heimsuchte. Ich fingerte den Zettel aus meiner Unterwäsche heraus und begann die Notizen, die ich mir gemacht hatte, zu lesen. Aus einer frühchristlichen Überlieferung eines römischen Missionars wurde Bezug auf die Verschmelzung heidnischer Bräuche mit dem neuen Christentum genommen. Darin tauchten zahlreiche Gottheiten auf, die die Iren neben dem Erlöser aus Nazareth in mancher Situation noch anriefen.

Die Göttin Brigid war so eine. Ihr Name wurde als *Die Helle, Die Strahlende* oder auch *Die Streiterin* gedeutet und ging auf eine altkeltische Göttin namens Brigantia oder Brigindo zurück. Sie hatte mein Interesse auf sonderbare Weise erregt, da sie als Personifikation der Dichtkunst und Beschützerin der Poeten angesehen wurde. Eine vergleichbare Gottheit hatte ich im Christentum nicht gefunden. Schon gar nicht bei den Schwestern um mich herum, da keine von ihnen im Licht erstrahlen oder gar etwas Kreatives zu Papier bringen wollte. Sie waren stattdessen willfährige Angestellte, Verwaltungshilfen ihrer römischen Zentrale.

Kaum hatte sich das Geflecht keltischer Gottheiten in meiner Phantasie neu entsponnen, ging das Licht an. Die Schwestern Margarethe und Helene kamen mit schnellem Schritt und wehender Ordenstracht auf uns zu. Im Bett zu meiner Seite kullerten die verbliebenen Rosinen umher, und ich musste schnell meine geheimen Notizen vor der Kirchenmacht in Sicherheit bringen.

Zu spät, wie sich zeigte. Den geübten Augen der Schwestern entging nichts. Als Helene meine Aufzeichnungen las, wich alle Farbe aus ihrem Gesicht. Mein Bettnachbar schob aus Furcht vor der drohenden Strafe alle Schuld auf mich und verriet mein Versteck in der Gartenmauer, wodurch meine Karriere als Wissenschaftler der alten Riten und Bräuche beendet war.

Am folgenden Morgen wurde das ganze Ausmaß des Skandals offenbar. Die Äbtissin hatte den Kopf über meine Aufzeichnungen in beide Hände gestützt, als ich bei ihr anzutreten hatte. Sie befragte mich fassungslos nach dem Hintergrund dieser gleichsam besorgniserregenden als auch ketzerischen Studien. Ich sah keinen Grund mehr, mit meinem Wissen und meiner Überzeugung hinter dem Berg zu halten. Sie hörte sich meine Litanei gegen diese Einrichtung und das vorherrschende Gedankengut tapfer an.

Dann fällte sie ihr Urteil. Neben einer sofort zu vollziehenden Strafe in Höhe von dreißig Rutenschlägen erhielt ich Stubenarrest, den ich nur für zu verrichtende Arbeiten unterbrechen durfte. Unterricht, Bibliothekszugang und alle weiteren Vergünstigungen waren bis auf weiteres gestrichen. Einzig meine Gedanken über Augustinus hatten ein höheres Strafmaß verhindert.

Mir war natürlich klar, dass ich die Bibliothek nie wieder betreten dürfte. Diesen Fehler würden die Schwestern nicht ein zweites Mal machen.

So gingen die Wochen dahin, und in mir wuchs die Überzeugung, dass ich schnellstens diese Einrichtung verlassen musste. Ich hatte Glück im Unglück. Während meine Heimgenossen zu einem Tagesausflug außer Haus waren, wurde ein Vertreter des Jugendamtes bei der Äbtissin vorstellig.

Ein Ehepaar hatte sich erfolgreich um die Betreuung eines Kindes beworben. Ich war alles andere als erste Wahl, und schon gar nicht in den Augen der Äbtissin. Ein anderes Kind hätte die Freiheit weit mehr verdient als ich. Einzig der Umstand, dass es sich bei den neuen Eltern um Atheisten handelte, brachte mich in die engere Auswahl.

Mit meinem Gedankengut passte ich wie die Faust aufs Auge in das Umfeld der Gottlosen. Und obendrein bekam ich noch einmal ein Schwesterlein geschenkt. Sie war ein richtiger kleiner Schatz.

Und dieses Mal würde ich auf sie aufpassen. Komme, was da wolle.

9

Die Lichtung lag friedlich im Mondlicht. Im Wald war es still, und nur der Ruf einer Eule verriet, dass nicht alle Tiere das Gehölz verlassen hatten.

Staatsanwalt Rüdiger Mangel bekam davon nichts mit. Er schlief tief und zufrieden in seinem Bett. Das Fenster hatte er mit einem Fliegengitter versehen, damit frische und kühlere Luft aus dem angrenzenden Wald zu ihm ins Zimmer strömen konnte. An seiner Seite ruhte nicht seine Frau – die hatte ihn mit den Kindern vor einem halben Jahr verlassen –, sondern ein Stoß Akten, den er in den vergangenen Stunden durchgearbeitet hatte. Am nächsten Morgen würde er Anklage gegen einen Mann erheben, der seine Schwiegermutter getötet, zerlegt und in der Kühltruhe verwahrt hatte. Der Fall hatte wegen seiner Grausamkeit für viel Aufsehen gesorgt. Er schien wie für ihn gemacht. Morgen würde er im schwarzen Talar und mit strenger Miene die Höchststrafe fordern. Mehr war leider nicht drin.

Vielleicht würde ihm der Sachverständige noch einen Strich durch die Rechnung machen. Dessen Gutachten attestierte dem Angeklagten eine tiefgreifende Persönlichkeitsstörung, die ihn zu dieser Wahnsinnstat veranlasst habe. Doch darauf würde er vorbereitet sein. Diese Quacksalber hatten lange genug seine und die Arbeit anderer Kollegen mit fadenscheinigen Erklärungen torpediert. Punkt für Punkt würde er nachweisen, dass der Angeklagte zum Zeitpunkt der Tat durchaus zurechnungsfähig gewesen war und die alte Frau geplant und kaltblütig getötet hatte.

Was auch immer Mangel in dieser Nacht davon abgehalten hatte, die Glastür zur Veranda fest zu schließen, sondern nur am Rahmen anzulehnen, würde sein Geheimnis bleiben.

Ein Marder zwängte sich flink durch den Holzzaun, vorbei an den verwelkten Blumenbeeten, direkt auf den Gartentisch zu. Das Abendessen Mangels – eine Auswahl verschiedener ölgetränkter Antipasti – interessierte ihn wenig. Stattdessen hatte er die Witterung einer anderen, viel verlockenderen Beute aufgenommen. Hier roch es verführerisch nach etwas Süßem. Ein Früchtekompott hatte Mangel als Dessert gedient und würde nun dem Marder ein willkommenes Nachtmahl sein. Hastig schleckte er die Reste aus dem Plastikbecher, bis der zu Boden fiel und der kleine Nager ihm folgte. In Schlangenlinien schob er den Becher über den Stein zur Glastür. Ein sanfter Druck genügte, und sie sprang auf.

Mangel merkte davon nichts, auch nicht, als der Marder, durch ein Geräusch aufgeschreckt, Augen und Ohren im Dunkel des Raums ausrichtete, um der Quelle auf die Spur zu kommen. Der Kühlschrank surrte. Er kannte dieses Geräusch und wusste, wo immer es herkam, dort würde es mehr geben. Der kleine Räuber hoppelte am Bett vorbei in den Flur und dann in die Küche. Auf die Anrichte zu kommen war gar nicht so leicht. Ein ums andere Mal konnten seine Krallen keinen Halt finden. Erst der Umweg über einen Stuhl, den Herd und die Spüle ließen ihm zum Küchenfenster gelangen, wo das Geschirr der letzten Mahlzeiten noch auf den Abwasch wartete. Es roch köstlich hier. Kartoffeln, Karottengemüse, Soße und vor allem Fleisch. Das halbe Schnitzel sollte den Morgen nicht sehen.

Hastig begann der Marder an dem Fleischstück zu kauen und hätte es auch alsbald vertilgt, wenn ihn nicht ein greller Lichtschein von der Veranda her erschreckt hätte. Er erhellte den Garten und die Küche. Aus dem Lichtschein trat jemand heraus und verschwand im Haus. Einen Moment lang herrschte Stille. Der Marder stellte seine Ohren und die Nase in die plötzlich einfallende Kühle des Raums. Ein Jaulen, das er von einem anderen Raubtier, der Katze, her kannte, ließ ihn auf die Anrichte am Fenster springen.

Unten im Garten sah er den Menschen über den Zaun springen und im Dunkel des Walds verschwinden. Das Licht folgte ihm.

10

Die *Main-Post* titelte an diesem Morgen: *Zwei mysteriöse Tote und eine Weiße Frau.* Das Bild zeigte den zerstörten Bildstock im Anschnitt, davor das Erdloch, in dem der unbekannte Leichnam gefunden worden war, und im Hintergrund den Holunderbusch an der Friedhofsmauer. Mehr hatte der Fotograf in die Aufnahme nicht packen können, was aber ohnehin vollkommen ausreichte, um den nachfolgenden Text zu illustrieren.

Heinlein hatte am Frühstückstisch den Artikel aufmerksam gelesen. Er wunderte sich, wie schnell und umfangreich der Reporter gearbeitet hatte. Es fehlte nichts. Schon gar nicht die Geschichte über die Weiße Frau. Die Dorfbewohner und insbesondere der Pfarrer hatten offensichtlich ihr Möglichstes dazu beigetragen. Sven, der tote Junge, verschwand nahezu hinter der Mischung aus unbekanntem Mordopfer und mysteriöser Geisterwelt. Heinlein kam das nicht ungelegen. Je länger Thomas aus der öffentlichen Berichterstattung herausgehalten wurde, desto unbelasteter konnte der Staatsanwalt über das weitere Vorgehen entscheiden. Wenn das so blieb, war er zufrieden.

Seine Hoffnung währte nicht lange. Die erste Interviewanfrage eines TV-Senders hatte sein Büro am Morgen bereits erreicht, und aller Erfahrung nach würde es nicht die letzte bleiben. Wie üblich sollte sich der Pressesprecher darum kümmern. Doch der wollte erst mal über die Vorfälle umfassend aufgeklärt werden, was Heinlein nicht leichtgefallen war. Was sollte er ihm auch sagen? Drei Zeugen berichten von der

Erscheinung einer Weißen Frau, die Unheil über diejenigen bringt, die ihr begegnen?

Heinlein hielt sich an die Fakten und umschrieb den Vorfall mit der gebräuchlichen Worthülse *aus noch ungeklärten Umständen*. Das umfasste auch Svens Tod. Alles Weitere nach der Obduktion.

Und die hatte Heinlein nun vor sich. Er betrat den Konferenzraum der Gerichtsmedizin mit gemischten Gefühlen. Pia, Karl und Kilian erwarteten ihn bereits. Er ließ sich an der Stirnseite des Tisches nieder und erwartete den Bericht.

«Mit wem beginnen wir?», fragte Kilian in die Runde.

Pia und Karl überließen Heinlein die Entscheidung.

«Fangen wir mit dem unbekannten Toten an», entschied er.

«Gut», antwortete Pia.

Sie hatte die Untersuchung als leitende Obduzentin durchgeführt, und Karl hatte sie dabei unterstützt. In Svens Fall waren die Rollen vertauscht.

«Zur Identitätsfrage», begann Pia, «ich denke, das interessiert euch am meisten.»

«Richtig», antwortete Heinlein. «Wer ist er?»

«Ich habe ihn eindeutig als Gregor Zinnhobel identifiziert. Dieses Ergebnis stützt sich auf zwei sichere Beweise: Zum ersten auf den DNA-Vergleich mit der mir zur Verfügung gestellten Probe aus dem Hause Zinnhobel und zum zweiten auf den Zahnstatus. Die Aufnahme wurde mir gestern von seinem Zahnarzt zur Prüfung hereingegeben. Im Gegenzug hat er unsere Röntgenaufnahmen begutachtet und kam zu demselben Schluss: Es ist Richter Zinnhobel.»

Heinlein zeigte sich ungeduldig und missgelaunt. «Das wissen wir jetzt. Weiter.»

«Wir können noch eine Inaugenscheinnahme durch die Witwe veranlassen.»

«Das ist zwar nicht mehr nötig, aber wieso nicht. Ich arrangiere das. Wie lautet die Todesursache?»

«Hirnzerreißung infolge eines Schlags auf den Kopf.»

«Mit welcher Waffe?», fragte Kilian.

«Ein stumpfer, harter Gegenstand.»

«Wie ein Hammer?»

«Nein, eher wie ein Rohr oder eine Stange. Es ist eine längliche Verletzung, die sich sehr gut auf dem Schädelknochen abgezeichnet hat. Ein Hammer hätte scharfe Kanten und ein viereckiges oder ovales Muster hinterlassen. Beides fehlt.»

«Gab es Abwehrverletzungen?»

«Nein, was nicht ausschließt, dass er sich dennoch gewehrt hat.»

«Oder der Täter hat ihn von hinten erwischt, während der Flucht oder aus dem Hinterhalt.»

«Ja, das ist wahrscheinlich.»

«War er sofort tot?», hakte Heinlein nach.

«Wenn nicht sofort, dann wenig später.»

«Wurde er danach bewegt?»

«Ich habe keine Anzeichen dafür gefunden. Wenn ja, muss er innerhalb von drei bis vier Stunden im Erdloch abgelegt worden sein.»

«Bleibt der Todeszeitpunkt.»

«Ich kann nur einen Zeitraum von mehreren Tagen bis maximal vier Wochen als wahrscheinlichsten Todeszeitpunkt benennen.»

«Da er vor drei Wochen als vermisst gemeldet wurde», antwortete Heinlein, «ist das Maximum damit abgesteckt. Fragt sich, wie lange er nach seinem Verschwinden noch am Leben war. Wann erwartest du das Ergebnis des Entomologen aus Frankfurt?»

«Wird ein paar Tage dauern.»

Heinlein reagierte schroff. «Wie lange? Genauer, bitte.»

Da Pia die Ursache seiner Aggressivität kannte, zumindest ahnte, blieb sie ruhig. Andernfalls hätte sie ihm die Grenzen seines Benehmens aufgezeigt. «Das hängt nicht von mir, sondern vom Wachstum der Fliegeneier beziehungsweise der Larven ab. Der Entomologe muss das Entwicklungsstadium verschiedener Fliegen- und Insektenpopulationen miteinander vergleichen, damit er eine sichere Aussage treffen kann. Und das braucht Zeit.»

Wenn die Nachricht vom Tod des Richters bekannt wurde, wusste Heinlein, was auf ihn zukam. Er würde Feuer von allen Seiten bekommen. Nicht nur die Medien würden Druck in der Öffentlichkeit erzeugen, sondern auch die Staatsanwaltschaft und die Politik auf eine baldige Aufklärung drängen. Schließlich war der Richter einer von ihnen.

«Hast du sonst keinen Hinweis, wo wir mit den Ermittlungen ansetzen können?», fragte Heinlein.

Pia zog die Ergebnisse der Blutuntersuchung heran. «Zinnhobel hatte zum Zeitpunkt des Todes noch reichlich Alkohol im Blut.»

«War er betrunken?»

«Bei knapp zwei Promille würde ich sagen, ja.»

«Hatte er nicht vor seinem Verschwinden an einer Weinbergswanderung teilgenommen?», fragte Kilian.

Heinlein nickte. «Die Kollegen konnten seine Spur bis dahin verfolgen. Gegen Abend hatte sich die Gesellschaft aufgelöst, und seitdem gilt er als vermisst. Hat der Mageninhalt etwas erbracht?»

«Er hatte gut gegessen. Genauer identifizieren konnte ich es bisher nicht. Brot könnte darunter gewesen sein, auf jeden Fall Sauerkraut.»

«Dann muss er irgendwo noch eingekehrt sein, nachdem er sich von der Gruppe verabschiedet hatte. Laut Zeugen haben sie nur eine Vesper zu sich genommen, und von der Ehefrau wurde er nicht erwartet. Ich werde mich bei den Kollegen nochmal kundig machen.»

So weit zum Fall Zinnhobel. Nun stand das Obduktionsergebnis des toten Jungen an. Heinlein war auf alles vorbereitet, zumindest bemühte er sich darum. «Nun zu Sven. Woran ist er gestorben?»

Karl Aumüller, der zweite Obduzent neben Pia, antwortete darauf. «Sein Tod ist gegen ein Uhr dreißig eingetreten. Todesursache: Ersticken in einer Zwangslage, aus der er sich nicht selbständig befreien konnte, sofern er zum Zeitpunkt überhaupt bei Bewusstsein war.»

Kilian stutzte. «Wie sollen wir das verstehen?»

«Wie ich es sagte. Er hatte sich oder er wurde in eine Lage gebracht, aus der er sich nicht mehr ohne fremde Hilfe befreien konnte. Stell dir das so vor: Er lag in sich gekrümmt in dem Wassergraben, wie ein Embryo, nur nicht auf der Seite, sondern kopfüber. Dabei war sein Kopf durch das Körpergewicht fest an die Brust gedrückt, sodass er nicht mehr atmen konnte.»

Heinlein fiel ein Stein vom Herzen. Das klang nach einem tragischen Unfall. «Wieso konnte er sich aus der Zwangslage nicht mehr befreien?», fragte er.

«Beim Sturz in den Wassergraben war er an das Drainagerohr gestoßen und hat sehr wahrscheinlich das Bewusstsein verloren. Wir haben Blut am Rand dieses Rohres und eine dazu passende Wunde an seinem Kopf gefunden.»

«Was ist mit dem Erbrochenen?», hakte Kilian nach.

«Nichts Ungewöhnliches in dieser Körperlage. Er hatte viel getrunken und stand unter Drogen. Es dürfte den Erstickungskampf sogar verkürzt haben – so traurig das auch klingt.»

«Bleibt die Frage, wie er überhaupt in den Wassergraben gekommen ist.»

«Das ist die schlechte Nachricht. Wir haben Svens Blut an den Ärmeln von Thomas' Jacke gefunden.»

«Es gab einen Kampf, zumindest einen körperlichen Kontakt im Vorfeld», antwortete Heinlein bemüht. «Die Zeugen sagen aus, dass Thomas und Sven beim Einsturz der Säule auf den Boden gefallen sind. Dabei kann die Blutübertragung stattgefunden haben.»

Pia, Karl und Kilian schwiegen. Natürlich konnte es so gewesen sein, sehr wahrscheinlich sogar. Doch im Hinblick auf die Brisanz des Falles waren sie angewiesen worden, jede erdenkbare Möglichkeit zuzulassen.

Als Heinlein die Verlegenheit seiner Kollegen bemerkte, wurde er ungehalten. «Oder vielleicht nicht?»

«Sicher», antwortete Kilian. «Aber wie du weißt, wird der Staatsanwalt auch nach einem alternativen Tathergang fragen.»

«Es gibt keinen *Tathergang,* weil es offensichtlich ein Unfall gewesen ist. Sven ist auf der Flucht vor der Weißen Frau in den Wassergraben gefallen und dabei an seinem eigenen Körpergewicht erstickt. Karls Obduktion sagt genau das aus.»

Mit der Beteiligung einer mysteriösen Weißen Frau an dem Geschehen hatten alle ihre Schwierigkeiten. Kilian suchte nach den geeigneten Worten. «Schorsch, soll ich das vielleicht dem Staatsanwalt sagen?»

Heinlein setzte zur Gegenrede an, fasste sich aber noch rechtzeitig. «So lauten die Aussagen der drei Zeugen», sagte er ruhig.

«Die Jungs waren betrunken und bekifft. Die würden auch ein UFO beschwören, wenn es ihnen hilft.»

Das war die denkbar schlechteste Erklärung. Das unterstellte Heinleins Sohn Falschaussage, wenn nicht Vorsatz. «Was soll das heißen, verdammt?! Denkst du, Thomas oder die drei haben Sven gemeinsam in den Graben gestoßen und wollen es nun vertuschen?»

«Natürlich nicht. Aber es ist eine denkbare Möglichkeit, die der Anwalt der Familie aufwerfen wird», widersprach Kilian heftig. «Auch die haben ein Recht zu erfahren, wie es zum Tod ihres Kindes gekommen ist. Herrgott, wir wollen dir doch nur helfen. Niemand von uns hält Thomas für schuldig am Tod des Jungen. Aber die Frage wird kommen. Solange nicht geklärt ist, wo sich Thomas zwischen dieser mysteriösen Erscheinung und dem Tod Svens aufgehalten hat, ist er verdächtig.»

«So wie die beiden anderen auch. Wer sagt dir, dass sie nicht zurückgekommen sind und Sven in den Graben gestoßen haben?»

«Genau das will ich rausfinden. Nur haben wir das Problem mit den Blutspuren an Thomas' Jacke und dieser lächerlichen Weißen Frau. Der erste Blick richtet sich auf deinen Sohn.»

Heinlein kochte innerlich vor Wut. Kilian hatte recht. Mit einer Weißen Frau als Auslöser für die Tat oder den Unfall brauchte er dem Staatsanwalt nicht zu kommen. Es musste einen anderen Weg geben.

«Wer ist für den Fall zuständig?», fragte er.

«Staatsanwalt Mangel, habe ich gehört. Du weißt, er ist ein scharfer Hund, der nichts unversucht lässt, um seine Verurteilungsquote zu erhöhen.»

Mangel, seufzte Heinlein. Den hatte ihm bestimmt der Chef eingebrockt. Es dürfen keine Zweifel an der Integrität meiner Beamten aufkommen, hatte er gesagt.

11

Der Weg hinauf zum Weingut Baron zog sich kurvenreich an Pappeln vorbei, die die Straße säumten und angenehmen Schatten spendeten. Unten, am Fuß der Anhöhe, schmiegte sich der Main in das fruchtbare Tal, das den Winzern reiche Einträge bescherte. Das Sonnenlicht zerbarst in viele tausend kleine Diamanten auf der Wasseroberfläche. Sie schienen so nahe, als brauchte man nur mit beiden Händen zuzugreifen. Wer auch immer dieses Tal geschaffen hatte, wusste um das menschliche Streben nach Schönheit und Anmut.

Heinlein war indes ganz anders zumute. Er hatte keinen Sinn für die Landschaft und deren Früchte. Während er wie geistesabwesend den Wagen steuerte, dachte er an die Vernehmung, die Kilian soeben mit Thomas führte. Er hatte seinem Sohn eingeschärft, nichts zu beschönigen oder zu verfälschen. Eine Lüge würde früher oder später aufgedeckt und würde seine Lage nur verschlimmern. Jetzt war sich Heinlein jedoch nicht mehr so sicher. Sollten Thomas und die beiden Zeugen tatsächlich auf die Erscheinung einer Weißen Frau bestehen? Das machte ihre Aussage auf keinen Fall glaubwürdiger. Im Gegenteil, sie gab Raum für Spekulationen, warum die Jungs nicht die Wahrheit über die Vorkommnisse jener Nacht preisgaben.

Auf der anderen Seite konnte das Mysterium als Resultat ihres Drogenkonsums angesehen werden, was letztlich zu einer verminderten Schuldfähigkeit führen könnte.

Er konnte es drehen und wenden, wie er wollte, nichts brachte seinen Sohn aus der Schusslinie. Es blieb letzten

Endes dem Staatsanwalt vorbehalten, ob er auf Basis der vorliegenden Beweislage Anklage erheben würde oder nicht. Wenn nur nicht dieser Staatsanwalt Mangel zuständig wäre, dann wäre ihm weitaus wohler zumute. Mangel stand im Ruf eines unerbittlichen Anklägers. Wenn er sich auf etwas eingeschossen hatte, dann ließ er nichts außer Acht, um sein Ziel zu erreichen. Heinlein konnte nur hoffen, dass Mangel mit einem anderen Fall beschäftigt war und diesem keine große Bedeutung beimaß.

Der Wagen rollte knirschend auf dem Kies des Parkplatzes aus, der mit Fahrzeugen aus weit entfernten Städten gut besetzt war. Schattenspendende Ahornbäume fassten die Veranda des Weinguts zu beiden Seiten ein, damit die Gäste bei einem Glas Wein entspannt den Blick auf die fruchtbaren Reben im Tal richten konnten.

«Wo kann ich den Chef finden?», fragte Heinlein eine Bedienung, die ein Tablett mit leeren Gläsern in die Schankstube jonglierte.

«Der ist heute nicht da», antwortete sie im Gehen, «aber seine Frau. Kommen Sie mit.»

Er fand sie hinter dem Tresen, wo sie Glas um Glas mit gekühltem weißem Wein füllte. Heinlein zeigte ihr seine Marke. «Der Chef ist nicht im Haus?», wiederholte er seine Frage.

«Nein», antwortete sie. «Der ist unterwegs. Kann ich Ihnen weiterhelfen?»

Heinlein überlegte einen Moment. «Unter Umständen, ja. Richter Zinnhobel war vor drei Wochen Gast bei Ihnen, bevor er als vermisst gemeldet wurde.»

«Das haben wir bereits ausgesagt.»

«Sie haben ihn auch an jenem Tag gesehen?»

«Nein, ich war auf einer Veranstaltung. Er wurde von zwei Servicekräften bedient.»

«Arbeiten die heute?»

«Gina ist da. André hat frei.»

«Kann ich mit dieser Gina sprechen?»

«Ungern. Sie sehen doch, was hier los ist. Außerdem hat sie ihre Aussage schon gemacht.»

«Es wäre wichtig. Ich will sie auch gar nicht lange aufhalten.»

Die Wirtin wägte seine Bitte ab. Schweren Herzens stimmte sie zu. «Gina», rief sie auf die Veranda hinaus.

Wenig später kam sie herein, und die Wirtin übernahm den Service. «Fünf Minuten. Keine Sekunde länger.»

Heinlein bedankte sich und ging mit ihr in eine ruhige Ecke des Gastraums. «Sie haben Richter Zinnhobel am Tag seines Verschwindens bedient?»

«Nicht nur ihn», antwortete sie, «die ganze Truppe. Sie waren im Weinberg unterwegs und fielen mit einem Riesendurst bei uns ein. Kein Wunder bei der Hitze.»

«Sie haben also viel getrunken?»

Gina nickte und zündete sich verstohlen eine Zigarette an. «Und wie. Wasser und Wein. Ich bin kaum mit dem Einschenken nachgekommen. Die waren völlig ausgetrocknet, obwohl sie auf der Wanderung bei drei Weinständen haltgemacht hatten.»

«Hat Zinnhobel besonders viel getrunken?»

«Auf zwei Flaschen Wein wird er schon gekommen sein.»

«War er bei der Hitze und dem Wein überhaupt noch ansprechbar?»

«Und ob. Der konnte einiges vertragen. Was man vom Rest der Truppe nicht behaupten kann. Die waren nach dem zweiten Schoppen platt. Kein Wunder, das waren alle Münchner, die nur Bier gewohnt sind.»

«Es handelte sich um Kollegen von ihm, wenn ich mich richtig erinnere.»

«Kann sein, ich weiß es nicht. Auf jeden Fall waren die schnell fix und fertig. Der Busfahrer hat sie eingeladen und nach Würzburg ins Hotel kutschiert.»

«Ist Ihnen etwas Außergewöhnliches aufgefallen? Ich meine, gab es Streit oder eine böse Bemerkung unter den Gästen?»

«Nein, nichts dergleichen. Solange sie noch nüchtern waren, hat sie der Richter mit seinen Sprüchen unterhalten. Die waren alle bestens gelaunt, bis einer nach dem anderen am Tisch eingeschlafen ist.»

«Die Gruppe hat auch etwas gegessen. Richtig?»

«Ja, eine Vesper nach Art des Hauses. Dunkles Brot und Hausmacher.»

«Auch Sauerkraut?»

«Nein, nicht an diesem Tag. Der Richter hat bei der Reservierung ausdrücklich die Vesper bestellt. Da gibt es kein Sauerkraut dazu.»

«Kann es sich Zinnhobel nicht dennoch bestellt haben?»

«Nicht bei uns. Lediglich die kalten Platten waren vorbereitet.»

«Waren noch andere Gäste in dieser Zeit anwesend?»

«Sicher, ein Kommen und Gehen.»

«Hat sich Zinnhobel mit einem der anderen Gäste unterhalten oder getroffen?»

Noch bevor Gina antworten konnte, kam die Wirtin mit einem Tablett leerer Gläser herein. Sie roch den Zigarettenrauch sofort, obwohl die Fenster geöffnet waren. «Wer raucht hier?», fragte sie verärgert.

Ginas Hand ging reflexartig zum Fenster. Doch da stand ein Gast. Kurz entschlossen reichte sie sie Heinlein, der sie verdutzt ergriff. «Ich muss Sie darauf hinweisen, dass Rauchen hier strengstens untersagt ist», giftete die Wirtin ihn an. «Unsere Gäste legen sehr großen Wert darauf.»

«Entschuldigung», antwortete Heinlein, «ich mach sie sofort aus.» Er suchte nach einem Aschenbecher.

«Gina, komm jetzt. Die Leute haben Durst.»

«Ja, sofort, Chefin.»

Sie wartete noch einen Augenblick, bis die Wirtin verschwunden war. Dann nahm sie die Zigarette wieder an sich. «Danke. Sie haben mir das Leben gerettet.»

«Gern geschehen.»

«Die Chefin dreht bei Zigaretten total durch. Und der Chef ist noch schlimmer. Wenn die mich noch einmal erwischen, bin ich fällig.»

«Weniger rauchen ist gut für die Gesundheit.»

«Nicht in dem Job. Alle halbe Stunde brauch ich 'ne Kippe, sonst bin ich für nichts zu gebrauchen.»

«Ihre Entscheidung. Zurück zu meiner Frage: Hat Zinnhobel mit einem der anderen Gäste an diesem Abend gesprochen?»

Gina nahm einen tiefen Zug. «Nicht dass ich wüsste.»

«Sicher?»

Sie wich seinem Blick aus. «Ja, vielleicht.»

«Was denn nun?»

«Ich sag Ihnen das nur, weil Sie für mich bei der Chefin eingesprungen sind. Okay?»

Heinlein nickte. «Ich höre.»

«Ich bekomme deswegen auch keine Schwierigkeiten?»

Er verneinte.

«Also, ich zieh mich zum Rauchen ab und zu auf die Toilette zurück. Das ist ein Fenster zum Hinterhof, und notfalls kann ich immer noch sagen, dass einer der Gäste geraucht hat.»

«Gute Ausrede.»

«Ich war gerade dort, als ich draußen was mitbekommen habe. Irgendein Kerl hat mit dem Richter wohl noch ein Hühnchen zu rupfen gehabt. Auf jeden Fall haben die beiden miteinander gestritten.»

«Worum ging es?»

«Keine Ahnung, ich habe kaum was verstanden.»

«Bitte bemühen Sie sich. Es ist wichtig.»

«Hat das was mit seinem Verschwinden zu tun?»

«Möglich.»

«Ich hab wirklich nur ein paar Brocken verstanden. Es ging um eine Frau, das war schnell klar.»

«Um wen?»

«Weiß nicht. Eine, die beide wohl gut kannten. Der Richter soll mit ihr nicht gerade zimperlich umgesprungen sein, und das hat dem anderen überhaupt nicht gefallen.»

«Wer war der Mann? Kennen Sie ihn?»

«Nur vom Sehen.»

«Können Sie ihn beschreiben?»

«Dunkelhaarig, Anfang vierzig, sportlich. Er kam früher hin und wieder mit einer Frau vorbei. Sie saßen immer in der Ecke und haben geturtelt.» Gina überlegte. «Warten Sie. Ich glaube, der Miro könnte ihn kennen. Die beiden haben sich mal unterhalten.» Gina eilte in die Küche. Kurz darauf kam sie mit einem Mann im Schlepptau zurück. «Das ist der Miro. Er hilft in der Küche aus. Sag dem Polizisten, wer der Kerl ist, mit dem du dich mal über … na, du weißt schon, diesen Hokuspokus unterhalten hast.»

Miro war ein unscheinbarer Mann, an dem der Schweiß förmlich herunterrann. «Das ist kein Hokuspokus, das ist eine uralte Kunst», berichtigte er sie. Dann zu Heinlein gewandt: «Ich habe mich mit ihm über die keltischen Druiden unterhalten. Ich habe an seinem Auto einen Aufkleber gesehen und …»

Eine zornige Stimme unterbrach ihn. Es war die Wirtin, die Hände in die Hüften gestemmt. «Jetzt stehen da schon zwei rum. Wird das eine Betriebsversammlung?»

Heinlein schritt ein. «Noch einen winzigen Moment. Wir sind schon fertig.» Zu Miro: «Wie heißt der Mann?»

«Michael Imhof.»

12

Heinlein war auf dem Weg nach Sommerhausen, als ihn ein Anruf erreichte. Es war Sabine, seine Sekretärin.

«Wir haben einen Toten», sagte sie knapp. «Er hängt an einem Ast und wartet auf dich.»

«Wer ist es?»

«Rüdiger Mangel, der Staatsanwalt.»

Heinlein wollte seinen Ohren nicht trauen. «Wer?»

Sabine wiederholte den Namen. Heinlein wendete den Wagen und fuhr schnellstens zum angegebenen Fundort. Er lag am Rande eines kleinen Waldes, dessen Bäume bis an die Siedlung heranreichten.

Die Spurensicherung war bereits bei der Arbeit. Im zundertrockenen Gebüsch suchten sie nach Hinweisen zur Tat. Über ihnen hing Mangel mit blutigen, nackten Füßen an einem Strick. Er war noch im Schlafanzug der vorangegangenen Nacht gekleidet. Pia ließ ihn soeben auf Geheiß Kilians vom Ast nehmen. Ein Bestatter fasste ihn am Becken und hob ihn an, während ein anderer den Strick abschnitt. Es sah nach einer Galgenkonstruktion aus, bei der die Schlinge über den Ast gelegt und der Strick am Baumstamm befestigt worden war. Ausgesprochen untypische Art, sich das Leben zu nehmen, dachte Kilian. Zumal am Boden nirgends ein Hocker stand, von dem Mangel hätte springen können.

«Wir sollten uns den Ast und den Strick genauer ansehen», sagte Pia, die ähnliche Zweifel an einem Suizid wie Kilian hegte.

Er nickte. «Später. Lass uns zuerst den Toten untersuchen. Die Füße schauen nicht gerade gesund aus. Ist das sein Blut?»

Pia erkannte unter dem Blut zahlreiche Kratzspuren, die bis hinauf zum Oberschenkel reichten. Sie blickte sich um. Hinten an der Lichtung gab es Buschwerk und um sie herum verdorrtes Geäst. «Diese Verletzungen könnte er sich zugezogen haben, als er durch den Wald gelaufen ist.»

«Das muss schmerzhaft gewesen sein», antwortete Kilian. «Könnten das Fluchtspuren sein?»

«Entweder das oder er war in der Nacht unterwegs und konnte nicht sehen, wohin er ging.»

«Im Pyjama?»

«Wer weiß. Wollen wir mal sehen, wie lange er schon tot ist.»

Die Totenflecke hatten sich an Unterarmen und Beinen noch nicht verfestigt, sie ließen sich wegdrücken. Als Nächstes setzte sie einen kleinen Schnitt im Oberbauch und führte das Thermometer ein. Es pendelte sich um die achtundzwanzig Grad ein. «Bei den vorherrschenden Temperaturen würde ich sagen, er ist nicht länger als acht bis neun Stunden tot.»

«Das heißt, er starb zwischen drei und vier Uhr letzte Nacht. Was macht man um diese Uhrzeit in einem dunklen Waldstück?»

«Spazierengehen wohl kaum. Zumal ohne Schuhe. Die Fußsohlen sind völlig aufgerissen.»

«Bleibt also Flucht. Nur vor wem?»

«Vielleicht kam ihn einer seiner Verurteilten besuchen.»

«Das wäre eine Möglichkeit und eine ganze Menge Verdächtiger. Und passenderweise haben sie einen Strick gleich mitgebracht.»

Kilian nahm ihn zur Hand und untersuchte ihn auf Spuren. Zwischen den einzelnen Strängen hatte sich Rinde abgerieben. Er nahm zwei Koffer der Spurensicherer, stellte sie aufeinander und stieg hoch. Am Ast war ein deutlicher Abrieb zu erkennen, der bis ins Holz hineinreichte.

«Sich am eigenen Schopf aus dem Schlamm ziehen hat schon bei Münchhausen nicht geklappt», sagte er und stieg herunter.

«Was meinst du?»

«Der Abrieb, den der Strick am Ast hinterlassen hat, ist sehr stark und tief. Würde mich wundern, wenn das durch eine Schaukelbewegung zustande gekommen ist. Es sieht eher danach aus, als wäre Mangel am Strick hochgezogen worden. Er selbst kann das ja wohl kaum gemacht haben. Schließlich hätte er das andere Ende des Stricks am Baum auch noch festmachen müssen.» Er schaute sich am Boden um. «Was aber fehlt, sind Kampfspuren.»

«Kein Wunder bei dem ausgetrockneten Boden. Das ist alles steinhart. Allerdings …»

Sie deutete auf eine blutunterlaufene Schwellung im Halsbereich zwischen Strick und Schulter. «Das sieht mir weniger nach einer Sturzverletzung als nach einem Schlag aus. Auf jeden Fall trat sie vor dem Tod ein.»

«Dann haben wir des Rätsels Lösung. Er wurde geschlagen und konnte sich nicht mehr wehren, als er am Strick hochgezogen wurde. Also eindeutig Mord.»

Zwischen den umherwuselnden Spurensicherern trat Heinlein hervor. «Wenn du jetzt noch den Täter präsentierst, bin ich sprachlos.»

Kilian dachte einen Augenblick nach. «Wenn man sich fragt, wer durch den Tod Mangels profitiert, dann könnte man auch an deiner Haustür klingeln.»

«Das hättest du wohl gern.»

«Apropos Haustür. Mangel wohnt doch hier in der Nähe?»

Heinlein zeigte auf die Lichtung. «Dort hinten beginnt die Siedlung. Sofern mich nicht alles täuscht, lebt er mit seiner Familie in einer dieser neuen Landvillen.»

«Irrtum», widersprach Pia. «Seine Frau hat sich von ihm getrennt und die Kinder mitgenommen.»

«Woher weißt du das schon wieder?»

«Mal öfters bei der Staatsanwaltschaft vorbeischauen würde auch dir nicht schaden. Ich glaube, vor einem halben Jahr war's, als sie auf und davon ist.»

«Wo lebt sie jetzt?»

«Sie ist zurück in ihre Heimat. Irgendwo in der Nähe von Köln.»

Ohne eine Gefühlsregung zu zeigen, blickte Heinlein hinab auf den toten Mangel – der ehemals größten Gefahr für seinen Sohn. «Wie kommst du auf Mord?», fragte er Kilian.

Er zeigte ihm den Strick, den Abrieb und wie das Seil am Baum befestigt war. «Wenn wir keinen Stein oder etwas Ähnliches finden, von dem er gesprungen sein könnte, sehe ich keine andere Möglichkeit.»

Heinlein ging zum Baum und suchte nach einer Spur, die darauf hinwies, dass er ihn bestiegen hatte und dann gesprungen war. Doch da war nichts. Um auf den Ast zu kommen, hätte Mangel Hilfe benötigt, und am Boden war nichts davon zu sehen, außer verdorrtem Gebüsch, das sich um den Stamm schmiegte. Er strich die dürren Halme zur Seite, und zum Vorschein kam etwas Moosbewachsenes, das auf den ersten Blick nicht zu erkennen war.

«Und was hältst du davon?», fragte Heinlein.

«Verdammt, das habe ich übersehen. Was ist das?»

Kilian rief einen Kollegen der Spurensicherung herbei, der den Brocken fotografierte und dann den Bewuchs an einer Stelle vorsichtig entfernte.

«Das könnte ein Flurstein sein», sagte Kilian. «Aber nein.» Er zeigte auf etwas, das wie ein Buchstabe aussah. «Das ist ein Bildstock.»

13

Die Spurensicherung hatte den unscheinbaren, völlig mit Moos umwucherten Stein freigegeben, über dem Mangel aufgefunden worden war. Ungeduldig erwartete Heinlein die Antwort Willibald Kremers, des Mannes, den er tags zuvor beim eingestürzten Bildstock getroffen hatte und von dem er glaubte, er könne ihm auch etwas zu diesem hier sagen.

Für Heinlein war das kein Zufall. Zwei Tote in unmittelbarer Nähe eines Bildstocks mussten etwas bedeuten. Nur was, das war die Frage.

Kremer legte vorsichtig den Schriftzug frei, den man auf dem verwitterten Stein nur noch erahnen konnte. An seiner Seite lag das Verzeichnis aller bisher erfassten Bildstöcke in Mainfranken. Hin und wieder blätterte er darin und überprüfte, ob sich der Schriftzug darin wiederfand. Ein ums andere Mal schüttelte er den Kopf und begab sich weiter auf Spurensuche.

«Schwierig, schwierig», murmelte er.

«Wo liegt das Problem?», fragte Heinlein.

«An dieser Stelle ist kein Bildstock oder etwas Ähnliches verzeichnet. Er dürfte also gar nicht hier sein.»

«Wurde er bei der Katalogisierung vielleicht übersehen?»

«Möglich. Aber er könnte auch achtlos von einem Bauern entsorgt worden sein, nachdem er ihn mit seinem Pflug gerammt hat.»

Kremer nahm einen Spatel zu Hilfe und entfernte damit das Erdreich um den Stein. Dann hob er ihn leicht an.

«Wie ich vermutet habe», sagte er, «der Stein wurde hier abgeladen. Er ist nicht tief gesetzt worden.»

«Können Sie sagen, woher er stammt?»

«Dazu müsste ich die genaue Inschrift und den Stifter kennen. Aber das ist hoffnungslos. Es handelt sich hier nur um einen Teil des Bildes. Das andere liegt wahrscheinlich auf einem Acker oder ist vermauert worden. Früher war man bei der Baustoffverwertung nicht zimperlich, und gute Steine waren ohnehin knapp.»

«Ist aus der Inschrift denn überhaupt nichts herauszulesen?»

«Warten Sie», sagte Kremer und blätterte abermals das Verzeichnis durch, bis er die gewünschte Stelle gefunden hatte. «Es gibt einen Bildstock mit einer ähnlichen Inschrift, allerdings kann ich nicht sagen, ob es die gleiche ist. Dazu fehlt das andere Teil.»

«Na gut, was können Sie entziffern?»

«Ein paar Buchstaben fehlen, der vollständige Satz sowieso, daher muss ich raten. Sinngemäß könnte es heißen: *Gedenk dein Sünd seint Schult daran.*»

Heinlein zeigte sich enttäuscht. Er hatte mehr erwartet. «Und was soll das bedeuten?»

«Das kann ich noch nicht sagen. Ich müsste dazu andere Verzeichnisse einsehen.»

«Wie lange dauert das?»

«So lange wie man braucht, um ein Puzzle zusammenzusetzen. Schneller ginge es, wenn ich ihn mitnehmen kann. Bei der Denkmalpflege könnten wir ein paar Untersuchungen durchführen.»

Heinlein hatte keine Einwände. Gemeinsam hoben sie den Stein in den Wagen. Bevor sie sich verabschiedeten, fragte Kremer: «Haben Sie den Toten vom gestrigen Bildstock schon identifiziert?»

«Ja, heute Morgen.»

«Wer ist es?»

«Ein Richter vom Landgericht.»

Kremer war überrascht. «Ein Richter? Kein Zweifel?»

«Nein, warum fragen Sie?»

«Hm, ich weiß nicht. Das wäre ein sonderbarer Zufall.»

«Was?»

«Ich habe Ihnen doch die Geschichte von der Mathild erzählt, die damals von einem Kutscher aus Schweinfurt überfahren worden ist. Er soll laut Überlieferung nie verurteilt worden sein.»

«Ja, Sie sagten, eine Krähe würde der anderen kein Auge aushacken. Was hat es damit auf sich?»

«Der Kutscher war der Sohn eines angesehenen Händlers, und dessen Kunde war der Vogt des Fürstbischofs. Wissen Sie, welche Aufgabe ein Vogt seinerzeit hatte?»

Heinlein seufzte. «Nicht genau.»

«Er sprach Recht und war somit ein Richter. Der Vater von der Mathild soll vom Freispruch des Kutschers so erzürnt gewesen sein, dass er einen Stallburschen angeheuert hat, um den Vogt zu töten.»

«Und, hat er?»

«Offenbar, ja. Man hat ihn mit eingeschlagenem Schädel gefunden.»

14

… ist ein Fremdverschulden am Tod von Sven Wagner nicht erkennbar.

Kilian schloss den vorläufigen Ermittlungsbericht und übergab ihn Sabine zur Weiterleitung an die Staatsanwaltschaft. Sollten die entscheiden, wie es in dieser Sache weiterging. Wenngleich die Zeugenaussagen der Jungen zu den Vorgängen in jener Nacht weiterhin dubios blieben, so hatte er nirgends einen Hinweis finden können, der auf eine Tötungsabsicht hätte schließen lassen. Es war ein bedauernswerter Unfall gewesen.

«Wo steckt der Schorsch?», fragte Kilian Sabine.

«Der ist beim Chef.»

«In der Mangel-Sache?»

«Scheint was Größeres zu sein. Präsidententreff. Landgericht, Regierung von Unterfranken und der Unsrige besprechen, wie es weitergeht.»

Kilian nickte. Wie erwartet hatte die Nachricht vom Tod des zweiten Juristen die Hühner aufgeschreckt. Noch lag Mangels Obduktionsergebnis nicht vor, aber Pia hatte bereits signalisiert, dass einiges auf Mord hinwies. Dadurch geriet der Fall Zinnhobel in ein völlig anderes Licht. Von nun an war nicht mehr allein von einer individuellen Tat an einem Richter auszugehen. Hier machte jemand möglicherweise Jagd auf die Rechtsprechung. Zumindest war das eine Arbeitshypothese. Er war gespannt, wie es die Präsidenten sahen.

Das Telefon klingelte, Kilian nahm ab.

«Hier Pia», hörte er, «ich bin mit Mangel gerade fertig geworden. Eins vorab: Es war Mord. Der Bericht ist in der nächsten halben Stunde bei euch.»

«So schnell?»

«Was glaubst du denn, wenn uns die Regierung und das Landgericht im Nacken sitzen.»

«Bleibt es bei der Todesursache?»

«Ja, Tod durch Erhängen. Allerdings hat da jemand nachgeholfen. Er hat einen Schlag auf den Kopf bekommen, der ihm wahrscheinlich kurzzeitig das Bewusstsein genommen hat. Außerdem hat die Spurensicherung doch noch Schleifspuren gefunden. Es sieht so aus, als wäre er am Boden sitzend mit der Schlinge um den Hals nach oben gezogen worden. Der Abrieb von Rinde am Seil lässt kaum einen anderen Schluss zu.»

«Todeszeitpunkt?»

«Zwischen drei und drei Uhr dreißig. Genauer krieg ich es nicht hin.»

«Das reicht. Danke.»

«Gern geschehen.»

Es entstand eine kurze Pause. «Wie geht es dir?», fragte Kilian.

Pia schmunzelte. «Genauso wie heute Morgen. Keine Sorge, ich passe schon auf.»

«Du weißt, wenn was ist …»

«… ruf ich dich an. Ich weiß. War's das jetzt?»

Kilian stimmte notgedrungen zu und legte auf. Schwangere neigen zur Selbstüberschätzung oder werden depressiv, sagte er sich. Pia gehörte eindeutig zur ersten Kategorie. Er konnte nur hoffen, dass er dann rechtzeitig zur Stelle war.

Heinlein kam zur Tür herein. Seine Miene zeigte wenig Begeisterung. Natürlich war alles so gekommen, wie es sich Kilian gedacht hatte. «Dann erzähl mal. Was erwarten die Herrschaften von dir?»

«Von uns», korrigierte Heinlein missmutig, «du bist ab sofort wieder mit dabei. Alles andere hat zu ruhen.»

«Soll mir recht sein. Apropos und ganz inoffiziell: Ich sehe keinen Anlass wegen des toten Jungen weiterzuermitteln. Nach meinen Erkenntnissen handelte es sich um einen Unfall, an dem sonst niemand beteiligt war. Nirgends sind Spuren einer Fremdeinwirkung festzustellen, und es gibt auch keinen Grund, die Angaben von Thomas und den anderen zu bezweifeln. Diese Empfehlung geht heute noch an die Staatsanwaltschaft.»

Heinlein fiel ein Stein vom Herzen. «Danke. Doch es bleibt das Blut an seinen Ärmeln.»

«Die Jungs legen den Zeitpunkt der Anhaftung auf den Streit, der sich am Bildstock zugetragen hat. Auch hier konnte ich nichts anderes nachweisen. Das dürfte bei einem wohlmeinenden Staatsanwalt ausreichen.»

Nochmals bedankte sich Heinlein. Jetzt galt es abzuwarten, welcher Staatsanwalt den Bericht Kilians in die Hände bekam.

«Und wer unterstützt uns bei den Ermittlungen in Sachen Zinnhobel und Mangel?», fragte Kilian.

«Niemand.»

Kilian zeigte sich erstaunt. «Mehr sind ihnen ein toter Richter und ein Staatsanwalt nicht wert?»

«Das ist ziemlich erbärmlich, ich weiß. Aber natürlich bekommen wir jede Unterstützung, die wir brauchen. Doch zuerst sollen wir das allein in den Griff bekommen.»

«Klingt nach Überstunden.»

«Als hätten wir nicht schon genug davon. Manchmal frage ich mich, wieso ich den Scheiß nicht hinschmeiße. Soll sich ein anderer für den Hungerlohn abrackern.»

«Hartz IV ist keine Alternative», sagte Kilian im Scherz.

«Wenn ich alle meine Überstunden zusammenzähle, bin ich nicht mehr weit davon entfernt.»

«Sechs Wochen Urlaub, Pensionsansprüche und ein sicherer Arbeitsplatz sind auch nicht ohne.»

Heinlein schaute ihn entgeistert an. «Bist du jetzt ins Arbeitgeberlager gewechselt, oder wie soll ich das verstehen?»

«Dass es uns nach wie vor gutgeht, auch wenn wir in Arbeit versinken.»

«Oder uns eine Kugel einfangen. Wenn ich meine Gesundheit nicht täglich aufs Spiel setzen müsste, würde ich auch gar nicht maulen. Aber solange wir den Kopf hinhalten müssen, erwarte ich mehr als das, was sie uns hinwerfen.»

Sabine klopfte an den Türrahmen. «Tut mir leid, wenn ich euren Polit-Talk stören muss … Da ist ein Mann, der letzte Nacht beim Mangel etwas gesehen haben will.»

Nur ungern ließ sich Heinlein unterbrechen, er war gerade in Fahrt gekommen. «Schick ihn rein, wenn's unbedingt sein muss.»

«Du hast ja wieder eine Laune», protestierte sie und ging vor die Tür.

Bei dem Zeugen handelte es sich um Manfred Knorr, einen ehemaligen Arzt, der seine Schäfchen rechtzeitig ins Trockene hatte bringen können, bevor die Gesundheitsreform seiner Zunft so heftig zugesetzt hatte. In der Hand hielt er die heutige Ausgabe der *Main-Post*.

«Ich habe sie gesehen», antwortete er auf die Frage Heinleins, was er bezeugen wolle.

Er hielt ihm die Zeitung hin. «Die Weiße Frau. Genau so hat sie ausgeschaut.»

Auf der Titelseite war eine Phantomzeichnung erstellt worden, die sich offensichtlich auf die Zeugenaussagen stützte. Das Bild zeigte eine weiße strahlende Frau, wie sie aus Marienverehrungen bekannt war.

Kilian glaubte seinen Ohren nicht zu trauen. «Sie haben diese Erscheinung tatsächlich gesehen?»

«Ja … so gut wie.»

«Haben Sie sie nun gesehen oder nicht?», fragte Heinlein.

«Sie war vollkommen von Licht umgeben. Einem hellen, gleißenden Licht. Und als ich das heute in der Zeitung gelesen habe, wusste ich, dass ich mich nicht getäuscht habe. Es handelt sich um diese Frau.»

«Sie hatten also vorher Zweifel an Ihrer Beobachtung?», hakte Kilian nach.

«Ich nicht, aber meine Frau. Aber die meckert auch an allem rum.» Er suchte nach einer passenden Beschreibung. «Kennen Sie den Unterschied zwischen Gott und meiner Frau?»

Die beiden Kommissare verneinten.

«Gott weiß alles, aber meine Frau weiß alles besser.»

«Dann berichten Sie uns doch von Anfang an, was Sie gesehen haben», forderte Heinlein ihn auf.

«Letzte Nacht ist es gewesen …»

«Wann genau?», wollte Kilian wissen.

«Mitten in der Nacht. Wir haben keine Uhr im Schlafzimmer mehr. Meine Frau hat darauf bestanden, weil …»

«Schon gut. Was ist passiert?»

«Unser Schlafzimmer geht zur Veranda raus. Geradewegs in Richtung Wald. Wir sind kurz nach den Tagesthemen ins Bett gegangen, und meine Frau wollte unbedingt das Fenster geschlossen haben. Aber ich mag das nicht. Die stickige Luft und …»

«Ich kann Sie gut verstehen», unterbrach Heinlein das drohende Abgleiten in Nebensächlichkeiten. «Wie ging es weiter?»

«Mitten in der Nacht bin ich aufgestanden und hab das Fenster ein Stück geöffnet. Nur so viel, dass etwas frische Luft reinkommt. Und als ich da stehe, sehe ich auf einmal dieses Licht drüben beim Mangel. Es war so hell, dass ich mir die Augen zuhalten musste.»

«Wie konnten Sie dann überhaupt etwas erkennen?», fragte Kilian.

«Ich habe die Hand vor die Augen gehalten und durch die Fingerritzen geschaut. Das ging so halbwegs.»

«Was haben Sie bei Staatsanwalt Mangel beobachten können?»

«Zuerst nur wenig, aber dann so viel, dass ich erkennen konnte, wie er über den Gartenzaun gesprungen ist. Er ist gestürzt und schließlich im Wald verschwunden.»

«Und das Licht? Sie glaubten doch, ein Licht gesehen zu haben. Was ist mit ihm geschehen?»

«Es hat den Garten von Mangel vollkommen erleuchtet.»

Kilian seufzte.

«Sie wollen eine Weiße Frau in dem Licht erkannt haben?», fragte Heinlein.

«Ja. Ich habe meine Frau noch geweckt und ihr gesagt, dass sie sich das anschauen soll.»

«Hat sie?»

«Von wegen. Gemeckert hat sie, weil das Fenster offen stand, bei dieser Hitze.»

Kilian suchte die entsprechende Stelle im Bericht der Spurensicherung. «Auf der Mangel'schen Veranda ist ein Bewegungsmelder installiert, der mit einer Fünfhundertwattlampe verbunden ist. Haben Sie dieses Licht vielleicht fälschlicherweise …»

«Nein, das war etwas anderes.»

«Wie weit ist das Haus von Staatsanwalt Mangel von Ihrem entfernt?»

«Es ist gleich das Übernächste. Nur der Öhrlein ist dazwischen.»

«Wir konnten ihn heute nicht erreichen, als wir die Nachbarn befragt haben.»

«Der ist auf Montage und kommt erst am Wochenende zurück.»

«Wo haben Sie sich heute aufgehalten? Die Kollegen konnten auch Sie nicht befragen.»

«Meine Frau und ich sind erst vor einer Stunde zurückgekommen. Wir haben einen Ausflug nach Mespelbrunn unternommen. Als ich davon hörte, was letzte Nacht passiert ist, bin ich gleich zur Polizei.»

«Was macht Sie so sicher», fragte Heinlein, «dass Sie die Erscheinung nicht mit der Lampe auf Mangels Veranda verwechseln?»

«Ich mag zwar nicht mehr der Jüngste sein, aber ich weiß, dass Lampen niemanden verfolgen können.»

15

Zum zweiten Mal war Heinlein an diesem Tag auf dem Weg nach Sommerhausen – dem Tor zu Kunst und Weinkultur, wie die Marktgemeinde sich selbst bezeichnete. Michael Imhof bewohnte, wie er am Telefon erzählt hatte, einen mittelalterlichen Wehrturm. In der Tat, als Heinlein vor der angegebenen Adresse parkte, schaute er zu einem prächtig restaurierten Turm aus Naturstein hinauf, der sich über zwei Stockwerke erstreckte.

Ein kleiner, mit Rosen umrankter Vorgarten empfing Heinlein. An der massiven Eingangstür gab es keine Klingel, sondern ein Löwenkopf wartete darauf, dass man mit ihm gegen eine Metallverzierung pochte. Das eiserne Klacken rief den Hausherrn herbei, der über eine Treppe hinunter ins Erdgeschoss gelaufen kam.

«Sind Sie Herr Heinlein?», fragte ein Mann in schwarzem Kimono und nassen Haaren. Offensichtlich kam er gerade aus der Dusche. Auf den ersten Blick schien er Anfang vierzig zu sein. Der Dreitagesbart verlieh ihm eine unkonventionelle Note. Einer dieser Künstler vermutlich, die im Ort seit langem wohnten, dachte Heinlein.

Er nickte und trat ein. «Entschuldigen Sie, wenn ich so spät komme, aber ich wurde aufgehalten.»

«Kein Problem, ich bin im Urlaub. Kann ich Ihnen etwas anbieten?»

«Gern. Haben Sie vielleicht eine Schorle gegen den Durst?»

«Sicher. Weiß oder rot?»

«Weiß.»

Was von außen nach einer recht beengten Behausung aussah, erwies sich im Inneren als durchaus geräumig. Hier boten eine Küche und ein Esstisch ausreichend Platz für eine vierköpfige Familie.

«Ich habe einen Silvaner und einen Müller-Thurgau anzubieten», sagte Imhof beim Blick in den Kühlschrank.

«Silvaner, bitte», antwortete Heinlein, «wenn es nicht zu sehr eine Sünde ist, den guten Sommerhäuser Wein zu verpanschen.»

«Wenn Sie es nicht weitersagen, von mir erfährt es niemand. Hier, bitte schön.»

Sie setzten sich an den Tisch und tranken einen Schluck.

«Sie haben es sehr schön hier», sagte Heinlein in aufrichtiger Bewunderung für das liebevoll renovierte Gemäuer. «So etwas sieht man nicht alle Tage. Ich dachte, diese alten Türme stehen unter Denkmalschutz?»

«Das tun die meisten auch. Es gehört zu den Annehmlichkeiten meines Berufes, dass hin und wieder einer der Türme für Wohnzwecke genutzt werden darf. Ich kümmere mich unter anderem um die Werbung der Marktgemeinde, und so hat es sich gut getroffen.»

«Was machen Sie hauptberuflich?»

«Ich bin im Tourismusmarketing tätig.»

«Verstehe.» Heinlein besann sich auf den eigentlichen Grund seines Besuches. «Sie hatten vor rund drei Wochen im Weingut Baron ein Gespräch mit Gregor Zinnhobel, dem Richter. Sie erinnern sich?»

Die gute Laune in Imhofs Gesicht verlor sich im Handumdrehen. «Ja», antwortete er.

«Worum ging es dabei?»

«Eine ärgerliche Sache. Es handelte sich um sein Benehmen, das, milde gesagt, jenseits aller Toleranz liegt.»

«Hat er sich Ihnen gegenüber danebenbenommen?»

«Nein, ich hatte mit ihm nichts zu schaffen. Meine Schwester arbeitete am Landgericht mit ihm zusammen.»

«Was ist geschehen?»

Imhof seufzte, als müsse er die Geschichte zum wiederholten Male vortragen. «Man soll über die Toten nicht schlecht sprechen, aber in diesem Fall und weil Sie mich so direkt fragen: Zinnhobel war ein arroganter, selbstherrlicher und frauenfeindlicher Schnösel. Tut mir leid, wenn ich das in aller Deutlichkeit sagen muss. Alles andere wäre gelogen.»

«Wie hat sich das geäußert?»

«Als Kriminalbeamter müssten Sie ihn und seine Art eigentlich gekannt haben.»

«Ich hatte nur ein paarmal mit ihm zu tun. Dabei ist mir nichts Außergewöhnliches aufgefallen.»

«Ja, nach außen hin hatte er sich unter Kontrolle. Da war er der seriöse und charmante alte Herr, der sich gern wohlmeinend gab. Doch nach innen zeigte er sein wahres Gesicht.»

«Würden Sie das bitte präzisieren.»

«Er hat allen Frauen, mit denen er zu tun hatte, das Leben zur Hölle gemacht. Wenn er nicht verheiratet gewesen wäre, hätte ich gesagt, er sei ein Frauenhasser. Wobei das nicht ausgeschlossen ist. Er hat die Frauen behandelt, als seien sie seine Lakaien. Wer sich ihm nicht bedingungslos unterworfen hat, den hat er bis zur Verzweiflung getriezt. Hier eine unflätige Bemerkung, dort ein Wutausbruch aus nichtigem Grund. Und schließlich üble Nachrede unter den Kollegen.»

«Ihre Schwester hat das nicht vertragen, nehme ich an.»

«Andrea ist eine zarte Seele. Leicht einzuschüchtern und unfähig, sich gegen so einen Pascha zur Wehr zu setzen. Vor drei Wochen hatte ich dann genug. Sie stand kurz vor einem Nervenzusammenbruch. Ich musste eingreifen.»

«Sie haben ihn an dem betreffenden Tag abgepasst.»

«Nein, ich habe ihn zufällig getroffen. Wenn er nicht augenblicklich sein Verhalten gegenüber Andrea und den anderen Frauen ändere, würde ich Beschwerde gegen ihn einreichen.»

«Was hat er darauf geantwortet?»

«Er hat gelacht, das Schwein.»

«Sind Sie handgreiflich geworden?»

«Nein, dafür war er schon zu betrunken. Gereizt hat es mich schon, um ehrlich zu sein. Aber er tat mir auf der anderen Seite auch wieder leid.»

«Ich denke, Sie waren wütend auf ihn?»

«Ja, das auch. Es war eine dieser Situationen, in denen man ausrasten könnte, dann aber einsehen muss, dass jedes weitere Wort vergebens ist, geschweige denn eine Ohrfeige oder mehr nichts bringt. Es wäre letztlich wieder auf Andrea zurückgefallen, und das wollte ich ihr nicht antun. Er war einfach nur ein armes, jämmerliches Schwein, das Respekt nur mit Drohungen und mit Macht aufrechterhalten konnte.»

«Haben Sie ihm gedroht?»

«Ich weiß es nicht mehr. Vielleicht.»

Heinlein wog Imhofs Aussagen ab. Sie kamen spontan. Der Mann schien nicht zu lügen.

«Es kann sein, dass Sie einer der Letzten waren, der Zinnhobel lebend gesehen hat», sagte Heinlein. «Wieso haben Sie das der Polizei nicht gemeldet?»

«Hätte ich das gesollt?»

«Ja.»

«Wenn ich mich recht erinnere, bin ich kurz darauf zu einer Messe gefahren. Zu diesem Zeitpunkt wusste ich ja noch nicht, dass Zinnhobel verschwunden war.»

«Wie lange waren Sie auf der Messe?»

«Mit allen Reisetagen, eine gute Woche.»

«Von Zinnhobels Verschwinden haben Sie nichts erfahren?»

«Doch, natürlich. Als ich zurückkam, war Andrea sichtlich erholt. Es hätte ihr und den anderen Frauen kaum besser gehen können. Jede hoffte insgeheim, dass er noch möglichst lange verschwunden bleibt. Niemand hat daran gedacht, dass er tot ist.»

«Es hat ihm aber jede gewünscht?»

«Das müssen Sie die Frauen fragen. Ich für meinen Teil weine ihm keine Träne nach. Es tut mir leid für seine Frau.»

«Sie machen kein Hehl aus Ihrer Abneigung. Das trifft man nicht oft. Besonders nicht, wenn man dadurch leicht in Verdacht geraten kann.»

«Stehe ich denn unter Verdacht?»

«Bisher nicht. Wobei Sie ja offensichtlich ein Motiv haben. Bleibt folglich nur die Frage nach der Gelegenheit. Wo waren Sie am Abend, nachdem Sie Zinnhobel auf dem Weingut gesprochen haben?»

«Das müsste ich in meinem Timer nachsehen. Einen Moment, bitte.»

Imhof erhob sich und zog aus seinem Aktenkoffer ein ledergebundenes Notizbuch heraus. Er blätterte, bis er die entsprechende Seite gefunden hatte.

«Das war kurz vor der Messe. Hier steht es. Wir hatten eine Weinverkostung und ein anschließendes Gespräch, wie wir auf der Messe auftreten wollten.»

«Gibt es dafür Zeugen?»

«Um die fünfzig.»

«Können Sie mir die Namen geben? Ich werde das überprüfen müssen.»

«Reicht es, wenn ich sie Ihnen bis morgen früh schicke? Ich muss dazu in mein Büro.»

«Sicher.»

Heinlein war angenehm von der Direktheit und Offenheit Imhofs überrascht. Dieser Mann redete nicht drum herum, sondern kam verbindlich auf den Punkt. Und darüber hinaus besaß er Geschmack. Nur zu gern wäre er die Treppe hinaufgestiegen und hätte diesen alten Turm besichtigt.

«Soll ich Ihnen den Turm mal zeigen?», fragte Imhof unvermittelt.

«Ich möchte nicht unhöflich sein, aber das würde mich brennend interessieren.»

«Gut, dann kommen Sie mit. Im ersten Stock befindet sich das Schlafzimmer. Ganz oben, im Turmzimmer, habe ich ein Wohnzimmer und die Bibliothek eingerichtet. Von dort aus hat man einen exzellenten Blick über den Ort und auf den Main.»

Stufe um Stufe stieg Heinlein hinauf in den Turm. Imhof hatte nicht zu viel versprochen. Dieses ungewöhnliche Haus war ein Traum.

Was hätte er darum gegeben, es gegen seine Nobelhütte mit Klimaanlage im Frauenland einzutauschen.

16

Die Jahre flogen dahin.

Ich hatte das große Los mit meiner neuen Familie gezogen. In ihrem Kreis fühlte ich mich angenommen und verstanden. Clara und Ricardo waren im Geist der Achtundsechziger groß geworden. Druck und Kontrolle waren ihnen fremd, und sie hatten keine Einwände gegen meine Studien, die ich nun ungehindert fortführen konnte. Besonders Clara, meine neue Mutter und spätere Gefährtin, suchte nach der gescheiterten Revolution und dem Fortleben des Establishments eine neue Aufgabe. Die neu erstarkte Frauenbewegung interessierte sie nicht. Massenbewegungen, gleich welcher Art, waren ihr zum Gräuel geworden. Sie suchte ihr Heil stattdessen in der Zuwendung nach innen, dort, wo die Wurzeln ihres Frauseins lagen. Sie fand Tamar, die Wilde Frau.

Tamar war die Schwiegertochter Judas, des vierten Sohnes Jakobs. Sie war mit Er, Judas ältestem Sohn, verheiratet, der jedoch bald nach der Hochzeit ohne Nachkommen starb. Juda vermählte sie daraufhin mit seinem zweiten Sohn, Onan, damit dieser seinem verstorbenen Bruder Nachkommen verschaffe. Er aber verweigerte sich und ließ seinen *Samen zur Erde fallen und verderben*. Kurze Zeit darauf starb auch er, und Tamar blieb weiterhin kinderlos. Rechtlich hätte nun der jüngste Sohn, Schela, seinen Brüdern Nachkommen schaffen müssen, aber Juda zögerte die Vermählung hinaus, da er fürchtete, auch dieser könne ihm genommen werden. Tamar wollte dies nicht akzeptieren. Als Dirne verkleidet, verführte sie ihren Schwiegervater Juda und wurde von ihm schwanger.

Tamar wurde für Clara zum Vorbild. Sie tat nicht das, was andere von ihr erwarteten, sondern was sie selbst wollte. Tamar richtete sich nicht nach den Normen der Gesellschaft, sondern lebte aus tieferen Schichten, aus ihrer Sehnsucht nach Fruchtbarkeit und Lebendigkeit. Sie erduldete nicht passiv, was ihr angetan wurde. Sie ergriff die Initiative und riskierte ihr Leben in einer von Männern regierten Gesellschaft. Tamar hatte den Mut, etwas zu tun, auf das nach dem damaligen Recht die Todesstrafe durch das Feuer stand. Sie war aus der ihr zugedachten Opferrolle ausgebrochen und hatte zu ihrer Individualität, der einer selbstbestimmten Frau, gefunden.

Der Ehe meiner Eltern war aufgrund dieser neuen Entwicklung keine Zukunft beschert. Ein letzter Versuch sollte retten, was eigentlich schon verloren war. Aus Anlass meiner Volljährigkeit reisten wir nach Irland, in den Ort Dugart in der Grafschaft Mayo, nördlich von Galway. Es war der letzte Kompromiss, auf den wir uns nach zähem Ringen hatten einigen können. Dort in Dugart hatte Heinrich Böll sein Refugium unterhalten, dort sollte aus dem Alten das Neue erwachsen. Diese Reise sollte sich als Abenteuer ohne Wiederkehr erweisen.

Der liebevoll gepflegte Citroën 2CV brachte uns nach Cherbourg, wo wir mit dem Schiff auf die sagenumwobene Insel übersetzten. Anstatt den direkten Weg in Richtung Galway zu nehmen, setzten Clara und ich unseren Wunsch durch, einen Abstecher in den Killarney-Nationalpark zu machen. Ricardo und meine kleine Schwester stimmten notgedrungen zu.

Wir fanden ein nettes Bed & Breakfast in Kenmare, wo wir uns für die anstehende Reise durch den Nationalpark ausruhen konnten. Am nächsten Morgen ging es los. Der

Himmel war bleischwer mit Wolken verhangen, und kein Sonnenstrahl vermochte dieses Hindernis zu überwinden. Dennoch waren wir guten Mutes. Die kurvenreiche Straße führte uns hinauf zu Moll's Gap, einem Aussichtspunkt, der mir den schönsten Blick meines bisherigen Lebens bescherte. Eine raue, von Felsen durchfurchte Landschaft, deren grüne Hänge dem starken Wind trotzten. Die Wolken fuhren darüber hinweg, schenkten uns unerwartet Sonne, einen Schauer und schließlich einen Regenbogen, der sich bis ins Jenseits zu erstrecken schien. Von nun an waren alle Querelen wegen des Abstechers ausgeräumt. Erwartungsfroh steuerten wir ins Tal, geradewegs in den Nationalpark hinein. Schafe, die auf den niedrigen Straßenmauern den vorbeiziehenden Verkehr in aller Selbstverständlichkeit beobachteten, säumten unseren Weg.

Als tauchten wir in eine andere, lang zurückliegende Zeit ein, so faszinierten uns diese einzigartigen Wälder. Unwirkliche Stille und ein fades Licht tauchten alles in eine einzigartige Stimmung.

Diese ältesten noch verbliebenen Eichenwälder der Insel schluckten jede Erinnerung. Eiben, Moose, Flechten und Farne überzogen die Erde wie eine magische Formel, aus der es zischte, gurrte und rumorte. Dazwischen schlängelte sich ein Wasserlauf, auf den ersten Blick schwarz wie Kohle, auf den zweiten waren es die Steine in seinem Bett, die diese gespenstische Atmosphäre erschufen.

Wir parkten den 2CV am Wegesrand und machten uns auf Entdeckungsreise. Ricardo und meine Schwester gingen entlang der sicheren Straße, Clara und ich stapften querfeldein. Außer Sichtweite küssten wir uns an einer tosenden Biegung des Wassers. Ihr Kuss schmeckte zart und enthemmt, und schnell vergaßen wir jede Gefahr.

Im Dickicht der Farne hörte ich sie kommen, noch bevor ich sie sah. Ihr Weinen vermischte sich mit dem Rauschen des Wassers und dem schweren Atem meiner Geliebten. Ich schreckte auf, leichenblass und verstört. Sie bewegte sich auf uns zu, überquerte das Wasser trockenen Fußes und setzte sich in das Geäst eines Baumes. Sie führte einen Kamm durch ihr langes schneeweißes Haar, das ihre Augen verbarg.

Ich wusste, wenn sie mich ansah, wäre meine Zeit vorüber. Ich nahm Clara bei der Hand und brachte sie auf dem schnellsten Weg zurück zum Auto. Ein Schrei, und Clara wandte sich um. Ihr schien beim Anblick der roten Augen das Herz zu stocken. Aus ihrer Hand wich die vertraute Wärme.

Ricardo erwartete uns bereist sehnsüchtig. Meine kleine Schwester war auf der Rückbank eingeschlafen. Wir schwiegen über unser Erlebnis und fuhren weiter. Die Nacht verbrachten wir am Lough Lane, einem See, auf dessen Halbinsel ein weißes, verfallenes Kloster stand. In dieser Nacht fand ich keine Ruhe. Ich horchte zum Fenster hinaus, ob sich diese vergessen geglaubte Gestalt in meiner Nähe aufhielt.

Der Schreck stand Clara am nächsten Morgen noch immer im Gesicht. Ricardo musste etwas bemerkt haben und hatte sie zur Rede gestellt. Während sie sich unter vier Augen aussprechen wollten, kümmerte ich mich um meine kleine Schwester. Ihr durfte auf keinen Fall etwas zustoßen.

Ich sah Clara und Ricardo mit einem Ruderboot auf den See hinausfahren. Der Nebel verschluckte sie nach wenigen Metern.

Als sie am Abend noch immer nicht zurück in der Pension waren, wusste ich, dass wir sie nie wiedersehen würden.

17

Ein geöffnetes griechisches Lokal war rund um das neue Strafjustizgebäude in der Ottostraße nicht zu finden. Kilian hatte in der Not selbst die kleine Fressbude auf der gegenüberliegenden Straßenseite aufgesucht. Aber ein richtiger griechischer Café Frappé war nicht aufzutreiben. Entweder gab es nur Eiskaffee oder abgestandenen kalten Kaffee. Beides war zur Einstimmung auf einen neuen heißen Sommertag nicht geeignet.

Nun saß er im Archiv des Landgerichts vor einem Stapel Akten und sollte sich mit einer Kanne heißen Kaffees abfinden, der ihm liebenswürdigerweise auf den Tisch gestellt worden war. Aber wer trank schon an einem heißen Sommertag heißen Kaffee? Bestimmt nicht er.

Kilian machte sich auf den Weg. Irgendwo musste der Kaffee ja hergekommen sein. In dem neuen Strafjustizgebäude kannte er sich noch nicht aus, also musste er jemand fragen.

Eine Frau kam ihm entgegen. «Entschuldigen Sie, wo kann ich die Küche finden?»

«Den Gang runter, dritte Tür rechts.»

«Gibt es dort auch einen Kühlschrank?»

«Sicher.»

Er wurde nicht enttäuscht. Alle notwendigen Zutaten schienen vorhanden zu sein. Kaltes Wasser, Eiswürfel, Zucker und, am wichtigsten, Nescafé. Er nahm ein schmales Glas zur Hand, füllte reichlich Kaffeepulver hinein und gab einen Teelöffel Zucker hinzu. Oben drauf zwei Fingerbreit kaltes Wasser, und schon konnte es losgehen. Ein Mixer war nicht zur Hand, deshalb musste es auf die gute alte Weise gehen. Er nahm eine Serviette und eine Untertasse, setzte beides aufs Glas und schüttelte alles kräftig durch, bis die Masse aufgeschäumt war. Einmal kurz abschmecken und dann das Glas mit Eiswasser auffüllen. Zum Schluss noch einen Eiswürfel und einen Strohhalm hinein. Fertig.

Sein erstes Urteil: genau richtig. Zufrieden, fast schon glücklich machte er sich auf den Weg zurück ins Archiv.

Vor ihm stapelten sich die Akten der Verfahren, die Zinnhobel als Vorsitzender Richter und Mangel als Staatsanwalt betreut hatten. Heinlein hatte ihm am Abend zuvor noch von einem Gespräch mit Michael Imhof berichtet. Er sollte besonders auf Verfahren achten, bei denen Frauen eine Rolle gespielt hatten. Entweder als Opfer, Angeklagte oder Zeuginnen. Irgendwo vermutete er darin eine Spur.

Kilian machte sich an die Arbeit. Fall um Fall zog an seinem Auge vorbei. Es handelte sich mehrheitlich um Raub, Vergewaltigung und Tötungsdelikte. Frauen waren meist auf der Seite der Opfer, seltener unter den Tätern zu finden. Das Bild änderte sich jedoch, je weiter er in die jüngere Vergangenheit vordrang. Man konnte meinen, das weibliche Geschlecht hätte sich auch in der Durchführung von Straftaten Gleichberechtigung verschafft. Ab Mitte der neunziger Jahre tauchten vermehrt Gewaltdelikte auf, die Frauen begangen hatten beziehungsweise an denen sie beteiligt waren. Wenn er die Protokolle aufmerksam las, so veränderte sich auch der Ton in den Aussagen der Beklagten. Er wurde zunehmend ruppiger und selbstverständlicher. Wer täglich mit dieser Art von weiblichen Kriminellen zu tun hatte, der konnte sein Verhältnis zu Frauen schon ändern, sagte sich Kilian im Hinblick auf Richter Zinnhobel.

Eine Stimme an seiner Seite ließ ihn aufblicken. «Da haben Sie sich ja was vorgenommen», sagte eine Frau in dunkelblauem Kostüm und mit blonden, schulterlangen Haaren.

Kilian erkannte in ihr Staatsanwältin Beatrice Lichtenhagen, die aus Bad Godesberg nach Würzburg gekommen war. Er hatte bisher nur kurz mit ihr zu tun gehabt, dennoch erkannten sie sich wieder.

«Frau Lichtenhagen», antwortete Kilian, «was verschlägt sie in diese schlecht klimatisierten Hallen?»

«Wenn Sie glauben, hier unten sei es heiß, dann sollten Sie mal in mein Büro kommen. Da hilft nur die Flucht. Aber, was machen Sie hier mit den vielen Akten?»

«Ich bin auf Spurensuche. Irgendwo in den Verfahren, die Richter Zinnhobel und ihr verstorbener Kollege Mangel bearbeitet haben, hoffe ich etwas zu finden.»

«Dann wünsche ich Ihnen einen langen Atem. Zinnhobels Fälle reichen bis in die achtziger Jahre zurück.»

«Wem sagen Sie das. Ich konzentriere mich daher auf die letzten Jahre.»

«Wenn Sie mir einen Anhaltspunkt geben, kann ich Ihnen vielleicht helfen. Aber zuvor muss ich was essen.»

Kilian schaute verdutzt auf die Uhr. Tatsächlich, es war bereits Mittagszeit. «Darf ich Sie zum Essen einladen?»

Die Staatsanwältin stimmte prompt zu.

Das Knossos mit seiner einladenden Terrasse an der Balthasar-Neumann-Promenade war ihre erste Anlaufstation, doch bis auf den letzten Platz besetzt. Blieben die Residenzgaststätten. Sie hatten Glück, ein Tisch wurde soeben auf der Terrasse zum angrenzenden Hofgarten frei. Schatten gab es reichlich, und der Schoppen aus dem Hofkeller war erste Wahl. Lichtenhagen entschied sich für Schäufele, Kilian für Tagliatelle mit Lachs.

«Wie haben Sie Richter Zinnhobel erlebt?», fragte Kilian, nachdem die Bestellungen aufgegeben und die Getränke serviert worden waren.

«Meine ehrliche Meinung?», fragte sie.

«Das würde mir sehr helfen.»

«Er war ein Fossil. Einer von der Sorte, die glauben, Frauen hätten in der Berufswelt nichts verloren. Mir gegenüber verhielt er sich im Rahmen seiner Möglichkeiten, von denen er allerdings nicht viele besaß. Er bemühte sich, seine Vorurteile für sich zu behalten. Das war dann aber auch alles. Andere Frauen jedoch, die ihm zuarbeiteten oder die in seinem Gerichtssaal erschienen, kamen nicht so gut weg.»

«In den Gerichtsprotokollen ist davon nichts zu lesen.»

«Er hat dafür gesorgt, dass nach außen hin alles im Lot war. Dafür sind regelmäßig Beschwerden beim Gerichtspräsidenten eingegangen. Der hat beide Augen zugedrückt, schließlich wäre Zinnhobel bald in Pension gegangen.»

«Eine seiner Mitarbeiterinnen soll er besonders auf dem Kieker gehabt haben. Schon mal was davon gehört?»

«Die Stimmung in seinem Umfeld war chronisch schlecht. Eine bestimmte Frau ist mir nicht aufgefallen.»

«Und in den Verfahren, die er geleitet hat, war da ein Fall dabei, der besonders herausstach?»

«In welcher Weise?»

«Fühlte sich jemand von Zinnhobel besonders benachteiligt oder hat gar jemand Drohungen gegen ihn ausgesprochen?»

«Drohungen gehören zum Alltag eines Juristen. Die gehen zum einen Ohr rein und zum anderen wieder raus. Und was die vermeintliche Benachteiligung angeht: Das wissen Sie doch selbst, Recht und Gerechtigkeit sind zwei unterschiedliche Dinge. Ich denke, in dieser Hinsicht hatte er sich nicht groß etwas vorzuwerfen.»

«Aber es gab sie.»

«Bestimmt. Wie bei jedem anderen auch.»

«Hatte er Feinde am Landgericht?»

«Sie meinen, außer den weiblichen Angestellten, einigen Staatsanwälten, Richtern, Schöffen und der Mehrzahl der Anwälte?»

«Ja.»

«Nicht dass ich wüsste.»

Kilian seufzte. Er hatte sich mehr von diesem Gespräch erhofft als eine nicht enden wollende Aufzählung von möglichen Allerweltsverdächtigen.

Lichtenhagen entging das nicht. «Enttäuscht?»

«Etwas, ja. Irgendwie dachte ich, dass unser Gespräch mir einen Anhaltspunkt für meine Ermittlungen liefert.»

«Wenn Sie mich noch zu einem Eis einladen, hätte ich da vielleicht etwas für Sie.»

Kilian lächelte. «Für die richtige Information bekommen Sie sogar noch einen Schlag Sahne obendrauf.»

«Abgemacht. Wenn Sie sich das Duo Zinnhobel und Mangel betrachten, dann schaut die Sache ermittlungstechnisch besser aus. Dazu müssen Sie einiges über Mangel wissen. Er war ein Kotzbrocken, wie er im Buche steht. Eifrig und hinterhältig. Bei ihm wusste man nie, ob er etwas gegen einen im Schilde führte. Der Oberstaatsanwalt kann ein Lied davon singen, nachdem ihn jemand anonym beim Präsidenten angeschwärzt hat. Es ging um Vorteilsnahme, derer er sich schuldig gemacht haben soll. Letztlich hat sich der Vorwurf als haltlos herausgestellt, aber sein Ruf ist seitdem nicht mehr so sauber wie zu Anfang. Ein Gerücht ging um, dass Mangel die Finger im Spiel hatte. Er selbst hat es vehement von sich gewiesen, doch irgendwie passte alles in sein Kalkül.»

«Was da wäre?»

«Na, was denken Sie?»

«Keine Ahnung. Ich kannte Mangel zu wenig.»

«Er war scharf auf den Posten des Oberstaatsanwaltes. Das war kein Geheimnis. Zugegeben, er arbeitete auch wie wild darauf hin. Aber die Penetranz und die Kaltschnäuzigkeit waren einigen zu viel. Es wundert mich, dass es Mangel erst jetzt erwischt hat.»

«Sie meinen, es gab Rachepläne innerhalb des Landgerichts?»

«Nein, meine Kollegen hätten das bestimmt auf eine elegantere Art und Weise erledigt. Ich denke, die Gefahr kam von außen.»

«Von einem Angeklagten und/oder Verurteilten?»

«Oder von einem Angehörigen, ja. Was das Strafmaß anging, war er nicht zimperlich, manchmal nah an der Grenze des Vertretbaren. Delikat wurde es allerdings, wenn Zinnhobel in diesen Verfahren als Richter auftrat. Von da an konnte niemand mehr sagen, welches Urteil zu erwarten war.»

«Was im Rahmen des Gesetzes anzusetzen war, oder?»

«Sicher, aber der Richter hat bei der Urteilsfindung einen Ermessensspielraum. Er entscheidet, ob Sie für einen Diebstahl mit einer Geldstrafe davonkommen oder mit Freiheitsentzug bestraft werden.»

«Und Zinnhobel ist immer an die Grenze gegangen?»

«Eben nicht. Das war ja das Außergewöhnliche. Es war keine Tendenz oder ein bestimmter Stil bei ihm zu entdecken. Außer es handelte sich um Frauen. Vertrat dann auch noch Mangel die Anklage, dann konnte man eigentlich davon ausgehen, dass er Zinnhobel das Strafmaß ins Urteil diktierte.»

«Also das Höchstmaß.»

«Sie waren nicht berechenbar. Glaubte man, das Duo infernale würde einen Täter für Jahre hinter Gitter bringen, kam er auf Bewährung davon. Dann aber handelte es sich um eine fahrlässige Tötung, und schon war die Grenze zum Totschlag überschritten.»

«Das klingt nach Vorteilsnahme. Ist das niemandem aufgefallen?»

«Natürlich. Aber was wollen Sie dagegen machen?»

«Zinnhobel und Mangel nicht in ein und demselben Verfahren als Staatsanwalt und Richter bestellen.»

«Wenn es so einfach wäre. Dazu müssten Sie dem wachsenden Strafaufkommen mehr Richter und Staatsanwälte entgegensetzen. Zum anderen wurde manches Urteil durchaus gern gesehen.»

«Von wem?»

«Lesen Sie die Zeitung. Dort schreiben die Leute, die nach einer strengeren oder auch milderen Justiz rufen.»

«Gibt es Verfahren der jüngsten Zeit, die das Zusammenspiel von Zinnhobel und Mangel offenbaren?»

«Sicher. Aber das kostet Sie mindestens einen Espresso.»

18

«Eindeutig achtzehntes Jahrhundert», sagte der Mann von der Denkmalpflege und setzte die verstaubte Schutzbrille ab.

Auf dem Tisch lag der Teil des Bildstocks, den Heinlein auf Anraten Willibald Kremers zur näheren Untersuchung in das Landesamt für Denkmalpflege hatte bringen lassen.

«Und was sagt uns das jetzt?», wollte Heinlein wissen.

Kremer hatte einen Stapel Bücher vor sich liegen, daneben Listen und Aufzeichnungen über alle bekannten Standorte von Bildstöcken und ihren weitverzweigten Verwandten in Unterfranken. «Einen Moment», sagte er wie geistesabwesend und unterzog das nächste Buch einer Prüfung. Er verglich und prüfte, suchte nach Einträgen und Querverweisen, bis er schließlich eine Antwort gefunden hatte.

«Dieser Stein», sagte er, «gehört allem Anschein nach zu einem Bildstock, der sich bis Anfang des letzten Jahrhunderts auf einem Feld in der Nähe von Güntersleben befunden hat.»

«Wieso finden wir ihn dann Kilometer entfernt am Ortsrand von Veitshöchheim?»

«Gute Steine waren schon immer gefragt. Und skrupellose Menschen gibt es auch schon länger. Viel entscheidender ist, zu welchem Zweck er dort aufgestellt wurde und was er besagt. Fangen wir mit Letzterem an. Wenn die Aufzeichnungen stimmen, dann lautet die vollständige Inschrift: *O Mensch steh still und schau mich an. Gedenck dein Sündt seint Schult daran.* In der Würzburger Straße in Estenfeld gibt es einen Stein mit der gleichen Inschrift. Er zeigt den

Gekreuzigten und sagt aus, dass Jesus Christus für unsere Sünden ans Kreuz geschlagen wurde. Christus nimmt also eine Stellvertreterrolle ein.

Der Zweck ist damit klar beschrieben. Die Menschen sollten daran erinnert werden, wieso Christus hat sterben müssen.»

«Ursprünglich ist mir das klar. Aber warum taucht ein Teil des Steins nun an anderer Stelle auf?»

«Er könnte eine lange Wanderschaft hinter sich haben oder ausschließlich für diesen einen Zweck dort gepflanzt worden sein. Das kann viele Gründe haben. Vielleicht haben ihn die Siebener vor langer Zeit als Grenzstein benutzt, und er ist später in Vergessenheit geraten.»

«Alle aus dem Siebenerkreis, die uns darüber Aufschluss geben könnten, dürften wahrscheinlich schon lange tot sein.»

«Ja.»

«Aber wer könnte von der Bedeutung und der Lage des Steins noch gewusst haben?»

«Theoretisch jeder, der ihn zufällig gefunden und seine Historie erforscht hat. Das bezweifle ich allerdings. Sie haben ja gesehen, was für ein Aufwand es ist, so ein Fragment genauer zu bestimmen.»

Dann war's das wohl, dachte Heinlein. Es war schlicht Zufall gewesen, dass Mangel in unmittelbarer Nähe zu diesem Stein erhängt worden ist. Ein eindeutiger Zusammenhang war nicht herzustellen. Von nun an würde er sich bei den Ermittlungen allein auf das Umfeld des Opfers konzentrieren müssen und waghalsige Theorien über einen Ritualmord ad acta legen.

«Seltsam ist das allerdings schon», sagte Kremer.

«Was?», fragte Heinlein.

«Dieser Bildstock ist mit einer Legende verbunden. Das ist nichts Außergewöhnliches. Im Gegenteil, das ist oft passiert.

Aber diese scheint mir doch etwas auffällig zu sein. Ich meine im Zusammenhang mit Staatsanwalt Mangel.»

«Wie lautet sie?»

Kremer setzte die Brille zurecht und las vor. «In Güntersleben hatten zwei Brüder einst einen Streit. Es handelte sich um ein Feld, das beide für sich beanspruchten. Da sie sich nicht einigen konnten, musste ein Gericht darüber entscheiden, wem der Acker zugesprochen werden sollte. Nach langem Hin und Her, bei dem viele Zeugen aussagten, wen der verstorbene Vater wohl am ehesten mit dem Stück Land hätte begünstigen wollen, erhielt der Jüngere den Zuschlag. Er war dem Vater in den letzten Jahren seines Lebens oft zur Seite gestanden, während der Ältere sich gern in den Wirtshäusern in Würzburg aufhielt und ein Stück Feld nach dem anderen veräußerte, um seinen Lebenswandel zu finanzieren.

Nach dem Urteilsspruch ging der Ältere zu dem Bildstock, der die beiden Felder voneinander trennte. In seinem Schatten hatte sich der Vater oft zur Mittagszeit ausgeruht und fromm ein Gebet zu unserem Herrn Jesus gesprochen. Trauer und Wut hatten den Verstand des älteren Bruders längst in Besitz genommen, und so verfluchte er den Vater mit den Worten *Gedenck dein Sündt seint Schult daran,* dass der Jüngere ihm vorgezogen worden sei und er nun in Armut leben müsse. Da kam ein Reiter des Weges und erkundigte sich nach dem Grund dieser zornigen Rede. Der Bruder erzählte ihm, was vorgefallen war. Der Mann auf dem Pferd stellte sich ihm als Ankläger des Gerichts in Würzburg vor und unterbreitete ihm einen Handel. Wenn er dem Älteren das verlorene Land zurückklagen würde, dann solle er für seinen Dienst die Hälfte des Ackers bekommen. Und so geschah es. Der Advokat sorgte für falsche Zeugen, die nun gegen den jüngeren Bruder aussagten. Dem Richter blieb somit nichts anderes übrig, als sein Urteil zu revidieren. Froh um das zurückgewonnene Land wandte sich der Ältere wieder den Wirtshäusern zu und vertrank ein Stück Land nach dem anderen. Die Wirte schenkten ihm widerspruchslos ein, denn die Zeche zahlte der Advokat. Erst als ihm der letzte Acker genommen worden war, erkannt der Ältere, dass er betrogen worden war. In seinem Zorn passte er den Advokaten beim nächsten Ausritt ab und erschlug ihn mit einem Stein. Als er erkannte, was er getan hatte, lief er zurück zum Bildstock und rief alle Schutzheiligen an, ihn vor der drohenden Strafe zu verschonen. Da soll es aus dem Bildstock zu ihm gesprochen haben: *Gedenck dein Sündt seint Schult daran.*»

Heinlein ließ die Geschichte auf sich wirken. Sicher, es war eine Legende, wie es viele dieser Art um Bildstöcke gab. Doch konnte das tatsächlich Zufall sein?

«Ich glaube, ich weiß, was Sie denken», sagte ein nicht minder nachdenklicher Kremer. «Zuerst die Geschichte von der Mathild und dem korrupten Vogt und jetzt das.»

«Seltsam», bestätigte Heinlein. «Wer könnte die Legende von den beiden Brüdern und dem hinterhältigen Advokaten kennen?»

«Das Buch ist 1910 erschienen. Ich schätze, in einer Auflage von mehreren hundert Stück. Das bekommen Sie nur noch über ein Antiquariat oder in einer gut sortierten Bibliothek. Wer weiß, wer die Geschichte noch abgedruckt hat. Es müsste jemand sein, der sich mit Bildstöcken und den Sagen Mainfrankens gut auskennt, zumindest sich dafür interessiert. Das können Steinmetze, Volkskundler oder auch Heimatpfleger sein.»

«Gibt es viele davon bei uns?»

«Nahezu jede Gemeinde hat einen Heimatpfleger. Zusätzlich arbeiten noch welche für den Landkreis. An den Universitäten gibt es Lehrstühle für Volkskundler, und Steinmetze finden Sie zuhauf.»

«Aber unser Mann oder unsere Frau scheint sich besonders gut auszukennen.»

«Das stimmt. Dieses Buch ist sicherlich nicht leicht zu bekommen. Oder er hat Glück gehabt. Apropos, ich habe da noch etwas vergessen.»

«Ich höre.»

«Die Sache mit der Weißen Frau beschäftigt mich.»

«Da sind Sie nicht der Einzige. Ganz Würzburg spricht darüber.»

«Ich habe in meinen Unterlagen nochmal nachgeschaut und bin auf eine Sage gestoßen, die eine Erscheinung im Holunderbusch zum Inhalt hat.»

«Holunderbusch? Ich verstehe nicht, was Sie meinen.»

«In der Nähe des Fundorts von Richter Zinnhobel steht doch ein Holunderbusch, direkt an der Friedhofsmauer. Diese drei Jugendlichen, die die Leiche entdeckt haben, wollen doch laut Zeitung ein helles Licht oder eine Weiße Frau gesehen haben, die aus dem Holunderbusch gekommen ist.»

«Stimmt, ja. Erzählen Sie.»

«Es ist nur eine Sage, aber sie scheint mir für die Umstände recht bezeichnend zu sein. Sie handelt von einer frommen Bauersfrau. Jeden Abend saß sie am Fenster und betete den Rosenkranz. Als die Nacht hereingebrochen war, sah sie einmal ein Licht in einem Holunderbusch. Sie ging hinaus und fragte im Namen Jesu, was es mit dem Licht auf sich habe. Aus dem Holunderbusch hörte sie die Antwort, dass eine arme Seele auf Erlösung warte. Wenn ihr drei Messen gelesen würden, könnte die Seele Ruhe finden, und das Licht würde erlöschen. Die fromme Bauersfrau veranlasste dies – und tatsächlich, nach der dritten Messe erlosch das Licht im Holunderbusch.»

«Wo soll das, der Überlieferung nach, stattgefunden haben?»

«In einer Gemeinde namens Rimbach, die zum Landkreis Kitzingen gehört, früher zum Landkreis Gerolzhofen.»

«Das ist ein gutes Stück entfernt.»

«Richtig. Deswegen habe ich auch kein großes Aufsehen darum gemacht. Aber jetzt, nachdem ich die Geschichte um den hinterhältigen Advokaten gelesen habe, die mit dem Tod von Staatsanwalt Mangel in Verbindung zu stehen scheint, kommt mir das schon etwas seltsam war. Finden Sie nicht auch?»

Heinlein antwortete nicht. Ja, das war es. Diese seltsame Anhäufung von alten Geschichten im nahen Umfeld von zwei Morden.

19

War es die Hitze, der Alkohol oder womöglich beides, die den Übermut förderten? Nach einem schweißtreibenden Tag im Archiv der Strafjustiz sah Kilian eine weiße Gestalt, die todesmutig auf der Befestigung der Alten Mainbrücke herumturnte. Jenseits der steinernen Brüstung ging es metertief hinunter in das Flussbett des ausgezehrten Mains. Diesseits johlte eine Gruppe betrunkener Jugendlicher der Gestalt zu, die offensichtlich eine Weiße Frau darstellte. Die Passanten maßen dem makabren Schauspiel nur wenig Aufmerksamkeit bei. Ihr Weg führte sie schnellstens in den nächsten Biergarten.

Auch Kilian hatte sich mit Pia und Heinlein zum Abschluss eines anstrengenden Arbeitstages im Biergarten am Alten Kranen verabredet. Unterm Arm trug er die Früchte seiner Arbeit – die Gerichtsakten dreier ausgewählter Verfahren, an denen Zinnhobel und Mangel beteiligt gewesen waren. Es gab deren noch weitere, aber nach Aussage von Staatsanwältin Lichtenhagen seien es diese drei, die in den letzten Jahren für Aufsehen gesorgt hatten.

Kilian ging gleich hinter der Alten Mühle zum Mainkai hinunter. Von hier aus war der Rest der Strecke ein angenehmer Katzensprung. Mit der untergehenden Sonne an der Seite flanierte er an Liebespärchen vorbei, die es sich auf der Uferpromenade bequem gemacht hatten. Einzig die Skater behielt er im Auge. Hin und wieder überschätzte so mancher seine Fähigkeiten.

Der Biergarten platzte wie erwartet aus allen Nähten. Er hielt mit knirschenden Schritten auf dem Kiesweg auf eine

Bank zu, die am schattigen Durchgang zum Alten Kranen lag. Da Pia pünktlich Feierabend gemacht hatte, war sie für die Platzsicherung verantwortlich. Und sie hatte Wort gehalten. Er beugte sich zu ihr hinunter und gab ihr einen Kuss.

«Schon lange hier?», fragte er und setzte sich ihr gegenüber.

«Zwei Radler lang», antwortete sie. «Wo steckt der Schorsch?»

«Keine Ahnung. Ich hoffte, er wäre vor mir da.»

«Ermittelt ihr nicht zusammen?»

«Doch, aber ich musste heute ins Archiv, und Schorsch hat sich mit jemand getroffen. Seitdem habe ich nichts mehr von ihm gehört.»

Ein vielkehliges Johlen lenkte ihre Aufmerksamkeit auf die Alte Mainbrücke. Die Weiße Frau war baden gegangen. Nachdem sie wieder aufgetaucht war, trieb sie mit ihrem weißen Umhang mainabwärts auf sie zu. Das schien ein unfreiwilliges, aber willkommenes Zeichen für weitere Übermütige zu sein. Vom grünen Korridor entlang der Dreikronenstraße aus sprang noch jemand ins Wasser. Er schwamm unter dem Beifall Hunderter Schaulustiger an beiden Ufern auf das Stück Treibgut zu.

«Die Kids drehen jetzt vollkommen ab», sagte Heinlein, der mit zwei Gläsern Bier in der Hand neben Pia und Kilian auftauchte. «Hinterm Dom lauern weiß vermummte Gestalten ahnungslosen Touristen auf.»

«Ist das eine Bier für mich?», fragte Kilian.

«Wenn du die nächste Runde besorgst, ja.»

Kilian stimmte zu und trank in großen Schlucken. Seine Kehle war wie ausgedorrt. «Mann, das habe ich jetzt gebraucht.»

«Wie war's im Archiv?», fragte Heinlein.

«Ich glaube, ich bin da auf etwas gestoßen», antwortete Kilian und berichtete von seinem Gespräch mit Staatsanwältin Lichtenhagen. Heinlein hörte aufmerksam zu, und mit jedem Wort aus Kilians Mund verfestigte sich seine Vermutung, dass sie es mit jemand zu tun hatten, der die Morde an Zinnhobel und Mangel mit Sagen über mainfränkische Bildstöcke verknüpfte.

«Es handelt sich konkret um drei Fälle», führte Kilian aus. «Nummer eins: der Fall Dorothea Müller, Opfer einer Vergewaltigung. Staatsanwalt Mangel vertrat die Anklage und forderte lediglich vierzehn Monate, obwohl der Täter eine Waffe mit sich geführt hatte.»

«Da stehen doch mindestens drei Jahre drauf», unterbrach Heinlein.

«Richtig. Zinnhobel führte in seiner Urteilsbegründung aus, dass das Messer am Gürtel des Täters auch als Werkzeug zu benutzen war, was die Verteidigung untermauerte, indem sie darauf verwies, dass der Täter in seiner Freizeit gern Holzfiguren schnitze.»

Pia empörte sich. «Das ist doch eine Frechheit.»

«So sahen es die Betroffene und ihre Angehörigen auch. Leider ohne Erfolg. Die Revision brachte nichts.»

«Was macht den Fall außerdem bemerkenswert?», hakte Heinlein nach.

«Dass es sich bei dem Täter um den Spross eines erfolgreichen Immobilienmaklers handelt. Dieser wiederum stand in dem Verdacht, Mangel mietgünstig das schöne Häuschen zugeschustert zu haben, in dem er mit seiner Familie lebte.»

«Konnte das bewiesen werden?»

«Nein, das Objekt war zu einem anderen Makler gewechselt, mit dem er jedoch gern zusammenarbeitete.»

«Und das ist niemandem aufgefallen?», fragte Pia.

«Wie denn? Dazu müsstest du alle Immobilienmakler verpflichten, nicht an Justizbeamte zu vermitteln. Oder was glaubst du, woher Schorsch seine schicke Wohnung im Frauenland bekommen hat?»

Heinlein überging die Anspielung geflissentlich. Er hatte sich nichts vorzuwerfen.

«Aber davon abgesehen», sprach Kilian weiter, «diese Verbindung kam erst vor zwei Jahren ans Tageslicht.»

«Worum handelt es sich im zweiten Fall?», fragte Heinlein.

«Der Fall Gunther Pirsch. Tötung auf Verlangen.»

«Ich erinnere mich. Das hat noch mein Vorgänger, der alte Schömig, bearbeitet. Was soll da krummgelaufen sein?»

«In dem Seniorenheim, in dem Pirsch als Pfleger tätig war, ist ein Patient durch Medikamentenvergiftung gestorben. Sein Anwalt plädierte auf eingeschränkte Schuldfähigkeit, was durch ein Gutachten untermauert wurde. Aber Zinnhobel hat es nicht zugelassen. Mangel hatte ein Gegengutachten angestrengt und sich damit durchgesetzt. Pikant an der Sache war, dass das vermeintliche Testament des Verstorbenen abhandengekommen ist. Pirsch soll es an sich genommen haben, was er bis heute bestreitet. Der Begünstigte, der Sohn des Verstorbenen, wartet bis heute auf die alleinige Verfügungsgewalt der Hinterlassenschaft, die er so lange mit seinen Geschwistern teilen muss. Man munkelt, dass ein Spezi Zinnhobels, der mit dem Begünstigten gut bekannt ist, auf Zinnhobel eingewirkt hat, eine möglichst hohe Strafe zu verhängen, um Druck auf Pirsch auszuüben, damit er das Testament endlich herausrückt.»

«Klingt ziemlich verworren», urteilte Pia.

«Eigentlich ganz einfach. Noch immer sitzt er in der JVA und gehört eigentlich in die Psychiatrie, wo er nach erfolgreicher Therapie die Aussicht hätte, als geheilt entlassen zu werden.»

«Wären Zinnhobels und Mangels Tod für ihn von Vorteil?», fragte Pia.

«Sicher. Wenn es zur Wiederaufnahme kommt, dann müsste er nicht fürchten, vor Gericht auf die beiden zu treffen.»

Heinlein nickte. «Okay, Fall Nummer drei.»

«Rosie Wilde. Opfer eines Verkehrsunfalls vor neun Monaten.»

Heinlein stutzte. «Was haben Zinnhobel und Mangel mit einem Verkehrsunfall zu schaffen?»

«Streng genommen nichts. Doch bevor der Fall zu einem Verkehrsunfall wurde, handelte es sich um fahrlässige Tötung. Und genau darin liegt der Skandal. Rosie Wilde war an einem nebelverhangenen Morgen mit dem Auto auf dem Weg zur Arbeit. Aus nicht geklärten Umständen raste sie ungebremst in einen Sattelschlepper, der von der Autobahnabfahrt bei Randersacker auf die B13 einbog. Der Fahrer des Sattelschleppers hatte die Lenkzeit beträchtlich überschritten, ging aber nahezu ungeschoren aus dem Prozess hervor. Rosie Wilde hingegen erhielt eine Teilschuld, da sie mit abgefahrenen Bremsen unterwegs war.

Die Zeugen behaupteten, dass der Fahrer des Sattelschleppers ohne zu stoppen auf die stark befahrene B13 aufgefahren sei und Rosie Wilde selbst mit intakten Bremsen keine Chance gehabt hätte. In der Gerichtsverhandlung verhielt sich der Angeklagte auffallend entspannt, manche wollten ihn gar lächelnd bei der Zeugenvernehmung gesehen haben, was einige Anwesende zu Unmutsäußerungen veranlasste.»

«Und wo ist da Zinnhobels und Mangels Versagen zu sehen?»

«In der auffallend milden Strafe, die trotz Nichteinhaltung der Lenkzeiten verhängt wurde. Laut Staatsanwältin Lichtenhagen liegt das Urteil dem Gerichtspräsidenten schwer im Magen.»

«Wieso das?»

«Das weiß ich noch nicht. Sie hat nichts weiter dazu gesagt.» Er trank einen Schluck Bier. «Nun zu dir. Was hast du herausgefunden?»

«Wie es scheint, haben wir es mit einem Täter zu tun, der

sich in der mainfränkischen Sagenwelt sehr gut auskennt und sie in seinen Taten umsetzt.»

Kilian ahnte, was kommen würde. «Du meinst den Unfug mit dieser Weißen Frau?»

«Bei näherer Betrachtung versteckt sich dahinter viel mehr.»

Heinlein berichtete von seinem Gespräch mit Kremer. «Zusammengenommen sind das sehr viele Zufälle. Meinst du nicht auch?»

Doch Kilian war nach wie vor für geheimnisvolle Legenden um verschleppte Bildstöcke und Stimmen aus dem Holunderbusch nicht zu begeistern. «Willst du das dem Chef oder vielleicht gar der Presse erzählen? Die werden dich vierteilen.»

Heinleins Blick wechselte zu Pia. «Was sagst du dazu?»

Sie seufzte. «Also ganz ehrlich: Offiziell würde ich das nicht machen. Aber bis es so weit ist, ist die Spur genauso gut wie jede andere.»

Kilian glaubte seinen Ohren nicht zu trauen. «Reicht es nicht, dass Schorsch sich so einen Bären aufbinden lässt? Jetzt bestärkst du ihn auch noch darin.»

«Danke», erwiderte Heinlein und trank sein Bier leer. Er schob das Glas Kilian zu. «Deine Runde.»

20

Eine wunderbar angenehme Nacht hatte sich über das Maintal ausgebreitet. Zum ersten Mal seit Tagen hatte man das Gefühl einer leichten Abkühlung. Im oberen Frauenland lag Heinlein wie in den letzten Tagen auch auf seinem Notbett mit freiem Blick auf die Stadt. Inzwischen hatte er seine Insektenabwehr professionalisiert. Neben Teebaum- und Lavendelöl kam ein Ring aus Kerzen zum Einsatz sowie ein Moskitonetz aus Thomas' Campingausrüstung.

Die Familie war bereits zu Bett gegangen. Claudia war über einem Bildband Tiepolos eingeschlafen, und Thomas bereitete sich auf seinen Sühnedienst vor, der am nächsten Morgen um sechs Uhr begann. Heinlein hatte ihm ein Praktikum, wie er es nannte, in einer Einrichtung für betreutes Wohnen verschafft. Dort sollte Thomas nahe am Subjekt arbeiten, was in diesem Fall hieß, ehemalige Drogenabhängige bei ihrer Resozialisierung zu unterstützen.

Auf dem abgeschirmten Liegestuhl hatte es sich Heinlein für die anstehende Lektüre richtig bequem gemacht. Eine Sommerhäuser Scheurebe verlieh ihm die notwendige Leichtigkeit, die er brauchte, da er sich Veras Literaturauswahl noch einmal zu Gemüte geführt hatte und mit zunehmender Begeisterung die Beschreibungen von Bildstöcken und ihren Verwandten las. Da gab es Steinkreuze, Radkreuze, Ringkreuze, Kreuzsteine und dergleichen mehr. Die Verbindung von Mord und Kreuzstein brachte ihn schließlich zu den Sühne- und Mordkreuzen.

Sühnekreuze, so las er, waren sogenannte Denkmale

mittelalterlichen Rechts. Sie waren Teil von Sühneverträgen, die zwischen zwei verfeindeten Parteien geschlossen wurden, um eine Blutfehde wegen eines begangenen Mordes oder Totschlags zu beenden. Der überwiegende Teil dieser Kreuze sei in Kreuzform gehauen worden und stammte aus der Zeit zwischen dem dreizehnten und sechzehnten Jahrhundert.

In jenen Jahren war es üblich, an der Stelle, wo ein Mensch eines gewaltsamen, aber nicht beabsichtigten Todes durch einen Dritten starb, ein steinernes Kreuz aufzustellen. Der Totschlag war eine Privatangelegenheit, um die sich die Gerichte nur selten kümmerten. Konnte der Täter sich mit den Hinterbliebenen des Erschlagenen auf gütlichem Wege einigen, dann war er von jeder weltlichen Strafe befreit. Die Einigung zwischen Täter und Hinterbliebenen wurde durch Verträge festgehalten. Darin wurde bestimmt, was der Täter zur Sühne für den Totschlag zu erfüllen hatte.

Darunter fiel unter anderem, für den Toten eine bestimmte Anzahl von Seelenmessen in der Kirche lesen zu lassen. Ferner mussten die Hinterbliebenen mit Geld entschädigt werden, was als Wer- oder Manngeld bezeichnet wurde. Wallfahrten zur eigenen Buße sowie zum Seelenheil des Toten galt es abzuleisten und beglaubigte Bestätigungen über den Vollzug beizubringen. Nicht selten musste der Täter die Heimat für mehrere Jahre verlassen, wenn es nicht mehr ausreichte, den Hinterbliebenen zum Beispiel beim Wirtshausbesuch aus dem Weg zu gehen. Der Täter musste sich mitunter auch verpflichten, Kriegsdienst mit zusätzlich auf seine Kosten angeworbenen Söldnern zu leisten.

Da zählte die Abbitte mit vorgeschriebener Kleidung und einer Anzahl von Freunden am Grab noch zu den kleineren Leistungen, die zu erbringen waren. Jedoch konnten Gerichts- und Zeugenkosten, sofern sie anfielen, sowie der Leichenschmaus und eine bestimmte Menge an Wachs, die der Kirche zu stiften war, manch einen in die Armut treiben. Nicht zuletzt das Kreuz, das am Tatort zur eigenen Buße und zum Seelenheil des Toten zu errichten war, galt es zu finanzieren.

Kam der Täter all dem nach, so war seine Blutschuld gesühnt. Tat er es nicht oder scheiterte das Zustandekommen eines Sühnevertrags, dann trat an seine Stelle die Blutrache der Hinterbliebenen, die sie an der Sippe des Täters vollzogen. In dieser Übergangszeit wurde der Körper des Toten nicht begraben, sondern bis zum Vollzug der Rache auf sonderbare Weise konserviert. Er wurde in den Rauchfang, den Schlot, zum Ausräuchern gehängt.

Mit Einführung der Halsgerichtsordnung unter Kaiser Karl dem Fünften im Jahre 1533 war es vorerst vorbei mit derartigen Sühneverträgen. An ihre Stelle trat ein ordentliches Gericht.

Ihnen folgten jedoch die Mordsteine. Sie wiesen auf ein dramatisches, regionales Ereignis hin und wurden im Gegensatz zu den Steinkreuzen verschiedenartig gehauen. Der Mord wurde meistens bildlich festgehalten, da das gemeine Volk ohnehin kaum lesen konnte. Damals wie heute ereignete sich ein Mord oft an einer abgelegenen Stelle, was dazu führte, dass sich daraus eine besonders dramatische Legende um den Mord entspann. Im Laufe der Zeit wirkten an der Tat noch Dritte und Geister mit. Auch Weiße Frauen hatte man angeblich in ihrer Nähe schon gesehen.

Ein interessanter Gedanke, überlegte Heinlein. Er gähnte müde und dämmerte ins Traumreich hinüber. Über ihm erschien ein helles Licht am schwarzen Himmel. Es war kein Stern, dafür war es viel zu nah und viel zu groß. Und es hatte menschliche Formen.

21

Nach Claras Tod blieb mir die Liebe zu Irland und ein Mädchen, das mit mir zur Vollwaise geworden war. Wir fanden eine Wohnung gleich in der Nähe meiner Universität, wo ich nun professionell meinen Studien nachgehen konnte. Obwohl meine Schwester nicht auf den Kopf gefallen war, tat sie sich mit der Schule schwer. Der Verlust ihrer Eltern hatte das ohnehin schüchterne Kind mit ihrem kleinen Ego allein gelassen. Ich tat, was ich nur konnte, um diese Lücke zu schließen. Vater, Bruder und Freund in einer Person. Zusammen schafften wir es, dass sie dennoch einen guten Schulabschluss machte. Fortan konnte sie ihr Leben nach eigenen Vorstellungen gestalten, und ich hatte mehr Zeit, mich um meine Laufbahn an der Universität zu kümmern.

Der Magister war schnell geschafft, für eine Doktorandenstelle musste ich jedoch nach Würzburg wechseln – im Gepäck meine Schwester, die ohne mich nicht sein wollte. Hier trafen wir auf hilfsbereite Menschen, die uns bald in ihr Herz schlossen. Etwas unerwartet Neues tat sich auf: die fränkische Geschichte mit ihren Verbindungen zu Irland. Darunter historische Handschriften aus dem sechsten bis neunten Jahrhundert, der Zeit der Missionierung Mainfrankens durch die Frankenapostel Kilian, Kolonat und Totnan.

Im Zuge dieser Studien wurde mir offenbar, wie reichhaltig die Geschichte dieser kleinen Region war. Hier fanden sich neben den weltpolitischen Ereignissen vergangener Zeiten auch die vielen kleinen wundersamen Geschichten, die dieses Fleckchen Erde so geprägt hatten. Die Sagen- und Legendenwelt berichtete von Geistern, Lindwürmern, Reitern ohne Kopf, der Pest, dem Dreißigjährigen Krieg, geheimnisvollen Feuern und Seen und schließlich zu meiner freudigen Überraschung auch von Weißen Frauen.

Ich war auf der Stelle gefangen von meiner Entdeckung. Weiße Frauen waren seit Jahrhunderten durch diesen Landstrich gegeistert, und ich hatte nichts davon gewusst. Sofort machte ich mich ans Studium der Quellen. Sie ergaben, dass die Beschreibungen von denen der irischen Banshees an manchen Stellen abwichen, doch zeigten sie auch einige überraschende Ähnlichkeiten. Ihr Auftreten im Vorfeld des Todes, das typische Wimmern und Weinen oder das übereinstimmende Erscheinen in Weiß. Ich fraß mich durch die Berichte und Bücher, die ich in den Bibliotheken finden konnte.

Und dann, eines Tages, traf ich sie, leibhaftig. Sie begegnete mir, wie sollte es anders sein, mit einem Buch – der *Geschichtlichen Prüfung der Sage und Beobachtung der Erscheinung seit dem Jahre 1486 bis auf die neueste Zeit* von Julius Freiherr von Minutoli.

Ich konnte mein Glück kaum fassen.

22

Ihr Mann sei nicht zu Hause, hatte Dorothea Müller am Telefon gesagt. Ohne ihn fühle sie sich außerstande, die Fragen Kilians zu beantworten. Es würde nicht lange dauern, versicherte Kilian daraufhin, und seine Fragen bezögen sich auch nicht auf die Vergewaltigung, sondern auf den darauffolgenden Prozess. Unter dieser Voraussetzung hatte sie schließlich zugestimmt und ihren Mann angerufen, damit er dem Gespräch beiwohnte.

Die Doppelhaushälfte lag von zwei Bäumen im Vorgarten geschützt auf dem Weg hinauf zum Gewerbegebiet in Lengfeld. Ein auffallend blasser Mann in den Vierzigern öffnete die schwere Eingangstür. Er bat Kilian durchs Wohnzimmer auf die Terrasse. Seine Frau befände sich im Garten. Kilian sah sie mit einem Schlauch in der Hand die Blumen spritzen.

«Kann ich Ihnen etwas anbieten?», fragte der Mann und wies Kilian einen Stuhl zu.

«Danke, nein», antwortete er. «Wie geht es Ihrer Frau?»

«Besser. Sie genießt es, im Garten zu sein.» Er blickte auf die Uhr. «Wir haben nicht viel Zeit. Ich muss bald wieder an die Arbeit zurück.»

«Sie arbeiten in der Nähe?»

«Ja, anders würde es auch gar nicht gehen. Ich muss schnell zur Stelle sein, wenn sie mich braucht.» Er blickte hinüber zu seiner Frau, die noch immer an der gleichen Stelle stand und einen Busch wässerte. «Schatz», rief er zu ihr hinüber, «ich glaube, der hat jetzt genug. Die anderen wollen auch noch was.»

Sie hörte auf seine Anweisung und ging zum nächsten Busch über. Dort verharrte sie, ohne sich nach ihm und dem Besuch umzusehen, den sie zweifellos bemerkt hatte.

«Sie braucht noch Hilfe», sagte er. «Es ist eine lange Reise zurück ins Leben, meinen die Ärzte. Wir müssen Geduld haben. Nun, was führt Sie zu uns?»

Kilian räusperte sich. «Sie haben sicherlich vom Tod von Richter Zinnhobel und Staatsanwalt Mangel gehört ...»

«War kaum zu übersehen. Die Zeitungen waren voll davon.»

«Wir ermitteln noch in alle Richtungen. Darunter fallen auch Fälle, die die beiden bearbeitet haben.»

«Sie meinen, eines ihrer Opfer hat sich an ihnen gerächt?»

«Davon habe ich nicht gesprochen. Bezeichnen Sie sich als Opfer?»

«Wenn Sie das erlebt hätten, was wir durchgemacht haben, dann fällt Ihnen kaum eine andere Beschreibung ein.»

«Was werfen Sie Zinnhobel und Mangel vor?»

«Nichts mehr. Sie haben am eigenen Leib erfahren, was es bedeutet, Opfer einer Gewalttat zu werden. Das anschließende Leid ist Ihnen jedoch erspart geblieben. Friede ihrer Asche.»

«Und davor? Ich meine zu ihren Lebzeiten?»

Müller rang sichtlich um Fassung. Der Zorn in ihm war noch immer sehr stark. «Diese unbeschreibliche Kälte und Abgebrühtheit, die sie während des gesamten Verfahrens an den Tag gelegt haben. Ich betone Tag. Denn länger hat der Prozess nicht gedauert. Sie wollten den Fall schnell vom Tisch haben.»

«Entschuldigen Sie, ich verstehe nicht.»

«Nur keinen Staub aufwirbeln, und weiter zum nächsten Fall. Unser Anwalt hatte eine Handvoll Zeugen aufgeboten, um zu beweisen, dass der Täter sein Messer weiß Gott nicht nur zum Schnitzen von Holzfiguren eingesetzt hatte. Er trug es stets mit sich, an seinem Gürtel, in so einer Art Ledertasche, wie man sie auch für Handys benutzt. Aber davon wollten die beiden Herren nichts wissen. Das hätte nämlich ein weitaus höheres Strafmaß bedeutet als diese lächerlichen vierzehn Monate. Heute läuft er wieder frei herum, bereit für die nächste Tat.»

«Worauf führen Sie das zurück?»

«Haben Sie schon mal einen König hängen sehen? Nein, denn das Gesetz gilt nur für die Bauern. Mangel wohnte in einem sehr schönen Haus. Ich war mal dort und habe es mir angesehen. Nur so aus Interesse. Ich wollte sehen, wie viel ein Mensch wert ist.»

«Haben Sie ihn je darauf angesprochen?»

«Nein, es war alles gesagt. Hin und wieder bin ich auf dem Weg zum Krankenhaus bei ihm vorbeigefahren und habe vor seinem Haus haltgemacht. Er hat mich bestimmt gesehen, aber herausgekommen ist er niemals. Dafür war er zu feige.»

«Und Zinnhobel? Haben Sie ihn auch aufgesucht?»

«Das war nicht nötig. Ich habe ihn ein paar Wochen nach der Verhandlung auf dem Marktplatz getroffen. Er war gut gelaunt, wie immer. Als er mir dann in die Augen sah, war es vorbei mit der Ausgelassenheit. Er hatte es sofort kapiert.»

«Was?»

«Dass er sich verkauft hatte.»

«An wen?»

«Keine Ahnung. An den Vater des Täters, diesen Immobilienmakler, oder an irgendjemand anderen, der noch die Finger in der Sache drin hatte. Ich weiß es nicht.»

«Haben Sie einen Verdacht?»

«Wie ich schon sagte, ich weiß es nicht.»

Müller wurde durch ein Plätschern aufmerksam. Er sah zu seiner Frau hinüber, die immer noch an derselben Stelle stand. Inzwischen hatte sich vom Bewässern eine Pfütze um ihre Füße gebildet. Er sprang auf und eilte zu ihr hinüber. Wie geistesabwesend hielt sie den Schlauch noch immer in die Büsche und merkte nicht, wie das Wasser sich an ihren Füßen sammelte. Er nahm sie behutsam an den Schultern und führte sie ins Haus zurück. Kilian stand anstandshalber auf, doch von ihr war keine Reaktion zu erwarten. Ihr Blick war leer.

«Sie entschuldigen uns», sagte Müller und führte sie ins Badezimmer.

«Sicher», antwortete Kilian kleinlaut.

Er zögerte noch einen Moment, doch dann entschloss er sich, seinen Besuch zu beenden.

Die beiden hatten ganz andere Probleme.

23

Nur ein paar hundert Meter Luftlinie von dem Haus der Müllers entfernt lag die Justizvollzugsanstalt Würzburg am Friedrich-Bergius-Ring, einer seelenlosen Straße, die das Gewerbegebiet Ost an der östlichen Seite der Stadt umfasste. Wer hier untergebracht war, hatte viel Zeit, über sich, seine Vergangenheit und vielleicht auch seine Zukunft ungestört nachzudenken. Außer dem Lieferverkehr tagsüber gab es vor den Toren der Stadt wenig Ablenkung.

Heinlein traf den ehemaligen Krankenpfleger Gunther Pirsch, der einen Patienten mit einem Medikamentencocktail getötet haben sollte, am gefängniseigenen Sportplatz. Obwohl es viel zu heiß für Sport war, ließ es sich Pirsch laut eines Wärters nicht nehmen, seine täglichen Runden zu drehen. Allem Anschein nach ging Pirsch von seiner baldigen Freilassung aus. Heinlein wartete im Schatten auf ihn.

«Gunther Pirsch?», rief er dem völlig verschwitzten Mann zu.

«Ja, was gibt's?», antwortete er und kam näher. Dabei trank er aus einer Wasserflasche.

«Ich würde Ihnen gern ein paar Fragen stellen.»

«Nur zu. Ich habe Zeit.»

«Wie ich sehe, nutzen Sie das schöne Wetter bis zur Neige aus.»

Pirsch grinste ihn an. «Ja, ich weiß. Alle halten mich für verrückt, dass ich bei der Hitze laufe.»

«Und, sind Sie's?»

«Natürlich nicht.»

«Ihr Widerspruch könnte auch als Bestätigung einer psychischen Störung aufgefasst werden.»

«Dann sind Sie der Einzige, der das vermutet.»

«Sei's drum. Ich wollte wegen etwas anderem mit Ihnen sprechen. Sie haben vom Tod Richter Zinnhobels und Staatsanwalt Mangels gehört?»

«Der Jubel war hier kaum zu überhören.»

«Hat ihr Tod Sie auch erfreut?»

«Er hat mich eher amüsiert.»

«Wieso das?»

«Dass die beiden es letztlich doch geschafft haben, am Knast vorbeizukommen. Ich habe eigentlich damit gerechnet, dass sie früher oder später meine Zellennachbarn werden.»

Heinlein grinste abfällig. Ja, das war wohl der Wunsch eines jeden Knackis. «Hätten sie es denn verdient gehabt?»

«Wenn nicht die beiden, wer sonst?»

«Erläutern Sie das mal.»

«Erwarten Sie keine Aussagen zu meinem Fall. Als ich davon erfahren habe, hat sich mein Anwalt Dr. Gehring sofort hingesetzt und die Wiederaufnahme beantragt. Ich kann Ihnen aber ein paar Dinge erzählen, die anderen mit den beiden passiert sind.»

Dr. Gehring, der Strafverteidiger, dachte Heinlein. Ein teurer Rechtsbeistand, den sich nur die wohlhabenden Gangster der Stadt leisten konnten. «Das beruht auf Hörensagen. Kein Interesse. Ich will Ihre eigene Meinung hören.»

«Tut mir leid. Gehring hat mir strengstens untersagt, mit Polizisten über meinen Fall zu sprechen.»

Pirsch nahm einen weiteren Schluck aus der Flasche und machte sich bereit, seinen Lauf fortzusetzen.

«Wie können Sie sich überhaupt einen Anwalt wie Gehring leisten?», fragte Heinlein. «Sie stammen schließlich nicht aus begüterten Verhältnissen.»

Pirsch musterte ihn. «Woher wollen Sie das wissen?»

Die Antwort ließ nicht lange auf sich warten. Pirsch erinnerte sich. «Bist du nicht der kleine Speichellecker, der dem alten Schömig damals immer um die Beine gestrichen ist?»

Heinlein lächelte. «Ein gutes Gedächtnis ist einiges wert. Inzwischen leckst du hier wahrscheinlich etwas ganz anderes. So macht jeder Karriere, ganz nach seiner Veranlagung.»

Die Wut war Pirsch ins Gesicht geschrieben. Wieso hatte er Kommissar Schömigs ehemaligen Assistenten nicht gleich erkannt? «Verpiss dich. Ich habe nichts zu sagen.»

Er drehte sich weg.

«Immer langsam mit den Pferden», rief Heinlein ihm nach. «Wenn ich herausfinde, dass Zinnhobel und Mangel in krumme Dinger verwickelt waren, dann soll das dein Schaden nicht sein.»

«Kein Interesse.»

Heinlein brachte den Joker ins Spiel. «Wie geht es eigentlich deinem kleinen Bruder?»

Pirsch verharrte in der Bewegung. «Was soll mit ihm sein?»

«Ich hörte, er ist wieder in Deutschland.»

«Ja, und?»

«Das Geld scheint zu Ende gegangen zu sein, von dem damals schon niemand wusste, wo er es herbekommen hatte.»

«Thailand ist günstig. Man kann sich leicht etwas dazuverdienen.»

«Ist er immer noch so zart besaitet? Was war es nur gleich ... Ach ja, Depressionen. Eine schlimme Krankheit. Und noch dazu erblich. Ich sollte mich vielleicht mit ihm unterhalten, anstatt dir die Zeit zu rauben.»

«Sie haben nichts gegen ihn in der Hand.»

«Nur ein Gespräch unter Männern. Interessant wäre es, wo er zum Zeitpunkt der Morde an Zinnhobel und Mangel war. Wenn er das nicht lückenlos nachweisen kann, kommt er erst mal hoch zu dir in die JVA. Hoffentlich schlägt ihm das nicht aufs Gemüt?»

«Du Dreckskerl.»

«Dann gib mir endlich eine Antwort auf meine Fragen. Wie ist das mit Zinnhobel und Mangel damals gelaufen?»

Pirsch zögerte. Schließlich willigte er ein. «Jemand hat Druck auf Zinnhobel ausgeübt. Ich nenne keine Namen, es ist offensichtlich.»

«Es ging um das Testament, das verschwunden ist.»

«Auch, ja. Außerdem hatte der Alte noch ein kleines, aber feines Konto im Ausland, von dem niemand wissen sollte. Eines seiner Kinder hat es herausbekommen und wollte an die Kohle ran, ohne dass es die anderen mitbekommen.»

«Aber das hattest du dir schon geschnappt.»

«Der Alte hat's mir freiwillig gegeben. Dafür musste ich ihn erlösen. Er hat zum Schluss ja überhaupt nichts mehr mitbekommen.»

«Welche Rolle hat Mangel dabei gespielt?»

«Er war der Erste, der hier geschrien hat, wenn es um einen Gefallen auf Gegenseitigkeit ging. Der wollte schnell ganz nach oben, und auf diesem Weg braucht man Fürsprecher. Da war er nicht wählerisch.»

«Woher weißt du das alles?»

«Du solltest mal die Seiten wechseln. Ihr Bullen seid auf einem Ohr gern mal taub.»

24

«Ihr solltet euch das mal anschauen», hatte Randstadt von der Spurensicherung über Funk an Heinlein und Kilian durchgegeben. Er bestellte sie zum Studentenwohnheim am Galgenberg. Dort hatte eine ausländische Bewohnerin am Vormittag einen Ballon oder etwas, was danach aussah, in ihrem Balkongeländer verkeilt gefunden. Der Hausmeister hatte daraufhin die Polizei verständigt, da er einen Brandsatz identifiziert haben wollte, der sich im Inneren des Ballons befand.

«Kommt hier rüber», rief Randstadt Heinlein und Kilian zu, die sich zwischen den Wohnwürfeln zu orientieren suchten.

«Was gibt es so Aufregendes», fragte Heinlein, «dass du uns hier hochbestellst?»

«Fasst mal mit an. Dann seht ihr es.»

Randstadt bückte sich über einen am Boden ausgebreiteten weißen Stoff und dirigierte die Kommissare zu den beiden anderen Enden. «Und jetzt hoch damit.»

Kilian und Heinlein hoben an. Was anfänglich nach einer achtlos hingeworfenen Decke aussah, entpuppte sich als Gebilde mit Armen, einem Körper und einem Kopf – alles leidlich aus weißem Stoff zusammengeflickt.

«Ein Faschingskostüm?», mutmaßte Kilian.

«Könnte man auf den ersten Blick meinen», antwortete Randstadt. «Doch im Inneren dieses Konstrukts ging es heiß her.» Er zeigte auf zwei verkohlte Teller und gebrochene Holzstäbe zu seinen Füßen. «Dieser Ballon war mit Stäben ausgekleidet, damit er Halt und Form erhielt. In der Mitte waren zwei Teller angebracht. Der eine trug eine Wachsschale, der andere Magnesium.»

«Magnesium?», fragte Heinlein. «Wozu das?»

«Damit es weithin leuchten konnte. Ihr kennt Magnesium noch aus eurer Ausbildung. Es wird als Zusatz bei Blendgranaten eingesetzt. Mittlerweile lassen wir die Finger davon, weil man sich beim Entzünden meistens selbst blendet.»

Kilian grinste. «Du meinst, unsere Weiße Frau ist nichts anderes als ein Partyscherz?»

«Kann schon sein. Letzte Nacht sind zahlreiche Notrufe eingegangen. Sie berichteten von einer weißen Erscheinung, die am Himmel an ihnen vorüberzog. Manche dachten wohl, ihr letztes Stündchen habe geschlagen.»

«Kein Wunder bei dem Mist, der überall verzapft wird», grollte Heinlein.

Kilian ließ nicht locker. «Schorsch, jetzt gib's halt schon zu. Deine Weiße Frau ist entzaubert. Da haben sich ein paar Kids einen Jux erlaubt. Hier ist der Beweis.»

«Kann schon sein, aber zu früh würde ich mich nicht darauf festlegen.»

«Allem Anschein nach», führte Randstadt weiter aus, «trieb der Ballon von der Stadt hier hoch. Nachdem das Wachs, also der Treibstoff, aufgebraucht war, ist er auf den Balkon dieser Studentin gestürzt.»

«Hat sie eine Uhrzeit genannt?»

«Sie ist von einer Grillfete spät nach Hause gekommen und hat sich gleich schlafen gelegt. Nach dem Aufstehen will sie die Entdeckung gemacht haben.»

Kilian ließ sein Ende des Ballons fallen. «Damit dürfte die Sache geklärt sein. Danke, Randstadt, für diese aufschlussreiche Entschleierung sagenumwobener Frauenerscheinungen im einundzwanzigsten Jahrhundert.»

«Gern geschehen.»

«Nicht so schnell», widersprach Heinlein. «Wo bekommt

man dieses Magnesium her? Ich vermute mal, man kriegt es nicht in der Apotheke.»

«Richtig. Aber die Beschaffung ist so schwierig auch wieder nicht. Jedes Chemielabor hat darauf Zugriff, ebenso die Industrie. Zum Beispiel im Werkzeugbau. Oder denk an den Tauchsport. Die Fackeln, die unter Wasser brennen, basieren auf Magnesium.»

«Ist es schwierig, ein Licht mit Magnesium zu erzeugen? Ich meine, brauche ich dafür eine Ausbildung?»

«Entweder das, oder man ist ziemlich bescheuert. Magnesium gilt als leicht entzündlich. In manchen Fällen reagiert es bereits, wenn es der Luft ausgesetzt wird. Daher vermute ich, dass der Bastler wusste, was er tat, oder er hatte einfach Glück. Zur Sicherheit würde ich in den Krankenhäusern nachfragen, ob sie letzte Nacht einen Patienten mit Sehstörungen bekommen haben.»

Heinlein nickte zufrieden und verabschiedete sich.

«Du willst doch nicht im Ernst dieser Magnesium-Sache nachgehen?», fragte Kilian.

«Wieso nicht? Irgendeine Erklärung muss es für diese rätselhaften Erscheinungen doch geben.»

«Die hast du doch gerade gehört.»

«Ja, ich weiß.»

Heinlein dachte an die Aussagen von Thomas und seinen Freunden. Es hatte eine helle Erscheinung in jener Nacht gegeben, vor der die Jungen in Panik geflüchtet waren. Wären sie bei klarem Verstand gewesen, dann hätten sie vielleicht erkannt, dass sich jemand einen Scherz mit ihnen erlaubt hatte, und ein Mensch hätte nicht sterben müssen.

«Alles klar?», fragte Kilian besorgt, während er den grübelnden Heinlein auf dem Weg zum Wagen beobachtete.

«Ja, sicher.» Heinlein blickte auf die Uhr. Für Feierabend war es eindeutig zu früh. «Wollen wir noch raus nach Winterhausen fahren?»

«Rosie Wilde», rief Kilian seine Erinnerung ab. «Tödlicher Autounfall vor neun Monaten. Sie hinterlässt zwei Kinder und einen Ehemann.»

«Genau die.»

Sie stiegen in den Wagen und fuhren los.

«Wie war dein Gespräch mit dieser vergewaltigten Frau?», fragte Heinlein.

Kilian seufzte. «Mit ihr habe ich kein Wort sprechen können. Die Folgen der Vergewaltigung bringen bei ihr noch einiges durcheinander. Sie stand geistig vollkommen abwesend im Garten herum und hat Blumen gegossen. Dafür war ihr Mann umso gesprächiger. Er hat bestätigt, worauf Staatsanwältin Lichtenhagen bereits hingewiesen hat.»

«Dass Zinnhobel und Mangel in ihrer Urteilsfindung danebengelegen haben?»

«In der Konsequenz auf jeden Fall. Das Leben der Müllers steht nach so vielen Jahren noch immer unter den Auswirkungen der Tat. Ich weiß nicht, wie ich das verkraften würde, wenn Pia Opfer einer Vergewaltigung wäre.»

«Würdest du dafür töten?»

«Kann schon sein. Und du?»

«Wenn sich jemand an meiner Frau oder meinen Kindern vergreift, dann sehe ich rot. Da bin ich ganz Familientier.»

«Schon seltsam, wie sich das Verständnis von Gerechtigkeit ändert, sobald man selbst betroffen ist.»

«Manchmal wache ich morgens auf und frage mich, was wäre, wenn im Laufe des Tages das Unglück über meine Familie hereinbricht. Wie würde ich mich verhalten? Weitermachen wie bisher? Auf keinen Fall. Dem Gesetz das Recht auf Vergeltung überlassen? Mein Kopf sagt ja, doch mein Herz lässt das nicht zu. Ich kann nur beten, dass dieser Tag nie kommt.»

Kilian nickte zustimmend. «Wie ist dein Gespräch in der JVA gelaufen?»

«Ich weiß nicht, wie ich diesen Pirsch einschätzen soll. Er hat freiweg zugegeben, den alten Mann getötet zu haben. Kein Anzeichen von Reue. Darüber hinaus verrät er mir noch, das geheime Konto des Alten abgeräumt zu haben. Ist das nur Kaltblütigkeit und Habgier, oder stimmt bei dem tatsächlich etwas nicht im Kopf?»

«Laut erstem psychologischem Gutachten fehlt ihm jede Spur von Schuldbewusstsein. Folglich sei er nur vermindert schuldfähig.»

«Demnach müsste die Hälfte der Brüder, die wir überführen, in die Psychiatrie.»

«Wäre vielleicht der bessere Weg, als sie nur wegzusperren. Erst wenn sie erfolgreich therapiert worden sind, sollten sie den Anspruch erhalten, wieder in die Freiheit entlassen zu werden. Wie lange sitzt Pirsch noch ein?»

Heinlein grinste. «Sein Anwalt soll gerade die Wiederaufnahme beantragen. Der denkt überhaupt nicht daran, den Rest seiner Strafe abzusitzen, nachdem Zinnhobel und Mangel nicht mehr sind.»

«Dann hat er nur auf deren Tod gewartet?»

«Sieht so aus.»

«Könnte einer seiner Freunde nachgeholfen haben?»

«Soweit mir bekannt ist, hat er nur einen jüngeren Bruder, der sich meistens im Ausland aufhält und darüber hinaus noch depressiv ist. Ob der dazu imstande ist, kann ich nicht sagen.»

Sie näherten sich der Abfahrt nach Winterhausen. Laut Gerichtsakten sollte die Adresse der Familie Wilde gleich nach der Brückenüberfahrt unten am Ufer des Mains sein. Vorbei an viel Fachwerk und gepflegten Eigenheimen fanden sie das Haus mit einem wunderbaren Blick aufs Wasser. Wildgänse watschelten über das saftige Grün, eine Katze schlich um die Büsche am Ufer, und zwei Kinder spielten in einem Ruderboot die Überquerung des Ozeans. Das Haus verfügte über eine Garage, vor der ein rubinroter BMW stand.

Heinlein betätigte die Klingel, über der eine Tontafel mit handgemaltem Namen befestigt war. Nach dem dritten Glockenklang öffnete ein Mann die Tür. Heinlein stellte die Kommissare vor und fragte nach dem Witwer von Rosie Wilde, Gerald.

«Ja, das bin ich. Was kann ich für Sie tun?», antwortete er.

«Wir würden Ihnen gern ein paar Fragen stellen», sagte Heinlein knapp. «Dürfen wir hereinkommen?»

Wilde stimmte zu und führte sie ins Wohnzimmer. Er wies ihnen einen Platz auf der Ledercouch zu, von der man auf den Main blicken konnte. «Möchten Sie etwas trinken?»

Heinlein lehnte ab. «Danke, nein. Es wird nicht lange dauern.»

«Wie Sie wollen. Womit kann ich Ihnen helfen?»

«Wir untersuchen den Tod von Richter Zinnhobel und Staatsanwalt Mangel», sagte Kilian. «Ich nehme an, Sie haben davon gehört.»

«Ja», antwortete Wilde. «Eine schreckliche Sache. Was habe ich damit zu tun?»

«Nichts», beruhigte ihn Heinlein. «Da der Tod der beiden in einem Zusammenhang stehen könnte, ermitteln wir auch im Umfeld der Verfahren, die die zwei Männer betreut haben.»

«Ach so, jetzt verstehe ich. Aber ich dachte, der Unfall meiner Frau sei hinreichend geklärt.»

«Das ist er auch. Wir interessieren uns für den Verlauf der Verhandlung und das Urteil. Wie ist das aus Ihrer Sicht gelaufen?»

Wilde steckte sich eine Zigarette an, inhalierte und antwortete überlegt und ruhig. «Ich denke, es ging alles seinen korrekten Weg.»

Heinlein und Kilian merkten auf. Diese Antwort hatten sie nicht erwartet. «Sie waren also zufrieden mit der Forderung des Staatsanwalts Mangel, auf eine Gefängnisstrafe für den Fahrer des Lkw zu verzichten und stattdessen eine Geldstrafe zu verhängen?»

Wilde blieb gelassen. «Ja, was hätte es mir denn genützt, wenn dieser Mann ins Gefängnis geht? Dadurch würde Rosie auch nicht wieder lebendig. Es war eine Verkettung unglücklicher Umstände.»

«Verstehe», sagte Kilian. «Dass die Lenkzeiten überschritten worden waren, hat Sie auch nicht weiter gestört?»

«Sicher, auf jeden Fall. Das müsste viel schärfer geahndet werden. Tagtäglich passieren Unfälle auf unseren Straßen, die durch übermüdete Fahrer verursacht werden. Auf der anderen Seite bringe ich auch Verständnis für die Lkw-Fahrer auf. Ich bin als Bauingenieur tätig, und ich weiß, unter welchem Druck diese Menschen stehen. Wenn nicht punktgenau geliefert wird, steht der gesamte Bau still. Das kostet Tausende pro Tag.»

«Betreuen Sie Bauvorhaben in unserer Gegend?», fragte Heinlein.

«Ja, meistens Großprojekte. Zurzeit arbeite ich an der Uni. Dort entstehen Erweiterungsbauten, für deren pünktliche Fertigstellung ich verantwortlich bin.»

«Wahrscheinlich ein nervenaufreibender Job», sagte Kilian.

«Darauf können Sie wetten. Der Unipräsident und der Freistaat sitzen mir im Nacken, Handwerker und Zulieferer müssen gemanagt werden. Das geht an die Substanz.»

«Wie schaffen Sie das, Entschuldigung, wenn ich so direkt frage, ohne eine Frau, die Ihre beiden Kinder betreut?» Kilian blickte in die Akte. «Francesca und Lucca sind jetzt acht und sieben Jahre alt.»

«Ich habe eine neue Frau kennengelernt. Sie kümmert sich

rührend um die beiden. Wir wechseln uns bei der Kindererziehung ab, da sie ebenfalls berufstätig ist. Bisher klappt das hervorragend.»

«Das freut mich zu hören», antwortete Kilian. Wieder schaute er in die Akte. «Ihrer Frau Rosie wurde eine Teilschuld zugesprochen, da sie mit abgefahrenen Bremsen unterwegs war.»

Wilde seufzte. «Ich könnte mich ohrfeigen, dass ich sie mit dieser alten Klapperkiste habe fahren lassen. Aber sie war wie vernarrt in diesen Wagen. Nur Blech im Motorraum, sonst nichts, was einen Aufprall hätte mildern können. Am Tag vor dem Unfall hatte sie einen Termin in der Werkstatt, um die Bremsen nachsehen zu lassen. Ich habe ihr da blind vertraut.»

«Das heißt, sie hat den Termin nicht wahrgenommen?»

«Irgendetwas war ihr dazwischengekommen. Sie wollte es am folgenden Tag nachholen. Leider zu spät. Das war ein tödlicher Fehler. Ich hätte besser aufpassen müssen.»

«Laut den Zeugenaussagen», sagte Heinlein, «sei der Lkw-Fahrer von der Autobahn kommend auf die B13 eingebogen, ohne Rücksicht auf die Verkehrslage zu nehmen.»

«Ja, das hat mich auch gewundert, dass das nicht mehr Gewicht in der Verhandlung erhalten hat. Aber an diesem Morgen war es sehr neblig, und die sich teils widersprechenden Aussagen der Zeugen konnten Richter Zinnhobel nicht vollends überzeugen.»

«Hat der Beschuldigte jemals Kontakt zu Ihnen aufgenommen?»

Wilde verneinte. «Er stammt aus dem rheinischen Raum. Solange er mich nicht täglich sieht, glaubt er wohl, dass er das nicht nötig hat.»

«Hätten Sie einer Kontaktaufnahme zugestimmt?»

«Ich weiß es nicht. Außerdem muss ich zugeben, dass mir die Kinder über diese schreckliche Zeit sehr geholfen haben.»

Wilde lächelte bemüht. «Irgendwie dachte ich, es müsste umgekehrt sein. Aber ich habe wunderbare Kinder.»

«Sind es die beiden, die draußen am Wasser spielen?»

«Ja.»

Heinlein fragte Kilian mit einem Blick, ob er noch eine Frage hatte. Der schüttelte den Kopf. «Wir haben vorerst keine weiteren Fragen mehr.» Sie erhoben sich. «Vielen Dank für Ihre Hilfe und die Offenheit.»

Wilde führte sie zur Tür. «Wenn Sie noch Fragen haben, zögern Sie nicht.» Dann schloss er die Tür.

Bevor sie ins Auto stiegen, nutzte Heinlein die Gelegenheit. Er ging zu den Kindern, die noch immer im Ruderboot spielten. «Seid ihr Francesca und Lucca?»

Die beiden nickten.

«Ihr habt schöne Namen. Woher stammen sie?»

«Von Mama», antwortete das Mädchen.

Diese Logik war umwerfend. Heinlein grinste. «Ja, das stimmt. Fehlt sie euch?»

Der Junge senkte den Kopf und nickte. Francesca nahm ihn fürsorglich in den Arm. Heinlein streichelte ihm übers Haar. «Du musst nicht traurig sein», sagte er, «eure Mama schaut euch vom Himmel aus zu. Sie ist immer bei euch.»

«Sie müssen uns nicht trösten», protestierte Francesca vorlaut. «Mama ist die ganze Zeit da. Bei Nacht kommt sie uns immer besuchen.»

Kilian wurde hellhörig. «Wie meinst du das?»

«Hast du das nicht in der Zeitung gelesen? Mama ist die Weiße Frau.»

Heinlein und Kilian schauten sich verdutzt an. Ja, so konnte man das auch sehen. Wenn der Schmerz unfassbar wurde, klammerte man sich an den nächsten Strohhalm.

Sie wollten ihr den Glauben nicht nehmen und verabschiedeten sich. Während der Rückfahrt in die Stadt ging den beiden Kommissaren das Gespräch durch den Kopf.

«Was hältst du davon?», fragte Heinlein.

«Ehrlich gesagt, ich weiß es nicht. Entweder ist der Typ kalt wie eine Hundeschnauze, oder er lässt nichts und niemand an sich heran.»

«Wir sollten an ihm dranbleiben.»

Heinlein verlor sich in Schweigen. Wie konnte man den Tod seiner Frau einfach so hinnehmen?

25

Ich falle.

Wieder träumte sich Kilian nach Italien an einen einsamen Strand. Diese Stimme, die er gut kannte, lockte ihn abermals ins Meer. Über seinem Kopf schlugen die Wellen zusammen. Er tauchte tiefer, durchstieß einen Vorhang aus Fischen und hielt sich dicht oberhalb des wiegenden Seegrases. Obwohl er wusste, dass ihm die Atemluft bald ausgehen würde, fürchtete er sich nicht. Er würde den Durchgang rechtzeitig erreichen. Da vorn, zwischen den beiden Felsen, wartete das dunkle Maul auf ihn.

Ein Schatten fiel von der Wasseroberfläche auf ihn herab. Furcht erfasste ihn. Er musste sich beeilen. Noch vor dem Eingang packte sie ihn und zerrte ihn weg. Ihr Gesicht war nicht zu erkennen. Es war von langen Haaren umspült. Ihr weißes Kleid nahm ihn ein, wie man einen zappelnden Goldfisch in den Händen hält. Nirgends fand er einen Ausgang aus diesen weißen Schleiern, die ihn orientierungslos machten. Im Moment der höchsten Not erkannte er zwei rote Punkte. Sie kamen geradewegs aus der dunklen See auf ihn zu. Das Heulen des Windes begleitete sie. Er riss den Schleier entzwei und blickte in das blutige Gesicht einer Frau.

Kilian öffnete die Augen. An der Decke spiegelte sich der Schatten der Gardine. Alles war ruhig. Pia schlief tief an seiner Seite. Er stand auf und nahm die Wasserflasche aus dem Kühlschrank. Nachdem er sie geleert hatte, griff er zum Brandy und den Zigarillos. Einem oft praktizierten Ritual folgend, ging er hinaus auf die Terrasse und setzte sich an den Tisch. Der Himmel war wie in den vergangenen Wochen sternenklar. Kein Lufthauch vermochte den Schweiß auf seinem Körper zu trocknen.

Was zum Teufel hatte eine Weiße Frau in seinen Träumen verloren?, fragte er sich. Er hatte nichts mit diesem Zirkus zu tun. Sollten doch alle anderen an diesen mystischen Unfug glauben, aber doch nicht er. Und nun fing es auch bei ihm an.

«Was machst du hier draußen?», fragte Pia, die einen Bettüberzug um ihren Körper gewickelt hatte.

«Durchatmen. Drinnen war es mir zu stickig.»

Sie setzte sich zu ihm. «Wieder schlecht geträumt?»

Kilian nickte.

«Langsam sollten wir etwas dagegen unternehmen», sagte sie besorgt.

«Und das wäre?»

«Mit einem Profi darüber sprechen.»

Er lachte auf. «Der quatscht mir dann die Träume weg, oder wie?»

«Ein Analytiker kann dir einen Weg aufzeigen, was sich hinter diesen Traumbotschaften verbirgt. Ungelöste Konflikte kleiden sich gern in Träume, die sich in deinem Unterbewusstsein festgesetzt haben. Wenn du dir des Konflikts bewusst wirst, kannst du ihm auf rationaler Ebene begegnen und ihn lösen.»

«Dazu brauche ich keinen Psycho. Das weiß ich schon selbst.»

«Ach ja? Dann sag mir: Was ist mit dir los, dass du seit Wochen nicht mehr schlafen kannst?»

Kilian zögerte. Was sollte er ihr sagen? Dass er vermutlich Angst hatte, als Vater zu versagen? «Ich weiß nicht. Vielleicht kommt alles ein wenig plötzlich.»

Pia reagierte verwundert. «Ich bin im sechsten Monat schwanger. Wie viel Zeit benötigst du denn noch, um dich an den Gedanken zu gewöhnen?»

«Es ist mein erstes Kind. Und beim ersten Mal ist doch alles irgendwie schwierig. Geht es dir denn nicht genauso?»

Pia schaute ihn lange an, bevor sie antwortete. Schließlich lenkte sie ein. «Sprich mit mir darüber. Sag, was dich umtreibt.»

Kilian erzählte ihr, wie er ins Wasser gerufen wurde und wie er sich den Weg ins Krankenhaus erkämpfen musste. Und seit neuestem die Variation mit der Weißen Frau.

«Das scheint sich allmählich zur Massenhysterie zu entwickeln. Überall hört und sieht man nur noch dieses Weib. Was habt ihr bisher über sie herausgefunden?»

Er musste unweigerlich grinsen. «*Wir* haben damit gar nichts zu tun. Der Schorsch hat sich dahinein verbissen. Er glaubt tatsächlich an diesen Unfug. Als würden die Morde an Zinnhobel und Mangel tatsächlich mit diesem Hirngespinst im Zusammenhang stehen. Ich kann das nicht nachvollziehen.»

«Wieso sperrst du dich eigentlich so sehr gegen diese Möglichkeit?»

«Ganz einfach. Weil sie gegen jede menschliche Vernunft steht.»

«Und dennoch hat sie sich bei dir eingenistet.»

«Das ist ja das Verrückte.»

«Verrückt finde ich nur, dass du die Möglichkeit nicht zulässt.»

Kilian durchfuhr ein Schauer. «Entschuldige, hast du das eben gesagt? Eine promovierte Naturwissenschaftlerin?»

«Ich sehe darin keinen Widerspruch. Nur weil ich etwas nicht sofort beweisen kann, muss ich seine Existenz ja nicht leugnen. Schau mich an. Ich bin Ärztin und ich kann dir nicht sagen, worin der Ursprung des Lebens besteht. Wie ist dieser göttliche Funke beschaffen, der einer Zelle Leben einhaucht? Niemand weiß das. Wir können nur sagen, ob etwas lebt oder tot ist. Das ist ziemlich desillusionierend.»

«Was hat das nun für mich zu bedeuten?»

«Dass du das Unerklärliche erst mal zulässt. Du vergibst dir doch dabei nichts. Lass deinen Träumen freien Lauf. Mal sehen, was sich daraus ergibt.»

«Und was mach ich mit dem Schorsch? Für den ist dieses Weib bereits Realität. Der macht sich lächerlich und mich gleich mit.»

«Wart's mal ab. Der Schorsch ist nicht dumm. Hin und wieder vielleicht etwas gutgläubig. Er wird seine eigenen Erfahrungen machen müssen.»

Kilian seufzte. «Nun, gut. Dann lass ich diesen ganzen Hokuspokus einfach mal geschehen. Ich bin gespannt, was dabei rauskommt.»

Pia lächelte zufrieden und gab ihm einen Kuss. «So, und nun komm wieder ins Bett, bevor die Weiße Frau vorbeikommt und dich mitnimmt.»

26

Wir ließen uns auf einem Ruderboot mainabwärts treiben, ohne Ursprung und ohne Ziel. Die Zeit verlor jede Bedeutung. An den Ufern zog die Welt an uns vorbei. Auch sie bedeutete uns nichts. Das, was uns beide verband, war den Menschen unbekannt, fremd und gefährlich.

Wir hatten uns durch einen glücklichen Zufall gefunden, wenn nicht durch eine Fügung des Schicksals. Anfänglich sprachen wir nur vorsichtig über die Weiße Frau, unsicher, ob die eigenen Erlebnisse den anderen ängstigen würden. Doch je mehr wir uns öffneten, desto vertrauter wurden wir uns.

Sie berichtete von ihrer Großmutter, die eines Nachts in den Bergen verschwunden war und sie später auf wundersame Weise aufgesucht hatte. Diese Besuche waren gekennzeichnet von einer tiefen Verbundenheit gegenüber dieser alten und weisen Frau. Jahre später, als erwachsene Frau, sei sie ihr in der Stunde des Todes erneut begegnet und habe sie an einen fernen Ort geführt, wo sie in das Geheimnis von Leben und Tod eingeweiht wurde. Sie erhielt von der Großmutter daraufhin den gleichen Auftrag, den diese seit ihrem Ableben erfüllte – den Menschen in der Stunde des Todes beizustehen.

Ich sog jedes Wort in mich auf wie eine Offenbarung, so erhellend und befriedigend fügten sich nun die Einzelteile meiner Studien zu einem Ganzen zusammen. Nun endlich, nach so vielen Jahren hatte ich sie gefunden – diese Frau, die das fehlende Verbindungsglied zwischen dem Diesseits und dem Jenseits darstellte, zwischen Leben und Tod.

Was mir bisher nur aus der Distanz bekannt war, saß nun leibhaftig vor mir in dieser Nussschale auf dem Main – unserem ganz persönlichen Todesfluss, dem Styx der griechischen Mythologie, der Grenze zwischen der Welt der Lebenden und dem Totenreich des Hades.

Ich konnte nicht länger an mich halten und erzählte ihr meine Lebensgeschichte. Vom ersten Mal, als ich die Weiße Frau im Zimmer meiner Großmutter gesehen hatte, dann am Teich, wo sie meine Schwester geholt und mich verschont hatte, bis hin in die sagenumwobenen Wälder Irlands, wo ich sie ein letztes Mal traf. All das kam mir nun lediglich wie eine Vorbereitung auf das vor, was ich mit dieser Frau noch erleben könnte.

Das war mein innigster Wunsch, und ich hoffte auf ihr Einverständnis.

Sie ließ sich mit der Entscheidung Zeit, schien von meiner Bitte überrascht, zugleich geschmeichelt. Sie berichtete von den widrigen Lebensumständen, in denen sie sich befand, und den Verpflichtungen, die sie einigen Menschen gegenüber hatte. In diesem Geflecht sei für sie eine derart weitreichende Entscheidung schwer zu treffen.

Ich redete auf sie ein, dass sie mit aller Unterstützung von mir rechnen konnte, und verwies auf die einzigartige Chance, die uns geschenkt worden war. Diese Gelegenheit sollte sie nicht ungenutzt lassen, sie käme womöglich nie wieder.

Als sie merkte, wie ernst es mir war, lächelte sie und nahm mich bei der Hand. Wir schworen uns, in den Styx einzutauchen und das Reich der Toten zu erkunden.

27

Das Thermometer zeigte sechsundzwanzig Grad, als Heinlein um sieben Uhr fünfundvierzig das Haus verließ. Für den heutigen Tag hatte der Wetterbericht nochmals Temperaturen jenseits der vierzig Grad angekündigt. Rettungsdienste und Krankenhäuser waren vorgewarnt. Die Medien verbreiteten den Aufruf des Rathauses, das Haus nur zu verlassen, wenn es unbedingt notwendig war. Mit angemessenem Trinkvorrat sollte man bevorzugt abgedunkelte Räume aufsuchen und die Sonne meiden.

Heinleins Wagen rollte ungehindert die Keesburgstraße hinunter, an deren Ende er die Ludwigsbrücke überqueren würde, um dann linksmainig in die Weißenburger Straße zu gelangen, wo die Kriminalpolizei beheimatet war. Mit der freien Fahrt war es spätestens am Friedrich-Ebert-Ring vorbei. Bevor die nächste Hitzewelle über die Stadt herfallen würde, schien ein jeder den Kühlschrank auffüllen zu wollen. Getränkemärkte waren selten so gut besucht gewesen.

Einen schattigen Parkplatz am Talaveraschlösschen zu finden war nicht einfach. Die besten Plätze waren bereits vergeben. Heinlein kapitulierte und stellte den Wagen in die pralle Sonne.

Im Büro war es nicht minder heiß. Sabine, die Sekretärin, hatte alle verfügbaren Ventilatoren aufgestellt, die jedoch nur wenig ausrichten konnten.

«Morgen», sagte Heinlein.

Sabine wünschte Gleiches, Kilian war bereits am Telefon.

Heinlein setzte sich an seinen Arbeitsplatz. Vor ihm lagen

mehrere Kurznachrichten, die er zu beantworten hatte. Er schob sie entschieden beiseite.

«Morgen», antwortete Kilian, nachdem er aufgelegt hatte. «Wie geht's?»

«Gut. So früh und schon so fleißig?»

«Der frühe Vogel fängt den Wurm. Ich habe gerade mit einer Spedition in der Nähe von Bonn telefoniert. Diejenige, für die dieser Frank Wuhlheide gefahren ist.»

«Wuhlheide? Wer soll das sein?»

«Frank Wuhlheide ist der Fahrer des Sattelschleppers, mit dem Rosie Wilde vor neun Monaten den tödlichen Autounfall hatte.»

«Ah, ja. Interessant.»

«Er ist Juniorchef der Spedition gewesen.»

«Gewesen?»

«Ja, er lebt nicht mehr. Er ist vor drei Monaten verstorben.»

Heinlein horchte auf. «Er ist tot?»

«Kam bei einem Motorradunfall ums Leben. Muss eine hässliche Sache gewesen sein. Laut dem Senior soll er auf einer Ölspur ausgerutscht und unter die Leitplanke geraten sein. Die Maschine hat ihm ein Bein abgetrennt und dabei die Hauptschlagader erwischt. Er ist auf der Straße verblutet.»

«Ist darüber hinaus noch etwas bekannt?»

«Nichts Auffälliges. Guter Motorradfahrer, bekannte Strecke, ein Moment der Unachtsamkeit, und schon war's passiert. Der Unfall geschah auf einer Landstraße. Es hat über eine halbe Stunde gedauert, bis ihn jemand gefunden hat. Doch dann war es schon zu spät für ihn.»

Heinlein grübelte. «Was meinst du dazu?»

«Seltsame Sache. Wir sollten da mal nachhaken.»

«Machst du das?»

«Ja.»

Sabine kam herein. «Will jemand einen Kaffee? Ich habe gerade frischen gemacht.»

«Bah», winkte Kilian ab. «Dass ihr bei so einer Hitze noch heißen Kaffee trinken könnt. Ich verstehe das nicht.»

«Wieso?», fragte Heinlein. «Kaffee kann man zu jeder Tages- und Nachtzeit trinken.»

«Aber keinen heißen. Eiskalt muss er sein. Hier, so wie dieser.»

Kilian reichte Heinlein seinen Café Frappé. Er probierte.

«Nicht schlecht. Was ist das?»

«Ein Frappé. Das trinkt man im Süden, wenn es so heiß ist wie heute.»

«Okay. Sabine, machst du mir auch so 'nen kalten Kaffee?»

«Noch einen Wunsch?», protestierte sie und verschwand in ihrem Zimmer.

«Was hat die denn schon wieder?», fragte Heinlein.

Kilian lächelte. «Keine Ahnung. Vielleicht solltest du ihren Kaffee nicht verschmähen.»

Das Telefon klingelte. «Heinlein.»

Er hörte die Stimme seines Vorgesetzten, die ihn zum Rapport bestellte. «Bin sofort da», sagte er und machte sich auf den Weg. «Ich bin dann mal beim Chef.»

Kilian wünschte ihm viel Glück. Dann suchte er die Nummer der Kollegen in Bonn heraus. Nach mehreren Weiterleitungen war er beim gesuchten Beamten in Rheinland-Pfalz gelandet. «Können Sie mir etwas zu den Umständen des Unfalls sagen?»

Der Mann wiederholte stichpunktartig die Informationen, die Kilian bereits kannte.

«Gab es irgendwelche Anzeichen von Fremdverschulden?», unterbrach er ihn.

«Nicht dass ich wüsste. Wieso fragen Sie?»

Nun war Kilian an der Reihe. Er berichtete von ihren

Ermittlungen und diesem seltsamen Zufall und dass kurz nach Rosie Wildes Tod nun auch der Verursacher des Unfalls gestorben sei.

Der Kollege am anderen Ende der Leitung geriet ins Nachdenken. Er bat um einen Moment Geduld und entfernte sich. Schließlich meldete er sich wieder. «Ich habe nochmals mit dem Beamten gesprochen, der mit mir damals den Unfall aufgenommen hat. Es gibt da eine Sache, die uns etwas spanisch vorgekommen ist. Wir haben uns nicht sonderlich was dabei gedacht, aber nachdem Sie nun fragen … Es handelt sich um die Ölspur, die dazu geführt hat, dass Wuhlheide mit seinem Motorrad ausgerutscht ist. Und zwar befand sie sich in dieser Kurve. Normalerweise ziehen sich diese Spuren ja über einige Meter dahin, aber bei dieser schien es, als ob ein Fahrzeug just an dieser Stelle gestoppt und dabei das Öl verloren hätte. Wir haben bei allen Werkstätten und bei den Automobilclubs nachgefragt, ob es irgendwelche Schäden an Autos gab, die mit diesem Ölverlust zu erklären gewesen seien. Doch niemand wollte etwas davon wissen. Wer auch immer das Öl dort verloren hat, musste Ersatzteile und Öl dabei gehabt haben, um den Schaden zu beheben. Leider hatte er versäumt, die Ölspur trockenzulegen.»

«Ermitteln Sie noch in dieser Sache?»

«Nein, wo denken Sie hin? Der Nürburgring ist in der Nähe. Die Straße wird an Wochenenden stark befahren. Da kommen Leute aus ganz Deutschland zusammen.»

«Wie sah die Unfallstelle aus? Ich meine, lag sie auf freier Strecke?»

«Überhaupt nicht. Die Straße, auf der Wuhlheide gefahren ist, führt durch die Eifel. Laut seinem Vater war sie ihm sogar sehr vertraut. Jeden Morgen soll er sie auf dem Weg zur Arbeit genommen haben. Kurz bevor man aus dem Wald herauskommt, macht die Straße eine scharfe Linkskurve, wo man die Geschwindigkeit drosseln muss. Nicht zuletzt, weil kurz danach eine Stelle kommt, die von Wallfahrern frequentiert wird.»

«Wallfahrer? Was haben die dort zu suchen?»

«Da gibt es so eine Art Gebetsstein. Ein ganz bekanntes Teil.»

«Gebetsstein? Was ist das?»

«Na, wie nennt man das gleich wieder … genau, einen Bildstock.»

28

Heinlein schloss die Tür zum Büro des Polizeipräsidenten hinter sich. Wie erwartet hatte er Rede und Antwort zum Stand der Ermittlungen stehen müssen. Dass dieses persönliche Gespräch allerdings zu einem so frühen Zeitpunkt stattfand, hatte Heinlein dennoch überrascht. Normalerweise ließ man ihn ein paar Tage länger gewähren, bevor er sich zur aktuellen Ergebnislage äußern musste. Denn viele gesicherte Erkenntnisse hatte er noch nicht vorzuweisen. So blieb es bei den Todesursachen von Zinnhobel und Mangel und dass er noch in alle Richtungen ermittle.

Der Polizeipräsident war darüber wenig begeistert gewesen. Er hatte ihm erneut klargemacht, dass die Öffentlichkeit Ergebnisse erwartete. Der Druck nehme zu. Wen er mit Öffentlichkeit meinte, wusste Heinlein genau. Dahinter standen ganz andere Leute als die von der Straße. Den Gerichtspräsidenten hatte er wörtlich genannt, wie auch das Bayerische Justizministerium in München. Dort war eine Anfrage aus Nordrhein-Westfalen eingegangen, welche Fortschritte die Aufklärung des Todes von Rüdiger Mangel, einem gebürtigen Bonner, mache. Dessen Vater hatte offensichtlich weitreichende Verbindungen, die er nun ausspielte. Zum Teufel damit, geisterte es durch Heinleins Kopf. Es dauerte so lange, wie es nun einmal dauerte.

Als er ins Büro zurückkam, fand er Kilian über einem Bild brütend vor. «Was hast du da?», fragte er.

Kilian zeigte sich unsicher. «Also, ich weiß nicht, was ich davon halten soll. Ich habe mit den Kollegen in Rheinland-Pfalz gesprochen, die den Unfall von Frank Wuhlheide damals aufgenommen haben. Die Ölspur, auf der sein Motorrad ausgeglitten ist, kommt ihnen im Nachhinein etwas seltsam vor. Ihr fehlt der typische Verlauf, den Ölspuren gemeinhin haben. Zumal handelt es sich bei der Stelle, an der das Öl auf die Straße gelangt ist, um eine Gefahrenstelle, eine unübersichtliche scharfe Linkskurve, in der man eigentlich nicht anhalten kann beziehungsweise sollte.»

«Vielleicht ist die Ölwanne gerissen? So etwas kann passieren.»

«Sicher. Eigenartig ist jedoch, dass in unmittelbarer Nähe ein Bildstock steht.»

Mit einem Schlag war Heinlein bei der Sache. «Ein Bildstock? Zeig her.»

Kilian reichte ihm die Aufnahme, die ihm die Kollegen aus Rheinland-Pfalz per E-Mail geschickt hatten. «Es handelt sich um einen Gebetsstein, ein Mariannenkreuz, das Wallfahrer gern aufsuchen.»

«Gibt es dazu eine Legende?», wollte Heinlein wissen.

«Das Ursulinenkloster Kalvarienberg liegt ganz in der Nähe. Ich habe dort nachgefragt. Die Schwestern wollen mir schnellstens Bescheid geben.»

Mit dem Bild in der Hand ließ sich Heinlein in seinem Stuhl zurückfallen. Er schaute es lange und mit wachsender Begeisterung an. «Das wäre ein Ding», sagte er, «wenn wir mit dieser Bildstockgeschichte recht behalten.»

Kilian war nicht wohl in seiner Haut. «Du weißt, dass ich dem bisher sehr kritisch gegenüberstand. Allerdings ist ein Zusammenhang von Bildstöcken und Opfern jetzt wohl nicht länger zu leugnen. Was aber nicht heißt, dass ich mit diesem Hokuspokus einverstanden bin.»

«Du wirst sehen, das ist eine ganz große Sache.»

«Genau das meine ich», widersprach Kilian. «Du dichtest da wieder mehr rein, als vertretbar ist.»

«Du hast selbst gesagt …»

«Ich weiß. Trotzdem sollten wir es erst mal dabei belassen. Wir haben zwei Mordfälle und einen verdächtigen Unfalltod in der Nähe von Bildstöcken. Es ist ohnehin schwierig genug, einen weitergehenden Zusammenhang zu vermitteln.»

«Nur wer Augen und Ohren verschließt, wird ihn nicht erkennen können. Doch das hier, der Tod Wuhlheides in unmittelbarer Nähe zu einem Bildstock, ist das Verbindungsstück zu den Morden an Zinnhobel und Mangel. Wenn die Legende des Bildstocks schließlich auch noch auf Wuhlheide zutrifft, dann kann ich damit zum Polizeipräsidenten gehen.»

«Hast du ihm von deiner Vermutung berichtet?»

«Ich werde mich hüten. Nein, er hat nur die bisherigen Fakten von mir erhalten. Und soll ich dir was verraten? Mangels Sippschaft macht Druck. Sie muss in Bonn einen Fuß in der Tür haben. Eine Anfrage ist in München gelandet, die unsere Herrschaften hier in Würzburg ins Schwitzen bringt.»

Heinlein stockte. Eine kühne Idee zwängte sich ihm auf. Er ging zur Deutschlandkarte, die neben der Tür hing. «Bonn gehört zu welchem Bundesland?»

«Nordrhein-Westfalen», antwortete Kilian.

«Und wie heißt der Ort, in dem die Spedition Wuhlheide ansässig ist?»

«Ramersbach, in der Nähe von Ahrweiler.»

«Das liegt wo?»

«Rund vierzig Kilometer südlich von Bonn, jenseits der Landesgrenze in Rheinland-Pfalz.»

«Wo war der genaue Unfallort Wuhlheides?»

«Auf der Landstraße zwischen Ahrweiler und Ramersbach.»

«Das liegt alles sehr eng beieinander. Würde mich wundern, wenn es da keine Zusammenhänge gäbe.»

«Welcher Art?»

«Das weiß ich noch nicht. Ist nur so eine Ahnung. Aber an

derartige Zufälle will ich nicht glauben. Der Unfalltod Rosie Wildes ist der Schlüssel. Darauf wette ich.»

Der Eingang einer E-Mail lenkte Kilian ab. «Die Schwestern aus dem Kloster Kalvarienberg haben sich gemeldet.» Er öffnete die E-Mail. Heinlein kam an seine Seite. Zusammen lasen sie die eingescannten Buchseiten einer Sagensammlung.

Im Jahr 1856 wurde am Mariannenkreuz eine Quelle entdeckt. Ihr Heilwasser schenkte den Menschen Erleichterung bei vielen Beschwerden. Als ein findiger Kaufmann die Rechte an der Quelle erwarb und das Wasser nur noch gegen Geld verteilte, entstand großer Unmut in der Bevölkerung. Sie konnte sich den beträchtlichen Preis, den der Kaufmann für das Wasser verlangte, nicht leisten. So kam es zu zahlreichen Streitereien um die Quelle und ihr Wasser. Die Menschen behaupteten, das Wasser entspringe dem Mariannenkreuz und sei somit für alle frei verfügbar. Der Kaufmann ließ fortan Wachen aufstellen, die die Quelle gegen unbefugtes Entnehmen von Wasser schützen sollten.

Eines Abends kam es zu einem tödlichen Aufeinandertreffen. Ein krankes Kind wurde von seinen Eltern zur Quelle gebracht, um das Wasser in Empfang zu nehmen. Da sie nicht über Geld verfügten, baten sie den Kaufmann um eine milde Gabe, die dieser ihnen jedoch verweigerte. Der Vater geriet darüber so in Zorn, dass er den Kaufmann auf dessen Fuhrwerk packte und den Pferden die Peitsche gab. Der Wagen raste daraufhin zügellos den Berg hinunter, kippte um und begrub den Mann unter sich. Seitdem ist das Wasser aus dem Mariannenkreuz für jedermann frei zugänglich.

«Was sagst du jetzt?», fragte Heinlein, der sich durch die Legende bestätigt fühlte.

Kilian war wie seit langem nicht mehr um eine Antwort verlegen. «Ja, das könnte passen», gab er kleinlaut zu.

«Und wie das passt.»

29

Bis zum Abschluss eines Verfahrens werden Fahrzeuge, die an einem Unfall oder an einer Straftat beteiligt waren, in einem sogenannten Park fermé sichergestellt. Dabei handelt es sich vorzugsweise um eine Halle, in der die Fahrzeuge weder durch Außenstehende noch durch das Wetter manipulierbar sind. Wenn der Richterspruch gefällt und die Berufungsfrist verstrichen ist, wird das Fahrzeug an seinen Besitzer zurückgegeben.

Zum zweiten Mal innerhalb weniger Tage hatte sich Heinlein ins Industriegebiet Ost begeben. Er parkte vor dem Park fermé und studierte nochmals die Umstände des Unfalls, bei dem Rosie Wilde ums Leben gekommen war. Bei stark eingeschränkter Sicht war sie mit rund achtzig Stundenkilometern in den seitlichen hinteren Teil des Sattelschleppers gerast. Keine Bremsspuren. Der Zusammenprall musste für sie völlig überraschend gekommen sein. Die Möglichkeit eines Selbstmordes wurde vom Ehemann und den Arbeitskollegen ausgeschlossen. Sie konnten in den letzten Tagen ihres Lebens keine Anzeichen einer Depression oder sonstige Gründe, aus dem Leben zu scheiden, entdecken.

Den Unfallfotos zufolge hatte sich der Fiat Uno unter den Auflieger geschoben, wobei das Dach zusammengequetscht wurde. Rosie Wilde hatte nicht den Hauch einer Chance gehabt. Sie war laut Bericht der Rechtsmedizin sofort tot.

Das Sachverständigengutachten führte die Vehemenz des Aufpralls zum einen auf das Fehlen jeglicher Bremsaktivität zurück und zum zweiten auf die völlig abgefahrenen Bremsscheiben. Selbst eine Vollbremsung hätte beim Zustand der Bremsen nicht viel am tödlichen Ergebnis geändert.

Dies war laut Urteilsbegründung auch der Grund, dass Rosie Wilde eine Teilschuld zugesprochen worden war und der Angeklagte Frank Wuhlheide relativ glimpflich aus dem Verfahren hervorging. Die Zeugen des Unfalls, ein Pkw-Fahrer, der hinter dem Sattelschlepper von der Autobahn kommend auf die B13 auffahren wollte, und eine Fahrerin, die auf dem Mittelstreifen der B13 wartete, um auf die Autobahn abzubiegen, hatten sich in ihren Aussagen widersprochen. Der eine wollte eine Bremsaktivität des Sattelschleppers beobachtet haben, als er auf die B13 einbog, die andere nicht. Da der Sachverhalt nicht eindeutig geklärt werden konnte, wollte Zinnhobel den Zeugenaussagen nicht viel Gewicht beimessen.

Heinlein legte die Akte beiseite und ging zum Kundenschalter des Abschleppunternehmens. Er wünschte Zugang zum Park fermé, um sich den Uno näher anzusehen.

«Das Fahrzeug befindet sich nicht mehr bei uns», entgegnete ihm ein Mann im ölverschmierten Overall. «Es wurde bereits vom Gericht freigegeben.»

«Was ist mit ihm geschehen? Ging es an den Besitzer zurück?», fragte Heinlein.

Der Mann rief den Vorgang am Computer auf. «Nein, es war völlig zerstört. Herr Wilde hat es zur Verschrottung freigegeben.»

«Wer hat den Auftrag dazu erhalten?»

«Wir.»

«Und, haben Sie es schon verschrottet?»

«Lassen Sie mich mal nachsehen.» Er bemühte abermals den Computer. «Das war doch ein weißer Fiat Uno, völlig plattgedrückt, richtig?»

«Exakt.»

«Ich kann im Computer nichts dazu finden, aber soweit ich

mich erinnere, stand der Wagen noch ein paar Wochen auf dem Gelände. Für diese alten Kisten sind kaum noch Ersatzteile zu bekommen, daher schlachten wir sie immer aus, bevor sie entsorgt werden.»

«Können Sie mir nun sagen, was mit dem Wagen geschehen ist?»

«Er befindet sich auf jeden Fall nicht mehr bei uns. Für die Endverwertung ist eine andere Firma zuständig. Monatlich gehen unsere Fahrzeuge raus. Ich glaube, beim letzten Transport war auch dieser Fiat dabei.»

«Wie lange ist das her?»

«Zehn Tage.»

«Wohin ging die Fahrt?»

«Zu einem Unternehmen für Recycling nach Eibelstadt.»

Mit der Adresse machte sich Heinlein auf den Weg. Wenn er Glück hatte, war der Wagen noch nicht verschrottet worden. Außerdem würde er der Werkstatt einen Besuch abstatten, bei der der Uno kurz vor dem Unfall hätte überprüft werden sollen.

30

Kilian stand mit einer Tüte Sandwiches und zwei eisgekühlten Dosen Prosecco vor der Tür zum Gerichtssaal im Strafjustizgebäude. Es war kurz vor Mittag, und wenn der Richter den Prozess pünktlich beendete, dann hätten die Sandwiches noch eine Chance, bevor sie völlig in sich zusammenfielen.

Getrampel und Stühlerücken machten Kilian Hoffnung. Die Tür öffnete sich, und die Besucher strömten heraus. Unter ihnen war auch Staatsanwältin Lichtenhagen in ihrer schwarzen Robe. Als sie Kilian sah, lächelte sie vorausahnend. «Haben Sie auf mich gewartet? Wie nett.»

«Ich dachte, ich könnte Sie zu einem Picknick überreden», antwortete er und hielt die Tüte hoch.

«Eine hervorragende Idee. Ich bin am Verhungern.»

«Dann nichts wie raus hier.»

Zusammen verließen sie das Gerichtsgebäude in Richtung Klein-Nizza. Unter einer schattigen Parkbank mit Blick auf den kleinen See und die Enten machten sie es sich bequem.

«Ich nehme an», sagte Lichtenhagen, nachdem sie ein Sandwich ausgewählt hatte, «ich habe die Einladung nicht meinen blauen Augen zu verdanken.»

«In diesem Fall habe ich es auf Ihre Sachkenntnis abgesehen.»

«Schade. Was kann ich für Sie tun?»

«Sie stammen aus Bad Godesberg, soweit ich mich erinnere.»

«Stimmt.»

«Wenn ich bei unserem ersten Gespräch schneller geschaltet hätte, dann wäre mir aufgefallen, dass Bad Godesberg ein Stadtteil von Bonn ist.»

«Ich war am dortigen Amtsgericht tätig, bevor ich ans Landgericht nach Würzburg gewechselt bin.»

«Genauso wie unser verstorbener Staatsanwalt Mangel.»

Lichtenhagen grinste. «Das hat zwar etwas gedauert, bis Sie es rausgefunden haben, aber es stimmt.»

«Sie kannten Mangel also schon aus Ihrer gemeinsamen Zeit in Bonn?»

«Ja.»

«Und dass Sie mich ausgerechnet auf den Fall Rosie Wilde hingewiesen haben, ist auch kein Zufall.»

«Das obliegt Ihrer Kombinationsgabe.»

«Wieso haben Sie es mir nicht einfach gesagt?»

«Was?»

«Dass dahinter mehr steckt als nur ein Unfall.»

«Es war besser, wenn Sie es selbst herausfinden.»

«Verstehe. Dann kann Ihnen auch niemand vorwerfen, Sie hätten einen Kollegen angeschwärzt.»

«Ich habe nicht vor, meine Karriere wegen dieses Schweins aufs Spiel zu setzen.»

«Aber er ist doch tot.»

«Zum einen: Über die Toten soll man nicht schlecht sprechen. Das gilt besonders für meine Zunft. Zudem hat seine Familie nach wie vor großen Einfluss. Ist der Prosecco für mich?»

Kilian öffnete eine Dose und reichte sie ihr. «Was macht sie, ich meine Mangels Familie?»

«Sie hat ihre schmutzigen Finger ganz tief im Entsorgungsgeschäft in Nordrhein-Westfalen.»

Kilian konnte den Zusammenhang nicht herstellen. «Ja, und?»

Lichtenhagen lächelte. «Sie kennen sich am Rhein nicht sonderlich aus?»

«Ich habe die letzten Jahre im Süden verbracht. Tut mir leid.»

«Konrad Adenauer ist Ihnen aber ein Begriff?»

«Sicher. Was hat er damit zu tun?»

«In seiner Zeit als Oberbürgermeister von Köln hat er den Leitspruch geprägt: Mer kennt sich, mer hilft sich. Was so viel bedeutet wie: Tust du mir einen Gefallen, so helf ich dir auch. Das ist ein Gesetz auf Gegenseitigkeit am Rhein und verpflichtet zur Eidestreue. Als anfänglich gegen Frank Wuhlheide wegen grob fahrlässiger Tötung ermittelt wurde, klingelte ganz schnell das Telefon beim alten Mangel.»

«Worin besteht der Zusammenhang zwischen den Wuhlheides und den Mangels?»

«Der eine macht in Entsorgung, und der andere transportiert den Mist.»

«Verstehe. Der alte Mangel hat also seinen Sohn in die Pflicht des Klüngels genommen?»

«Davon ist auszugehen. Ansonsten wäre der Prozess am Amtsgericht verhandelt worden und nicht am Landgericht. Nur so konnte Mangel Einfluss nehmen.»

«Soweit ich mich erinnere, befindet sich die Spedition Wuhlheide in Rheinland-Pfalz und nicht in Nordrhein-Westfalen.»

«Richtig, das tut der Sache aber keinen Abbruch. Es ist nur ein Katzensprung über die Landesgrenze. Die Mangels stammen aus Remagen. Sie haben ihren Einfluss im Laufe der sechziger Jahre nach Bonn und Köln ausgeweitet. Zuvor hatten sie bereits intensive Geschäftsbeziehungen. Man kannte sich gut. Sie verstehen, was ich meine?»

Kilian nickte. «Etwas verworren, diese Zusammenhänge.»

«Das sollen sie auch sein. Sonst könnte ja gleich jeder hinter die Verwicklungen der ehrenwerten Familien blicken.»

«Gut, nehmen wir an, es ist so, wie Sie es beschreiben. Wie

ist der Fall Rosie Wilde, Ihrer Meinung nach, damals gelaufen?»

«Zählen Sie doch eins und eins zusammen. So wie es unser Gerichtspräsident auch getan hat. Leider zu spät.»

«Er hat von den Zusammenhängen erst nach dem Prozess erfahren?»

«Ja, sonst wäre vieles anders gelaufen.»

«Und jetzt fürchtet er, dass Licht auf die Sache fällt?»

«Ist anzunehmen.»

«Welche Rolle spielte Zinnhobel?»

«Zumindest eine duldende. Er muss von der milden Strafforderung Mangels überrascht gewesen sein. Ich weiß nicht, was genau im Hintergrund gelaufen ist, auf jeden Fall lag er ganz auf Mangels Linie. Letztlich ist es ihm, dem erklärten Frauenhasser, nicht schwergefallen, dieses Urteil zu fällen, und mit den abgefahrenen Bremsen hatte er ja auch eine perfekte Steilvorlage.»

Kilian ließ sich die geschilderten Zusammenhänge durch den Kopf gehen. Wenn es wirklich so war, wie die Staatsanwältin berichtete, dann hatte er es hier mit einer mafiösen Struktur zu tun, die bis nach Würzburg reichte. Das würde seinem Chef sicher nicht gefallen, noch weniger dem Gerichtspräsidenten und der gesamten Justitia in Würzburg. Doch welche Rolle spielte Lichtenhagen dabei? Sie war erstaunlich gut informiert, und dennoch hatte sie sich während der damaligen Vorgänge zurückgehalten.

«Sie mochten Mangel nicht», sagte er.

«Nein.»

«Wieso eigentlich? Sie stammen offenkundig aus dem näheren Umfeld des früheren Staatsanwalts.»

«Nicht alle gehören dem Klüngel an. Eines Tages werde ich an den Rhein zurückkehren, und da möchte ich nicht als Verräterin gehandelt werden.»

«Sie haben meine Frage nicht beantwortet.»

Lichtenhagen trank den Rest Prosecco aus und stand auf. «Was glauben Sie, warum ich Jura studiert habe? Sicher nicht, um die Welt zu verbessern. Doch im Kleinen, in meinem beschränkten Umfeld, kann ich solche korrupten Schweine wie die Mangels einfach nicht ertragen. Aber davon abgesehen, Mangel war mir schlicht im Weg. Auch ich möchte Oberstaatsanwältin werden. Das werden Sie doch verstehen, oder?»

Kilian nickte. «Muss ich wohl.»

«Seien Sie nicht von mir enttäuscht. Ich war ehrlich zu Ihnen. Das ist mehr, als Sie von vielen meiner Kollegen erwarten können. Und, bevor Sie einen Schritt zu weit bei Ihren Überlegungen gehen: Ich habe mit dem Tod Zinnhobels und Mangels nichts zu tun. Das hat, Gott sei Dank, jemand anderes übernommen. Ich habe Ihren Blick auf einen Fall gerichtet, der zum Himmel stinkt. An Ihrer Stelle würde ich in dieser Sache weitermachen. Ich bin sicher, dass es da noch mehr zu finden gibt.»

«Wie meinen Sie das?»

«Wie ich es gesagt habe. Mehr kann ich Ihnen leider nicht anbieten. Ich bedanke mich für die nette Einladung und den köstlichen Imbiss. Bis zum nächsten Mal.»

Kilian ließ sie ziehen. Erst als sie um die Ecke gebogen war, fiel ihm auf, dass sie ganz in Weiß gekleidet war.

31

Die Rechnung lautete auf neunzehn Euro sechzig. Recht happig für eine Dorade vom Grill und ein Glas Wein, dachte Heinlein. Schließlich war er von der Stadt rund zehn Kilometer entfernt. Dafür saß er aber auf der Terrasse eines italienischen Restaurants am Ufer des Mains mit freiem Blick auf den Jachthafen. Das hatte nun mal seinen Preis. Kilian wäre nicht so kleinlich, dachte er. Der war solche Preise aus Italien gewohnt. Doch das würde sich bald ändern, wenn er eine Familie zu ernähren hatte.

Heinlein stieg in den Wagen und fuhr in den Ort, nachdem er den Fiat Uno in Augenschein genommen hatte. Er wollte sichergehen, dass er nichts übersah, wenn er den Unfalltod von Rosie Wilde untersuchte. Wie es bereits im Gutachten des Sachverständigen gestanden hatte, waren die Bremsscheiben des Fiat bis auf den Zahn abgefahren. Eine ausreichende Bremsleistung war bei einer Geschwindigkeit von achtzig Kilometern nicht zu erwarten gewesen.

Warum, fragte er sich, war die Frau in einem derart desolaten Auto unterwegs? Sie hätte doch wissen müssen, dass sie einer drohenden Kollision nie und nimmer hätte ausweichen können. Und genau das wollte er in der Werkstatt herausfinden, in der ein Reparaturtermin angesetzt, aber laut Gerald Wilde nicht eingehalten worden war. Er fand den Chef der Werkstatt unter der Hebebühne.

«Womit kann ich dienen?», fragte der Mann.

Heinlein stellte sich vor und fragte nach dem Reparaturtermin Rosie Wildes aus dem vergangenen Jahr.

«Kommen Sie mit», antwortete er. Sie gingen ins Büro. «Sie haben Glück, dass die Steuer aus dem letzten Jahr noch nicht fertig ist.»

Aus einem Stapel von Ordnern zog er das abgegriffene Auftragsbuch hervor und blätterte es durch. «Wilde, lassen Sie mich mal sehen. Der weiße Fiat Uno, richtig?»

«Genau.»

«Wann soll der Termin gewesen sein?»

«Im Oktober.»

Sein ölverschmierter Finger fuhr über hingekritzelte Einträge. «Hier ist er. Die Bremsscheiben sollten ausgetauscht werden. Stimmt, ich erinnere mich. Das war der schreckliche Unfall bei der Autobahnauffahrt.»

«Wer hat den Termin vereinbart?»

«Ich nehme an, der Gerald.»

«Sie kennen Herrn Wilde näher?»

«Früher schon, ich meine vor dem Unfall seiner Frau. Da hat er mir seinen Wagen regelmäßig zur Inspektion gebracht. Er war in diesen Dingen immer sehr genau. Aber nachdem das mit seiner Frau passiert ist, ist er nicht mehr aufgetaucht. Ich glaube, er macht mich irgendwie dafür verantwortlich. Dabei habe ich es ihm bei der vorangegangenen Inspektion schon gesagt, dass die Bremsscheiben nicht mehr lange durchhalten.»

«Das war also schon vor dem Unfall offensichtlich?»

«Wie man's nimmt. Solange ein Fahrzeug nicht bewegt wird, muss man sich wegen der Bremsen auch keine Sorgen machen. Aber seine Frau ist damit täglich zur Arbeit gefahren. Für mich war das schon ziemlich gewagt.»

«Seine Frau wollte den Wagen ja am Vorabend des Unfalls vorbeibringen.»

«Das würde mich wundern. Alles, was mit Technik zu tun hatte, war Geralds Aufgabe.»

«Gerald Wilde hatte also den Termin vereinbart und wollte das Fahrzeug auch bringen?»

«An die Terminvergabe kann ich mich nicht mehr erinnern. Aber Frau Wilde habe ich hier noch nie gesehen. Wenn jemand ein Auto gebracht hat, dann war es Gerald. Ich glaube, die Bremsscheiben liegen hier noch immer herum.»

«Woher wussten Sie, dass die Bremsen an dem vereinbarten Termin gemacht werden sollten? Es hätte ja auch etwas anderes sein können.»

«Weil es mir Gerald gesagt hatte. Deshalb hatte ich die Bremsscheiben ja bestellt.»

Heinlein ließ sich diese neuen Informationen durch den Kopf gehen. Wieso hatte er das Gefühl, dass hier etwas nicht stimmte? «Wurden Sie damals von der Polizei befragt?»

«Es hatte mal jemand angerufen und wollte wissen, ob das mit dem Termin zutraf.»

«Aber bei Gericht wurden Sie nicht vorgeladen?»

«Nein.»

Damit hatte sich Mangel allein auf den Bericht des Sachverständigen und die Angaben Gerald Wildes verlassen, schlussfolgerte Heinlein. Das war legitim. Dennoch, bei einer genaueren Überprüfung hätte er herausgefunden, dass Wilde, der sich für die Technik verantwortlich fühlte, einen überfälligen Reparaturtermin hatte verstreichen lassen.

Heinlein bedankte sich für die Auskunft und ging zurück zum Auto. Er schlug die Akte auf. Laut Wildes Aussage wollte seine Frau das Fahrzeug in die Werkstatt bringen. Da sie es versäumt hatte, wollte sie es am folgenden Tag nachholen.

Seltsam, dachte Heinlein. Er würde das nicht so stehen lassen und Gerald Wilde nochmals befragen.

Als der Gong verklungen war, öffnete nicht Gerald Wilde die Tür, sondern eine Frau. Sie hatte die braungelockten Haare mit einem orangefarbenen Seidentuch hochgebunden und trug ein dünnes Sommerkleid in derselben Farbe. «Sie wünschen?», fragte sie freundlich.

«Ich hätte gern Herrn Wilde gesprochen.»

«Der ist auf der Arbeit. Soll ich ihm etwas ausrichten?»

«Ich nehme an, Sie sind seine Freundin, Verlobte oder Lebensgefährtin?»

«Letzteres.»

Heinlein stellte sich vor und berichtete von seinem gestrigen Besuch. Er hätte noch etwas zu klären. Ob er eintreten dürfe?

«Sicher», antwortete sie. «Ich mache gerade einen Eistee für die Kinder. Wollen Sie auch einen?»

«Gern.»

Francesca und Lucca saßen am Esstisch. Vor ihnen zwei große leere Gläser. «Hallo, ihr beiden», begrüßte sie Heinlein. «Wie geht's euch?»

«Wir haben Durst», antwortete Francesca.

«Ist ja auch mächtig heiß.»

Die Frau kam mit einer Karaffe an den Tisch und schenkte ein. «Langsam trinken», bremste sie die Kinder, die die Erfrischung sehnsüchtig erwarteten, «der Tee ist sehr kalt.»

Genauso wenig wie die Kinder konnte sich Heinlein zurückhalten. Er trank sein Glas in einem Zug leer. «Sehr lecker, vielen Dank. Darf ich fragen, wie Sie heißen?»

«Susanne Härtlein.»

«Wie lange kennen Sie Herrn Wilde?»

«Sechs Monate ungefähr.»

«Wie haben Sie sich kennengelernt?»

«Im Supermarkt. Er wusste nicht, ob man süße Sahne oder Sauerrahm für Kohlrabi-Gemüse nimmt.»

Heinlein schmunzelte. «Das kenne ich gut. Meine Frau hat es mir schon hundertmal erklärt. Leider erfolglos. Manche Dinge kann man sich einfach nicht merken. Seit wann leben Sie zusammen?»

«Ich habe noch meine eigene Wohnung. Aber wir werden das zum Jahresende ändern.»

«Die Kinder brauchen eine Mutter.»

Francesca intervenierte. «Mama ist tot.»

Susanne Härtlein pflichtete ihr bei. «Ja, das stimmt, Liebes. Ich bin dafür Papas und besonders deine Freundin.»

«Die Kinder vermissen sie sehr?», fragte Heinlein.

«Eine Mutter kann man nicht ersetzen. Ich tue mein Möglichstes.»

«Wie kommt Herr Wilde damit zurecht?»

«Es ist nicht einfach für ihn. Aber er gibt sich große Mühe.»

«Diesen Eindruck hatte ich bei unserem Gespräch auch. Sie teilen sich die Arbeit auf, sagte er mir.»

«Kinder zu erziehen ist keine Arbeit für mich. Und er braucht alle Hilfe, die er bekommen kann. Er hatte es so schwer, seit dem Tod seiner Frau.»

«Hat er sie sehr geliebt?»

«Er gibt es nicht zu, aber ich weiß es. Eine Frau spürt das.»

«Ist das nicht schwer für Sie?»

«Manchmal schon. Aber ich wusste ja, worauf ich mich einlasse.»

«Haben Sie damals von dem Unfall gehört?»

«Ich hatte es in der Zeitung gelesen. Eine furchtbare Sache. Er macht sich noch immer Vorwürfe, dass er sie mit dem Wagen hat fahren lassen.»

«Ich habe es in seiner Aussage gelesen. Am Vorabend des Unfalls hätte der Wagen repariert werden sollen.»

«Ja, ist das nicht furchtbar? Er ist so gewissenhaft in allen Dingen, die er anfasst. Nur das eine Mal überlässt er seiner Frau die Aufgabe, den Wagen reparieren zu lassen, und schon passiert so etwas.»

«Er hat mit Ihnen darüber gesprochen?»

«Gelegentlich. Er macht sich große Vorwürfe deswegen. Hätte er damals nicht arbeiten müssen, dann wäre sie noch am Leben.»

Der Gong unterbrach sie. «Entschuldigen Sie, da ist jemand an der Tür.» Sie stand auf und verließ das Zimmer.

Heinlein bemühte ein Lächeln, um das ernste Thema vor den Kindern zu verbergen. Lucca spielte mit dem Strohhalm in seinem Glas, aber Francesca schien irritiert.

«Was ist, Kleines?», fragte Heinlein. «Hast du zu schnell getrunken?»

«Nein», antwortete sie. «Papa wollte doch mit dem Auto in die Werkstatt.»

«Wie bitte?»

«Papa ist immer mit dem Auto in die Werkstatt gefahren. Mama durfte da nicht ran. Bevor er zur Arbeit ging, hat er das Auto noch ausprobiert.»

«Wie meinst du das?»

«Er ist damit ins Dorf gefahren. Und als er zurückkam, hat er es rückwärts vor die Garage gestellt.»

«So, als sei alles startbereit und in Ordnung?»

32

Der Straßenverlauf der B13 zwischen Randersacker und Eibelstadt war kerzengerade. Dass es auf diesem Teilstück regelmäßig zu Verkehrsunfällen kam, lag offenbar an der Sorglosigkeit der Verkehrsteilnehmer, die meinten, alles im Griff zu haben. So musste es auch Rosie Wilde an jenem Morgen ergangen sein, als sie ungebremst unter den Auflieger des Sattelschleppers gerast war. Da sie täglich die Strecke fuhr, wusste sie um die Gefährlichkeit. Umso mehr hätte sie wegen des Nebels achtgeben müssen, der an diesem Morgen nicht mehr als fünfzig Meter Sicht ließ. Wahrscheinlich war sie in Eile gewesen.

Anders konnte es sich Heinlein nicht erklären. Er stand an der Auffahrt zur A3 in Richtung Frankfurt – einem Zubringer, der vom abfahrenden Verkehr aus Richtung Biebelrieder Dreieck genutzt wurde. Zumindest war von dort der Sattelschlepper gekommen, den Frank Wuhlheide gesteuert hatte. Nach Auswertung des Fahrtenschreibers war er die Nacht durchgefahren, ohne eine Rast einzulegen. In seiner Aussage hatte er vom Zeitdruck gesprochen, unter dem die ganze Branche zu leiden hatte. Wer dem nicht standhalten konnte, hatte in diesem Geschäft nichts verloren. Der Tod Rosie Wildes war nach dieser Definition als Kollateralschaden zu bezeichnen. Ab morgen, nahm sich Heinlein vor, würde er besonders darauf achten, nur noch Produkte aus der Region zu konsumieren, damit dieser Transportwahnsinn endlich aufhörte.

Obwohl für den gesamten Abschnitt eine Geschwindigkeitsbegrenzung galt, flogen die Fahrzeuge nur so an ihm vorbei. An jenem Morgen musste es genauso gewesen sein. Jeder war trotz des Nebels schnell unterwegs. Die von der A3 einscherenden Fahrzeuge mussten also einen günstigen Moment erwischen, um sich in den ständigen Strom einfädeln zu können. Oder es herrschte, wie es immer wieder vorkam, das Gesetz des Stärkeren. Sollte doch der Schwächere darauf achten, nicht unter die Räder zu kommen. Den Eigenschaden übernahm die Versicherung beziehungsweise der Unfallgegner, der erst mal seine Unschuld beweisen musste. Oder die dritte Möglichkeit: Der Fahrer des Sattelschleppers war schlicht übermüdet und konnte die Gefahrensituation nicht mehr richtig einschätzen. Gepaart mit der Masse eines Vierachsers war dies eine nachvollziehbare Hypothese.

«Was machst du denn hier?», fragte eine Stimme hinter ihm, die sich gegen den vorbeiziehenden Fahrlärm zu behaupten suchte.

«Die Frage sollte ich dir stellen», antwortete Heinlein.

Kilians Reaktion ging im schrillen Pfeifen durchdrehender Reifen unter. Ein Pkw hatte die schmale Lücke im Verkehrsstrom genutzt, um auf den Autobahnzubringer zu gelangen.

«Mächtig was los hier», sagte Heinlein. «Komm, lass uns ein Stück weitergehen.»

Über eine kleine Böschung gelangten sie auf ein brachliegendes Zwischenstück, das die Fahrbahn vom angrenzenden Acker trennte.

«Es gibt Neuigkeiten», begann Kilian. «Ich habe nochmals mit Staatsanwältin Lichtenhagen gesprochen. Sie kannte Mangel und seinen Clan in Bonn gut. So wie es aussieht, hat Mangel auf Druck seines Vaters Frank Wuhlheide verteidigt. Ein Ehrendienst unter befreundeten rheinischen Familien, sozusagen.»

«Interessant», bestätigte Heinlein. «Mangel und Wuhlheide waren sich demnach nicht unbekannt.»

«Ob sie sich persönlich kannten, weiß ich nicht. Auf jeden Fall haben deren Väter geschäftliche Beziehungen unterhalten.»

«Und Zinnhobel?»

«Bisher keine Verbindung. Auffallend bleibt jedoch, dass er dem Antrag der Staatsanwaltschaft bereitwillig gefolgt ist. Und, was treibt dich hier raus?»

«Ich wollte mir die Unfallstelle mal genauer ansehen», antwortete Heinlein und berichtete von seinen Besuchen in der Werkstatt und bei Susanne Härtlein, Wildes neuer Lebensgefährtin.

«Dann sollten wir mit diesem Herrn Wilde mal ein Wort wechseln», schlug Kilian vor.

«Gute Idee. Schnell weg hier, bevor uns einer auf den Kühlergrill nimmt.»

Beim Rückweg zu den Fahrzeugen fielen ihnen im verdorrten Gras Blumen auf, die sich gegen die Hitze der letzten Wochen erfolgreich durchgesetzt hatten. Ein seltener Anblick in diesen Tagen. Doch hinter den Blumen, die gegen einen Stein gelehnt waren, versteckte sich noch etwas anderes.

Heinlein bückte sich. «Schau dir das mal an.»

Der Stein entpuppte sich als behauenes Kreuz, das eine Inschrift trug. Sie war im Gegensatz zu den bisherigen Schriften deutlich zu erkennen.

«Meiner Rós Fódhla», las Kilian vor. «Was soll das nun wieder bedeuten?»

Doch weit mehr als die Entschlüsselung dieser kryptischen Botschaft interessierte Heinlein die Tatsache, dass in unmittelbarer Nähe des Unfallortes ein steinernes Kreuz stand. «Glaubst du immer noch an Zufälle?»

Kilian suchte nach den richtigen Worten. «Kreuze als Erinnerung an einen Unfalltoten sind nichts Außergewöhnliches. Die findet man überall an den Straßen. Zugegeben, ich denke dabei allerdings eher an ein Holzkreuz als an so etwas.»

«Richtig. Und das hier ist kein alter Stein.»

«Dann hat Wilde seiner Frau eben ein Steinkreuz gesetzt. Warum nicht?»

«Das werden wir noch herausfinden.»

Heinlein machte mit seinem Handy eine Aufnahme. Die Inschrift Rós Fódhla war deutlich zu erkennen. Was mochte dieser Ausdruck bedeuten, fragte er sich. Hatte er etwas mit Rosie Wilde zu tun? Für einen Grenzstein war dieses Objekt eindeutig zu hochwertig, und die Inschrift ließ an alles andere denken als an eine Grenzmarkierung. Er schickte das Bild zur Klärung an Willibald Kremer, seinen Experten für Bildstöcke. Sollte er herausfinden, was es damit auf sich hatte.

Je länger Kilian über den Ausdruck Rós Fódhla nachdachte, desto bekannter schien er ihm. Er hatte das unbestimmte Gefühl, diese Worte oder etwas Ähnliches schon mal gehört zu haben. Und das lag gar nicht so lange zurück. Es musste etwas mit einem vorherigen Fall zu tun haben. Einem Fall, bei dem er ins Ausland hatte reisen müssen. Das Fragment eines Bildes schoss ihm durch den Kopf. Es war das Bild einer Reise durch die Nacht. Scheinwerfer erhellten eine enge, sich windende Straße. Er saß neben einem Mann mit dem Namen Lorcan. Sie tranken viel in dieser Nacht, und Lorcan erzählte von den Aufständen in Nordirland.

War es das? Hatte Rós Fódhla etwas mit Irland zu tun?

33

Auf dem langen, aber lukrativen Weg zum *Forschungsleuchtturm Würzburg* hatten sich der Freistaat und die Universität viel vorgenommen. Viele Millionen wurden in die Erweiterung und die Sanierung alter Universitätsbauten gesteckt. Im Zuge der Exzellenzinitiative, die nicht nur viel Renommee, sondern auch Geld nach Würzburg bringen sollte, stand das Ziel, künftig dreißigtausend anstatt den bisher zwanzigtausend Studenten einen zukunftweisenden Studienplatz zur Verfügung zu stellen. So wurde in der Stadt und am Hubland fortlaufend gebaut, als gelte es den internationalen Wettlauf um die beste Universität gleich heute für sich zu entscheiden.

Auf einer dieser Baustellen war Gerald Wilde als Bauingenieur tätig. Kilian und Heinlein fanden ihn zwischen nimmermüden Baggern und von Geisterhand gesteuerten Kränen, die schwere Lasten über den Köpfen herumwuselnder Bauarbeiter bewegten.

«Herr Wilde», schrie Heinlein gegen den Lärm einer wütenden Baggerschaufel an. «Auf ein Wort.»

«Was ist?!», rief Wilde ungehalten zurück.

«Wir wollen mit Ihnen sprechen.»

«Keine Zeit. Sie sehen doch, was hier los ist.»

Kilian zog seine Dienstmarke, stapfte hinüber zum Bagger und zeigte sie dem Mann hinter den Hebeln. Mit einem eindeutigen Handzeichen, die Maschine zu stoppen, kehrte Ruhe ein.

«Je schneller Sie unsere Fragen beantworten, desto schneller gehen die Arbeiten weiter», stellte Heinlein klar.

Wilde gab sich geschlagen. «Na gut. Was wollen Sie?»

«Beschreiben Sie uns, was sich am Vorabend des Unfalls Ihrer Frau zugetragen hat.»

«Das habe ich alles schon längst ausgesagt. Was soll das?»

«Ich weiß. Trotzdem.»

Wilde nahm seinen Helm ab, strich sich den Schweiß von der Stirn und bemühte seine Erinnerung. «Rosies Auto sollte verabredungsgemäß in die Werkstatt.»

«Was sollte repariert werden?»

«Die Bremsen natürlich. Die Scheiben waren völlig abgefahren. Jede Vollbremsung hätte tödlich enden können.»

«Woher wussten Sie, dass es sich um die Bremsscheiben und nicht um die Beläge handelte?»

«Das sieht man doch. Man muss sich nur mal die Scheiben von außen ansehen oder mit dem Finger drüberfahren.»

«Sie haben also in der Werkstatt einen Termin vereinbart und neue Bremsscheiben bestellt.»

«Ja.»

«Gut. Wie ging es weiter?»

«Ich musste an jenem Abend arbeiten. Deshalb bat ich Rosie, den Wagen in die Werkstatt zu fahren.»

«Was sie aber nicht gemacht hat.»

«Nein.»

«Wann erfuhren Sie davon?»

«Mein Gott, irgendwann nachdem das Unglück geschehen war.»

«Ihre Frau hat also nicht darüber mit Ihnen gesprochen?»

«Nein, wann denn?»

«Abends, als Sie von der Arbeit nach Hause gekommen waren.»

«Wir hatten Bauleitersitzung und anschließend Planbesprechung. Das ging bis in die Nacht. Als ich nach Hause kam, hat Rosie schon geschlafen.»

«Und Sie gingen davon aus, dass der Wagen repariert worden war.»

«Ja, natürlich.»

«Am nächsten Morgen haben Sie sie nicht danach gefragt?»

«Nein, zum Teufel. Ich war völlig übermüdet.»

«Sie hätten aber auf die Idee kommen können, als Ihre Frau zur Arbeit fahren wollte, sie nach der Reparatur zu fragen.»

«Vielleicht. Aber ich habe es nicht getan, verdammt. Können wir nun weitermachen? Jede Minute kostet.»

Heinlein war dazu noch nicht bereit. «Sind Sie mit dem Wagen am Vorabend noch einmal gefahren?»

«Ich? Wieso denn das?»

«Ich weiß es nicht. Also: Haben Sie das Auto am Vorabend gefahren?»

«Nein.»

«Sie wurden aber dabei beobachtet.»

«So ein Unsinn.»

«Der Zeuge ist glaubwürdig.»

Wilde fixierte Heinlein mit einem durchdringenden Blick. Er schien zu überlegen, um welchen Zeugen es sich dabei handeln könnte. «Lassen Sie mich nachdenken.» Es dauerte. «Ja», sagte er gedankenversunken, «ich glaube, ich bin nochmal mit dem Uno gefahren.»

«Warum?»

«Himmel, das ist fast ein Jahr her. Woher soll ich das noch wissen?»

«Ich würde mich an jede Minute erinnern, in der meine Frau noch am Leben war.»

Wildes Blick schweifte ab. Irgendwo am Horizont suchte er nach einer Antwort. «Wahrscheinlich habe ich eine Testfahrt gemacht.»

«Wieso das?»

«Vielleicht hatte ich mich geirrt, und es waren doch die Bremsbeläge. Letzen Endes wäre das kostenmäßig ein großer Unterschied gewesen.»

Heinlein glaubte ihm kein Wort. Über Wildes Schulter hinweg sah er einen Bauarbeiter auf sie zueilen. Vor der Grube machte er halt und schrie, wann der Aushub denn nun fertig wäre. Die Kipper warteten auf eine neue Fuhre. Heinlein ließ es mit der Befragung vorerst gut sein und entließ Wilde mit einer letzten Frage. «Was hat die Inschrift auf dem Steinkreuz zu bedeuten?»

«Welche Inschrift? Welches Kreuz?»

«An der Unfallstelle, bei der Autobahnauffahrt.»

«Ich habe keine Ahnung, wovon Sie sprechen.»

«Und die Blumen? Stammen die auch nicht von Ihnen?»

Wilde sammelte Kraft. «Hören Sie: Ich kenne weder ein Kreuz noch eine Inschrift. Und schon gar keine Blumen. Wer auch immer damit zu tun hat, gehört nicht zur Familie. Denn dann wüsste ich davon. An der Stelle sind schon andere gestorben. Habe ich nun alle Fragen beantwortet? Wenn ja, dann verschwinden Sie endlich von meiner Baustelle. Jede Minute, die Sie mich aufhalten, kostet den Steuerzahler Geld. Außerdem bitte ich Sie zukünftig, Fragen, die den Tod meiner Frau betreffen, mit meinem Anwalt zu klären. Ich habe wirklich keine Zeit für diese alten Geschichten.»

Dann gab er dem Baggerfahrer Anweisung, die Schaufel wieder in Betrieb zu nehmen.

Heinlein lächelte. Jetzt hatte er ihn am Haken.

34

Der blasse Mond erhob sich über die grünen Berge,
die Sonne tauchte ins blaue Meer,
als ich mit meiner Geliebten
zum Brunnen schlenderte,
im schönen Tal von Tralee.
Sie war liebenswert und schön
wie eine Rose.
Doch das war es nicht allein,
das mich überwältigte.
Es war die Wahrheit in ihren Augen,
die mich niemals trügen würde.
Deswegen liebte ich sie,
Mary, die Rose aus Tralee.

Weißt du noch, als wir dieses rührselige alte *The Rose of Tralee* voller Inbrunst sangen? Damals in diesem Pub in Dingle? Zusammen mit den alten Männern, denen die Tränen in den Augen standen? Wir waren so sorglos, lebten nur für den Moment und vergaßen alles um uns herum. Wie im Taumel durchstreiften wir die Küste entlang den schroffen Bergen und den Klippen. Du hattest keine Angst vor dem Absturz, sagtest, der Tod sei dein Gefährte. Und bevor du ihn kennenlerntest, würde dich die Weiße Frau besuchen. Für die Umkehr wäre dann noch Zeit genug.

Du kanntest sie gut, diese mysteriöse Gestalt, die mich ein Leben lang begleitete. Dessen war ich mir von Anfang an sicher. Sie war ein Teil von dir. Vielleicht mehr. Wir hatten zu wenig Zeit, um es herauszufinden. Gern wäre ich den Weg weiter mit dir gegangen.

Du warst meine Rós Fódhla, meine gälische Rose, wie es keine zweite gegeben hat. Liebenswert und schön, wie dieses Land, das wir beide so sehr liebten. Wenn es regnete, und das tat es oft, dann warst du die Sonne, die dem Regenbogen die Farbe lieh. Von Horizont zu Horizont, zu deinen Füßen weideten die Schafe im satten Grün und schüttelten sich den Regen aus der Wolle. In der Gischt des Wassers, das schonungslos gegen die schroffen Klippen peitschte, sah ich dich wie im rotgoldenen Licht, das über den Mooren vor Galway lag. Im Lächeln der Menschen, die bei einem Plausch am Wegesrand oder einem Guinness im Pub ihre Herzlichkeit offenbarten, habe ich dich erkannt.

Alles hinweggewischt durch einen gemeinen Hinterhalt. Er wird nicht ungesühnt bleiben. Das schwöre ich dir.

Bald ist es so weit. Dann werden wir wieder vereint sein. Ich und du, meine wunderschöne Rós Fódhla.

35

Der Polizeipräsident hatte bei Heinleins Bericht die Stirn in Falten gelegt, und es schien, als wollten sie sich tief darin vergraben, so ungeheuerlich erwiesen sich die Umstände, die zum Urteil im Fall Rosie Wilde geführt hatten.

«Kilian hat das gewissenhaft recherchiert?», versicherte er sich vorsorglich.

«Ja», antwortete Heinlein knapp und ohne den Hauch eines Zweifels zuzulassen.

«Dann wird mir einiges klar.» Er erhob sich. Am Fenster blieb er stehen und blickte hinaus. Mit Heinlein im Rücken sinnierte er über die möglichen politischen Auswirkungen auf die Würzburger Justiz. «Kein Wunder, dass der Gerichtspräsident so sehr an der Aufklärung der Fälle interessiert ist. Können Sie sich vorstellen, welches Licht das auf Würzburg wirft? *Staatsanwalt und Richter in Kölner Klüngel verstrickt.* Das ist Stoff für die Revolverblätter.»

«Ich habe nicht die Absicht, die Medien davon in Kenntnis zu setzen.»

«Unterstehen Sie sich», grollte der Polizeipräsident.

Nachdem er sich beruhigt hatte, kehrte Ernüchterung ein. «Was soll's. Früher oder später werden sie es doch erfahren.»

«Wir könnten die Aufmerksamkeit auf andere Aspekte lenken.»

«Ach ja? Welche denn? Wenn das so weitergeht, dann kommen unter Umständen noch ganz andere Dinge an die Oberfläche. Nein, das reicht vollkommen.»

Am Ende einer langen Pause wagte Heinlein weitere Anweisungen zu erfragen. «Wie geht es nun weiter?»

Der Polizeipräsident wägte seine Antwort gut ab. «Es hilft nichts. Sie machen weiter, ohne Rücksicht auf Namen und Köpfe. Am Ende macht man uns sonst noch den Vorwurf, Straftaten vereitelt zu haben. Die Suppe hat der Gerichtspräsident selbst auszulöffeln. Soll der das mit den Herren in München klären. Wir lassen uns nichts zuschulden kommen.»

«Werden Sie noch mit ihm sprechen?»

«Sicher. Ich ruf ihn gleich an.» Er überlegte es sich besser. «Nein, das gehört nicht ans Telefon. Ich fahre bei ihm vorbei und spreche mit ihm persönlich. Auf sein Gesicht bin ich gespannt. Besonders, wenn er mir beibringen will, wieso er diese Sauerei so lange für sich behalten hat.»

Für Heinlein waren die Unterhaltung und sein täglicher Rapport damit beendet. Doch der Polizeipräsident rief ihn zurück. «Wie läuft es eigentlich mit Ihnen und Kilian?», fragte er hintergründig.

Heinlein stutzte. «Gut. Gibt es Beschwerden?»

«Nein, überhaupt nicht. Ich wollte nur mal hören, ob sich unser Weltenbummler mit seiner neuen Situation abgefunden hat.»

«Er ist ein wertvoller Mitarbeiter für mich und die Abteilung.»

«Das freut mich zu hören. Und, haben Sie sich schon an die neue Aufgabe und die Verantwortung gewöhnt?»

Daher wehte also der Wind, dachte Heinlein. Die Frage nach Kilian war nur die Eröffnung für das eigentliche Thema. Bevor er antwortete, räusperte er sich und überlegte genau, was er darauf erwidern würde. «Es ist eine neue Herausforderung. Ich denke, ich werde sie meistern, wie alle vorangegangenen.»

«Das ist gut», antwortete der Polizeipräsident, der einen

unheilschwangeren Unterton nicht vermeiden konnte. «Sie werden diesen Mut noch brauchen. Machen Sie reichlich Gebrauch davon.»

«Liegt etwas in der Luft?»

«Nein, nichts Aktuelles.» Dann setzte er sich wieder an seinen Schreibtisch und vertiefte sich in die Arbeit.

Heinlein war hin- und hergerissen, ob er auf die Anspielung eingehen sollte. Die Gelegenheit schien günstig, doch der Moment unpassend.

«Morgen wieder, zur gleichen Zeit», sagte der Polizeipräsident, ohne aufzublicken, und beendete damit die Audienz.

Das Grummeln in Heinleins Magengrube wollte sich bis ins Büro nicht legen. Was hatte der Alte nur damit gemeint? Trieb jemand hinter seinem Rücken ein Spiel mit ihm? War er jemandem auf die Füße getreten, ohne es zu wissen? Oder hatte die Anspielung etwas mit seinem Sohn Thomas zu tun?

Er würde Kilian darauf ansprechen. Und Sabine. Vor allem sie. Sie wusste immer, was hinter den Kulissen gespielt wurde.

Als er das Büro betrat, fand er sie telefonierend vor. Nicht geschäftlich, sondern mit einem Freund oder einer Freundin quasselnd. Was eigentlich ein Grund für den nächsten Anschiss gewesen wäre, ließ er dieses Mal ungeahndet. Er übte sich in Geduld, schenkte sich ein Glas Wasser ein und wartete unruhig, bis sie den Hörer aufgelegt hatte.

Als es so weit war, rief er sie zu sich herüber. «Setz dich», sagte er, um Freundlichkeit bemüht. Doch genauso wenig, wie es dem Polizeipräsidenten vor ein paar Minuten gelungen war, drohendes Unheil aus seiner Stimme zu verbannen, so scheiterte auch er in diesem Moment mit seiner bemüht unbefangenen Art.

«Is was?», fragte sie unsicher.

«Nein, was soll sein?»

«Du hast mich noch nie gebeten, bei dir Platz zu nehmen.»

«Dann wird es höchste Zeit.»

«Also, rück raus mit der Sprache. Was passt dir heute nicht? Trage ich die falschen Klamotten, schmeckt der Kaffee nicht oder telefoniere ich wieder zu viel?»

Heinlein zwang sich ein wohlmeinendes Lächeln ins Gesicht. «Nichts von alledem», log er. «Wir haben uns nur seit langem nicht mehr unterhalten.»

«Das haben wir doch noch nie gemacht.»

«Eben drum. Dann wird es langsam Zeit, das zu ändern.»

Nicht ganz überzeugt, begab sich Sabine in die Wartestellung.

«Nun», begann Heinlein, «wie gefällt es dir bei uns?»

Seine Frage traf auf Unverständnis. «Schorsch, wir kennen uns jetzt schon so lange. Wenn was ist, dann raus mit der Sprache. Du bist ein schlechter Diplomat.»

Recht hatte sie. Das war er nie gewesen und würde es wohl auch nie werden. Sabine war nicht zu überlisten.

Er startete einen neuen Versuch. «Ich komme gerade vom Polizeipräsidenten. Er hat anklingen lassen, dass etwas in der Luft liegt. Hast du eine Ahnung, worum es dabei geht?»

Sabine ließ die Frage auf sich wirken, bevor sie antwortete. «Nicht dass ich davon wüsste.»

Heinlein glaubte ihr nicht. «Ist was mit Thomas?»

«Mach dir deswegen keine Sorgen. Das hat der Kilian schon abgebogen.»

«Weswegen müsste ich mir dann Sorgen machen?»

Nun konnte sie sich nicht länger zurückhalten. «Weißt du, eigentlich hast du das gar nicht verdient, so wie du mit mir umspringst. Jeden Tag deine Launen, dein Ton und die anderen Unverschämtheiten. Ich habe schon darüber nachgedacht, mich versetzen zu lassen. Wenn der Kilian nicht wäre, hätte ich das auch schon längst gemacht.»

«Es tut mir leid, das zu hören. Bin ich denn wirklich so schlimm?»

«Und ob. Seitdem du Chef geworden bist, hast du dich um hundertachtzig Grad gedreht. Du bist nicht mehr wiederzuerkennen. Kein Vergleich mehr zu dem Schorsch von früher.»

«Das Leben geht weiter, Dinge ändern sich.»

«Kann schon sein. Doch der Schorsch von früher ist mir lieber als der Erste Kriminalkommissar von heute.»

Heinlein verzichtete auf eine Retourkutsche, wenngleich er ausreichend Munition dafür besaß.

«Also», fuhr Sabine fort, «man redet über dich.»

«Ach ja? Was denn so?»

«Dass du dich verändert hast.»

«Das hatten wir schon.»

«Ja, aber auch anders. Dein plötzlicher Wohlstand hat sich unter den Kollegen herumgesprochen.»

«Welcher Wohlstand?»

«Deine neue Hütte im Frauenland. Alle fragen sich, wie du dir das leisten kannst.»

«Das ist doch mein Bier. Was geht das die Kollegen an?»

«Im Grunde genommen nichts. Aber du weißt doch selbst, was Sache ist. Unzählige Überstunden, wenig Kohle, Stress und Probleme daheim.»

«Ist bei mir nicht anders.»

«Daher fragt man sich, woher dein plötzlicher Reichtum kommt. Wir können uns das auf jeden Fall nicht leisten.»

Nun wurde Heinlein einiges klar. Die Kollegen neideten ihm sein neues Zuhause. Dass das Geschwätz aber gleich bis zum Polizeipräsidenten durchgedrungen war, überraschte ihn schon sehr.

«Es heißt, du würdest die Hand aufhalten, damit du das finanzieren kannst.»

Mit einem Mal platzte Heinlein der Kragen. «Das darf doch nicht wahr sein. Eine Unverschämtheit.»

«Habe ich auch gesagt. Der Schorsch macht so etwas nicht.»

«Und du beteiligst dich auch noch daran?»

«Ich habe dich in Schutz genommen. Nichts weiter.»

«Na, vielen Dank. Meine eigene Sekretärin beteiligt sich an einer Rufmordkampagne.»

«So ein Blödsinn. Die Leute reden halt. Und außerdem bin ich nicht *deine* Sekretärin. Merk dir das.»

Sabine stand erbost auf und warf die Tür hinter sich ins Schloss.

Heinlein musste dringend etwas gegen das Gerede unternehmen. Das könnte ihn den Job kosten.

36

Eine der wenigen lateinischen Redewendungen, die Kilian aus seiner Schulzeit noch erinnerte, lautete: *Per aspera ad astra* – was in einer freien Übersetzung so viel bedeutete wie: Vor den Erfolg haben die Götter den Schweiß gesetzt.

Diesen Spruch musste der Architekt der Universitätsbibliothek am Hubland im Sinn gehabt haben, als er den an die japanische Bauweise angelehnten Tempel des Wissens entworfen hatte. Bevor sie die große Eingangshalle betreten konnten, mussten Kilian und die Studenten eine beträchtliche Anzahl Stufen überwinden. Am Scheitel der Treppe angekommen, wurde man dafür mit einem grandiosen Blick über die Stadt belohnt. Hier stand für die verbliebenen Raucher ein Aschekübel bereit. Kilian nutzte das Angebot und steckte sich ein Zigarillo an.

Seltsam, dachte er, dass er, noch außer Atem, sich ausgerechnet mit einem Glimmstängel für die Kletterpartie belohnen musste. Eigentlich hätte ihm die knappe Atemluft Hinweis auf seine mangelnde körperliche Fitness geben müssen. Doch wie in vielen Fällen war das Irrationale der Gefährte der Abhängigkeit. Er nahm einen letzten Zug und begab sich zur Hauptinformation, die sich im Foyer des mehrgeschossigen Baus befand.

Hinter dem Schalter wartete eine Frau auf die Fragen der Besucher.

«Meine Name ist Kilian, Kripo Würzburg. Ich möchte mit jemand über die ehemalige Angestellte Rosie Wilde sprechen.»

Die Frau schob ihre Brille zurecht. «Worum handelt es sich dabei genau?»

«Ich interessiere mich in erster Linie für ihre persönlichen Kontakte.»

«Hauptlesesaal eins, erster Stock. Fragen Sie nach Frau Hartmann.»

Kilian bedankte sich und machte sich daran, eine weitere Treppe zu nehmen. Sie führte im Halbkreis nach oben in den Lesesaal, an dessen Eingang sich ein Schalter mit Bibliotheksmitarbeiterinnen befand.

Er fragte die Erstbeste. «Frau Hartmann?»

Die Frau hielt den Finger vor den Mund. «Leise. Bei den Monographien.»

«Wo kann ich die finden?»

Sie wies zur Seite in eine nicht enden wollende Schlucht an Regalen. «Gehen Sie ganz durch.»

Er folgte ihrer Anweisung. Bei den Buchstaben G bis H glaubte er sie gefunden zu haben. «Frau Hartmann», hauchte er mehr, als dass er sprach.

«Ja», antwortete eine Enddreißigerin mit hennafarbenen, kurzen Haaren, in die dünne Zöpfe mit bunten Perlen eingearbeitet waren.

Kilian stellte sich vor und bat um ein Gespräch.

«Wenn wir leise sind, können wir uns hier unterhalten.» Sie legte ein Buch auf den Rollwagen zurück.

«Soll mir recht sein. Sie waren mit Rosie Wilde befreundet?»

«Kann man so sagen. Worum geht's?»

«Ich versuche mir ein Bild von Frau Wilde zu machen. Wie sie war, welche Interessen sie verfolgte, welches Leben sie führte. Wie würden Sie sie beschreiben?»

Die Frau schien etwas irritiert, wusste nicht, was die Frage nach einer Verstorbenen auf sich hatte. «Welche Bewandtnis haben Ihre Fragen?»

«Wir interessieren uns für die familiären Hintergründe. In den Gerichtsakten ist kaum etwas darüber vermerkt.»

«Wo soll ich da anfangen? Rosie war eine lebensfrohe Frau mit vielen Interessen.»

«Worin lagen diese?»

«Sie hatte im Nebenfach Volkskunde studiert. Die Kelten und ihre reichhaltige Kultur waren ihr Steckenpferd. Darin ging sie völlig auf. Besonders in den letzten paar Monaten ihres Lebens war sie kaum noch für etwas anderes zu begeistern.»

«Zum Beispiel?»

«Tanzen oder Ausgehen, so wie wir es früher zusammen gemacht haben.»

«Woran lag das?»

«Keine Ahnung. Nach ihrem Irlandurlaub war sie wie ausgewechselt.»

«Wann war der?»

«Vor etwa einem Jahr.»

«Ist sie allein verreist, oder hat sie jemand begleitet?»

«Sie war solo unterwegs. Irland ist nicht so mein Ding. Ich bin lieber im Süden.»

«Hat sie Ihnen von der Reise erzählt?»

«Sie hat in allen Tönen geschwärmt. Das Land, die Leute, einfach alles. Sie hatte sich in einem Ort in der Grafschaft Kerry eingemietet, wo noch Gälisch gesprochen wird. Auf der Postkarte, die sie mir geschickt hat, sind fangfrische Lachse zu sehen, eine furchteinflößende Steilküste und natürlich Pubs mit diesem modrigen schwarzen Bier. Für mich wäre das nichts, sie aber hat es geliebt.»

«Wie kam sie auf die Idee, allein nach Irland zu reisen?»

«Mit ihrem Mann, diesem Schnarchzapfen, war ja nichts anzufangen. Der hängt den ganzen Tag auf irgendwelchen Baustellen herum. Außerdem hatte sie sich den Trip schon lange vorgenommen. Nachdem Francesca und Lucca versorgt waren, konnte sie es endlich in Angriff nehmen.»

«Das Interesse an Irland bestand also schon länger?»

«Ja, seit ein paar Jahren. Genauer, seit der Geburt ihres zweiten Kindes, Lucca.»

«Hat es damit etwas Besonderes auf sich?»

Sie winkte ab. «Eine wirre Geschichte. Bei der Niederkunft gab es ernsthafte Probleme. Der kleine Lucca wollte einfach nicht kommen. Sie bestand aber auf einer natürlichen Geburt. Das heißt, keine Einleitung, keinen Schnitt. Als die Herztöne des Kleinen immer unregelmäßiger und schwächer wurden, griff der Arzt letzten Endes durch und hat ihn geholt. Bei der Operation kam es allerdings zu Komplikationen, was Rosie nachträglich in ihrer Meinung bestätigte. Ihre Mutter hatte ähnlich große Schwierigkeiten, sie zur Welt zu bringen. Die beiden hatten irgendein Problem mit der Blutgerinnung. Egal, auf jeden Fall war sie kurzfristig weg.»

«Was heißt das?»

«Sie war tot, klinisch gesehen. Eine Minute hat es gedauert, bis sie sie zurückgeholt hatten. Von da an hat sie von wundersamen Dingen berichtet.»

«Und zwar?»

Die Frau druckste herum. Es war ihr sichtlich unangenehm, darüber zu sprechen. «Man hat ja schon einiges von diesen Nahtoderfahrungen gehört. Der Tunnel, das Licht und so weiter. Daran kann man glauben oder nicht. Bei Rosie hatte es sich wohl anders abgespielt. Als sie mir davon erzählte, ist es mir kalt den Rücken heruntergelaufen … Aber was rede ich da? Das sind sehr intime Dinge, die mir Rosie im Vertrauen mitgeteilt hat. Es wäre ihr bestimmt nicht recht, wenn ich sie einem Fremden auf die Nase binden würde.»

«Das kann ich gut verstehen. Mir würde es genauso wie Ihnen gehen. Doch in diesem Fall bitte ich Sie, eine Ausnahme zu machen. Es ist sehr wichtig für uns, herauszufinden, was sich in den letzten Monaten ihres Lebens abgespielt hat.»

Kilian setzte seine ganze Überredungskunst ein. Sehr behilflich war dabei sein seriöser Blick mit einem Schuss Mitgefühl und Hilflosigkeit.

«Nun, gut», fuhr sie fort, «aber erzählen Sie niemandem davon.»

«Versprochen.»

«Um das Ausmaß dieser Erfahrung richtig zu verstehen, muss man Rosies Vorgeschichte kennen. Sie hatte eine tiefe emotionale Bindung zu ihrer Großmutter, die vermutlich geisteskrank gewesen ist. Sie ist aus nicht geklärten Umständen ums Leben gekommen. Niemand weiß, ob es sich um einen Selbstmord oder einen Unfall gehandelt hat. Eines Abends soll sie aus dem Haus gegangen und nicht mehr zurückgekehrt sein. Nach Monaten hat man sie dann in einer Gletscherspalte gefunden.»

«In einer Gletscherspalte?»

«Die Marthalers, so lautete ihr Mädchenname, stammen ursprünglich aus dem Berchtesgadener Raum, wo sie auf einem Bauernhof in den Bergen lebten. Der Tod der Großmutter hatte die kleine Rosie sehr mitgenommen. Sie glaubte, die Großmutter würde sie nachts von den Bergen aus zu sich rufen. Manchmal soll sie ihr sogar in der Kammer, in der sie schlief, erschienen sein. Ihre Eltern fassten daraufhin den Entschluss, den Bauernhof zu verlassen. Mitte der Achtziger kamen sie nach Ochsenfurt, wo der Vater Arbeit fand. Mit der Zeit verblasste die Erinnerung an die Großmutter, und Rosie entwickelte sich prächtig. Die Berge ließen sie jedoch nie wieder los. Immer musste sie nach Italien in Urlaub reisen. In Südtirol gefiel es ihr am besten. Da wollte sie gar nicht mehr weg.

Tja, und dann geschah das Unfassbare bei Luccas Geburt. In der einen Minute, in der sie zu sterben drohte, glaubte sie, ihre Großmutter zu sehen. Zuerst hörte sie ein Schluchzen, dann ein Weinen und Wehklagen, bis die Großmutter, ganz in Weiß gekleidet, an ihr Bett herangetreten sei. Ihre Augen waren von Tränen gerötet. Sie forderte Rosie auf, mit ihr zu gehen. Daraufhin soll sie wahrhaftig aus ihrem Körper gefahren sein und sich tot auf dem Operationstisch gesehen haben. Aber etwas stimmte nicht. Die Großmutter brachte sie nicht in das Licht, sondern an einen dunklen Ort, wo die Toten leben. Auch die Schatten derer, die noch leben, aber bald dorthin kommen würden.

Sie offenbarte Rosie, dass sie bald ihre Rolle zu übernehmen habe. Sie habe sie deswegen dorthin gebracht. In ein paar Monaten würde sie zurückkehren und Rosie endgültig holen. Schrecklich, ich mag gar nicht darüber nachdenken.»

«Was meinen Sie … Entschuldigung, was meinte Rosie, worin die Aufgabe der Großmutter bestand?»

«Das sage ich Ihnen nicht. Sie halten mich dann bestimmt für verrückt.»

«Nein, das tue ich nicht. Wirklich.»

Die Frau machte eine lange Pause, kämpfte mit sich, bis sie schließlich antwortete. «Die Großmutter soll eine Weiße Frau gewesen sein, und Rosie sollte ihr nachfolgen.»

«Wie bitte?»

«So hat es mir Rosie erzählt. Ich weiß, das klingt alles ziemlich abgehoben. Aber seitdem es diese Erscheinungen bei uns gibt, bin ich mir da nicht mehr so sicher.»

«Sie meinen, Rosie geht als Weiße Frau um?»

«Ich sage dazu nichts. Soll jeder glauben, was er will. Wenn ich es nicht selbst aus Rosies Mund gehört hätte … Glauben Sie mir: Ich habe mit Esoterik und diesem ganzen Geisterzeugs nichts am Hut, aber diese mysteriösen Erscheinungen jagen mir gehörig Angst ein.»

«Manche Geisteskrankheiten sind erblich. Kann es sein, dass sich Rosie in den letzten Monaten verändert hat?»

«Ich habe keine Anzeichen dafür festgestellt. Sie stand mitten im Leben und wusste genau, was sie tat und sagte.»

«Nochmal zurück zu dieser Irlandreise. Sie sagten, dass Rosie die Reise seit längerem geplant hatte.»

«Ja, seit dieser Geschichte im Krankenhaus hat sie die ganze Bibliothek nach Aufzeichnungen über Weiße Frauen durchforstet. Aus der ganzen Welt hat sie Berichte darüber zusammengetragen, und ein Land davon ist eben Irland. Dort werden sie Banshees genannt. Der Glaube an diese Banshees ist in Teilen Irlands noch tief verwurzelt. Sie wollte Augenzeugen finden und mit ihnen über ihre Beobachtungen sprechen.»

«Sie sagten, sie hatte sich in einem Ort in der Grafschaft Kerry eingerichtet. Wie hieß der?»

«Dongel … nein, Dingle war's.»

37

Für knapp fünf Euro war das Tablett reichlich gefüllt. Heinlein hatte einen Schweinsbraten, Salat, drei Kugeln Eiscreme und ein Radler aufgeladen. Das war die leichte Übung. Nun galt es einen Platz in der gut gefüllten Kantine des Versorgungsamtes zu finden, das wegen seiner üppigen Portionen und moderaten Preise von den Kollegen gern aufgesucht wurde. Als er durch die Reihen schritt, war der eine oder andere Platz noch frei. Doch irgendwie hatte er das Gefühl, dass er nicht willkommen war. Die Kollegen scheuten den Kontakt zu ihm. Zumindest kam es ihm so vor, dass sich die Gespräche verdichteten, sobald er einen Stuhl an ihrer Seite anpeilte.

Ein Tisch wurde frei. Er hielt entschlossen darauf zu und setzte sich hin. Während er die Serviette entfaltete, wanderte sein Blick umher. Der Kollege Gärtner schaute zu ihm herüber, Heinlein lächelte ihm zu. Keine Reaktion. Dann lässt du es eben bleiben, dachte er und schnitt das Fleisch an. Bildete er sich die Ablehnung der Kollegen nur ein, fragte er sich, oder trog der Schein? Er wusste es nicht. Seitdem ihm der Polizeipräsident den Floh ins Ohr gesetzt und Sabine ihn kräftig angestachelt hatte, war er sich nicht mehr sicher. Hatte er es fortan mit einem Haufen Neidern zu tun, die sich hinterrücks das Maul über ihn zerrissen und infame Lügen in die Welt setzten, oder missdeutete er das scheinbare Desinteresse an seiner Person?

Da kam Hoffmann auf ihn zu. Im Schlepptau Schneider. Ja, an seinem Tisch war noch genügend Platz frei. Kommt nur her und setzt euch. Doch eine Tischreihe vor ihm bogen sie ab und fanden andere Gesellschaft. Missgünstiges Pack.

Er wurde aus seinen Gedanken gerissen, als sein Handy klingelte.

«Heinlein.»

«Willibald Kremer hier. Sie erinnern sich? Die Bildstöcke.»

«Ja, klar. Haben Sie schon etwas zu dem Steinkreuz herausfinden können, von dem ich Ihnen das Bild geschickt habe?»

«Es war zwar nicht einfach, aber ja. Deshalb rufe ich an. Ich war zwischenzeitlich auch vor Ort und habe ihn mir angesehen.»

«Sehr gut. Schießen Sie los.»

«Es ist nicht ganz einfach zu erklären.»

«Kein Problem, ich habe Zeit. Worum handelt es sich bei dem Kreuz?»

«Das Kreuz selbst ist nicht sonderlich erwähnenswert. Das Material finden Sie zu Tausenden auf den Friedhöfen. Auch die Machart ist nicht außergewöhnlich. Gute Handwerksarbeit. Der Schriftzug Rós Fódhla hat mir allerdings gehörig Kopfzerbrechen bereitet. Er ist nirgends auf fränkischen oder deutschen Kreuzen zu finden. Erst ein Völkerkundler von der Uni hat mir weiterhelfen können. Das ist aber eine längere Geschichte.»

«Nur zu. Ich esse derweilen.»

«Rós Fódhla ist gälisch, oder genauer ausgedrückt, ein Begriff aus einer der gälischen Sprachen, wie sie teilweise noch in Irland gesprochen werden. Er bezeichnet eine Frau, die sich für den Wettbewerb der sogenannten Rose of Tralee qualifiziert hat und aus dem Gaeltacht stammt, also aus den gälischsprachigen Gebieten Irlands.»

«Moment», intervenierte Heinlein, jetzt wurde es ihm wirklich zu verzwackt. «Ich habe kein Wort verstanden.»

«Sag ich doch. Die Sache ist etwas erklärungsbedürftig. Wie genau wollen Sie es denn haben?»

Heinlein erinnerte sich an das Gespräch mit dem Polizeipräsidenten am Morgen. «Sehr genau.»

«Wie Sie wollen. Die Bezeichnungen Rós Fódhla oder auch die Rose of Tralee beschreiben eine Frau irischer Abstammung, die ausgesprochen *lovely* und *fair* sein muss. Die genaue Übersetzung ist für uns nicht eindeutig zu treffen, dazu muss man die geschichtlichen Zusammenhänge besser kennen. Im Allgemeinen bezeichnen sie eine Frau oder ein Mädchen, das liebenswert und schön ist. Das Ganze geht zurück auf ein altes irisches Lied aus dem neunzehnten Jahrhundert mit dem Titel *The Rose of Tralee*. Darin wird eine Frau namens Mary beschrieben, die vermutlich die große Liebe des Komponisten war.

Vor rund fünfzig Jahren hat sich eine Gruppe von Geschäftsleuten in einer Kneipe in Tralee getroffen. Tralee ist die Hauptstadt der Grafschaft Kerry im Südwesten Irlands. Eigentlich ging es um das lokale Pferderennen, für das mehr Besucher begeistert werden sollten. Bei dieser Zusammenkunft wurde die Idee der Rose of Tralee geboren, eines Wettbewerbs, bei dem die anmutigste und schönste Frau irischer Abstammung gekürt werden sollte.»

«Also ein Model-Wettbewerb?», unterbrach Heinlein.

«Nein, es geht, laut Aussage der Veranstalter, eher darum, die Liebenswerteste unter allen irischen Frauen zu finden. Und Liebenswertigkeit hat dort wohl mehr als nur mit dem Aussehen zu tun. Unterschlagen dürfen wir dabei nicht, dass alle Frauen mit irischer Abstammung an dem Wettbewerb teilnehmen dürfen. Also auch die Ausgewanderten aus Ländern wie den Vereinigten Staaten, Australien oder Neuseeland. Die Preisträgerin aus dem Jahr 1990 kam zum Beispiel aus Deutschland.»

«Aha, davon habe ich noch nie gehört.»

«Kein Wunder. Der Wettbewerb ist außerhalb der Landesgrenzen auch kaum bekannt. Doch in Irland hat er Kultstatus. Er wird vom irischen Staatsfernsehen übertragen und erzielt Einschaltquoten, wie sie bei uns nur *Wetten, dass …?* oder die Fußballweltmeisterschaft erzielen.

Aber bevor es dazu kommt, finden in den rund dreißig Grafschaften Vorwahlen statt. Nur sechs dürfen an dem Finale in Tralee teilnehmen. Und dort wählt man dann diese Rós Fódhla, die ausdrücklich die irische Geschichte und die ursprüngliche gälische Kultur repräsentiert.»

«Gut, das habe ich so weit verstanden. Doch wie kommt eine Rós Fódhla zu uns, oder besser gesagt, ein Steinkreuz mit dieser Inschrift?»

«Das herauszufinden ist Ihr Job.»

«Gab es vor oder nach 1990 noch eine Gewinnerin, die in Deutschland lebte?»

«Meiner Kenntnis nach nicht.»

«Eine Teilnehmerin vielleicht?»

«Tut mir leid.»

Heinlein bedankte sich für Kremers Hilfe und beendete das Gespräch. Die Rós Fódhla oder Rose von Tralee war eine völlig neue Komponente in diesem Fall. Sie mussten nicht unbedingt etwas mit Rosie Wilde zu tun haben. Es war ja noch nicht mal sicher, ob das Steinkreuz ihr zu Ehren errichtet wurde. Es könnte sich auch um jemanden handeln, der ein weitgereistes Unfallopfer war.

Heinlein rief Sabine an. Sie sollte alle Todesfälle und Unfälle in den letzten fünfzig Jahren an der Autobahnauffahrt recherchieren, bei der eine Frau beteiligt war, die einen Bezug zu Irland oder zu diesem Wettbewerb aufwies.

Er wollte nun schnellstens aufessen. Als er sein Tablett zum Abräumwagen jonglierte, kam ihm Lohmann in die Quere. Man kannte sich, hatte schon mal an einigen Fällen zusammengearbeitet, mehr nicht.

«Na, Schorsch», sagte er, «auch mal wieder unter den Normalsterblichen?»

Heinlein schwoll der Kamm. «Was soll dieses blöde Gequatsche», blaffte er zurück.

Lohmann, wegen der unerwarteten Reaktion völlig irritiert, schlich sich eilig und wortlos davon.

Nun im Fokus der Aufmerksamkeit, schaute Heinlein in die Gesichter seiner überraschten Kollegen. «Ich weiß ganz genau, was ihr von mir denkt. Aber lasst euch gesagt sein: Ich pfeif drauf.»

38

Eigentlich war es viel zu heiß zum Essen. Kilian stand im Schatten der Universitätsbibliothek. Ein paar hundert Meter entfernt an der Zeppelinstraße lagen ein Italiener und ein Grieche, bei denen er einen Salat zu sich nehmen könnte. Mehr vertrug er bei der Hitze wirklich nicht. Die Luft schien nicht nur zu stehen, sondern zu flimmern. Seinen Wagen hatte er unbedacht in die pralle Sonne gestellt. In den konnte er jetzt unmöglich einsteigen.

Blieb also nur der Fußweg. Er schulterte das Jackett, setzte die Ray-Ban auf und stieg die Treppen hinunter. Zu seiner Linken befand sich die Baustelle, wo Heinlein und er tags zuvor Gerald Wilde befragt hatten. Nun schien der Bau verlassen. Die Arbeiten waren eingestellt, und die Arbeiter hatten sich in einen Bauwagen zurückgezogen, den sie vorsorglich unter einem schattigen Baum geparkt hatten. Dort schien zu seiner Überraschung die Luft ein wenig in Bewegung zu sein, gemessen an einem Windrad, das vermutlich von den Kindern des gegenüberliegenden Kindergartens gepflanzt worden war.

Das war eine günstige Gelegenheit, dachte er. Ein wenig Frischluft und vielleicht ein paar zusätzliche Informationen, die er ohnehin noch erfragen wollte. Als er den Bauwagen erreicht hatte, sah er auf dessen schattiger Rückseite die Bauarbeiter im dürren Gras sitzen. Daneben ein Kübel mit Eis und eine Handvoll Bierflaschen darin.

«Hallo, die Herren», sagte Kilian. «Haben Sie ein kühles Blondes zu verkaufen?» Er zückte einen Fünfer.

Ein völlig verschwitzter und mit Baustaub überzogener Mann nahm ihn. «Für zahlende Gäste immer. Greifen Sie zu.»

Kilian setzte die Flasche an. Zu seiner Überraschung schmeckte ihm, dem Weintrinker, das Bier noch nicht einmal schlecht. Aber vielleicht lag es auch nur an der Abkühlung. «Das habe ich jetzt gebraucht», sagte er, als er die Flasche abgesetzt hatte. «Wie können Sie es nur bei dieser Hitze im Freien aushalten, geschweige denn arbeiten?»

«Mit Kraft und Technik», antwortete einer und rieb sich seinen Bauch, ein anderer verwies auf die Wichtigkeit des Bauvorhabens. «Meine Tochter macht nächstes Jahr das Abitur. Danach will sie hier studieren. Einen sinnvolleren Job hatte ich schon lange nicht mehr.»

«Was soll denn hier entstehen?»

«Irgendwas mit Chemie.»

«So ein Käs', für die Chemiker natürlich», korrigierte ein anderer.

«Und, wie liegen Sie in der Zeit?»

«Jetzt fängt der auch noch an», protestierte einer, «hat dich vielleicht der Wilde geschickt?»

«Um Gottes willen, nein. Der hat damit gar nichts zu tun. Aber wenn wir schon dabei sind: Wie macht er sich denn so, der Herr Bauingenieur? Ich habe den Eindruck, dass alle mächtig unter Druck stehen.»

Die Frage verunsicherte die Bauarbeiter. Sie kannten den Fremden nicht. «Warum interessiert Sie denn das?»

Kilian sagte, er sei Kripobeamter, und gab vor, in Sachen Schwarzarbeit am Bau zu ermitteln, was die durchweg deutschen Arbeiter beruhigte.

«Der Wilde ist, wie sein Name schon sagt, etwas wild», äußerte sich jemand verhalten.

«Was meinen Sie mit *wild*?»

«Na ja, aufbrausend.»

«Da gibt es Schlimmere», widersprach ein anderer.

«Der ist viel zahmer geworden», ergänzte der Nächste, «im Vergleich zu früher.»

«Das liegt am Tod seiner Frau. Seitdem merkt er, dass er mit seiner Schreierei genau das Gegenteil bewirkt.»

Kilian horchte auf und gab sich schwer von Begriff. «Verstehe ich nicht. Was hat es damit auf sich?»

«Ich habe ihn vor einem Jahr mal erlebt, wie er auf dem Parkplatz dort drüben mit seiner Frau gestritten hat. Sie hat ja in der Bibliothek gearbeitet, und so sind sie sich täglich begegnet. Da ging's ganz schön zur Sache, mein lieber Herr.»

«Haben Sie verstanden, worum sich der Streit drehte?»

«Nicht genau, wir waren mit den ersten Aushubarbeiten beschäftigt. Irgendetwas mit Irland und einer Reise, glaube ich. Er konnte nicht mit, und sie wollte ihn nicht dabei haben. Dann hat er es ihr verboten, aber sie hatte sich nicht einschüchtern lassen. Zum Schluss hat er auch hingelangt.»

«Er hat sie geschlagen?»

«Ja, und dabei hat er einen hochroten Kopf bekommen. Genau so, wie wenn er bei uns seine Schreianfälle bekommt. Ein richtiger Kolerer halt.»

«Choleriker heißt das», wurde er korrigiert.

«Wie hat sich das ausgedrückt? Ich meine, wann und wieso wurde er denn cholerisch?»

«Zu jedem noch so idiotischen Anlass. Da brauchte es keinen Grund und keinen passenden Zeitpunkt. Wenn ihm etwas nicht in den Kram gepasst hat, dann ging's aber ab, mein Lieber. In der Haut seiner Frau hätte ich nicht stecken wollen.»

«Das war also kein einmaliger Zwischenfall auf dem Parkplatz?»

Ein anderer meldete sich zu Wort. «Beim Brotzeitholen habe ich ihn mit seiner Frau und den Kindern im Auto erlebt.

Dort drüben beim Supermarkt war's gewesen. Die haben ganz schön aufgedreht.»

«Können Sie sich noch daran erinnern, wann das war?»

«Das war», bemühte er sein Gedächtnis, «irgendwann im Herbst. Ja, genau. Wir sollten Schlechtwetter haben, aber der Wilde hat durchgesetzt, dass wir im strömenden Regen arbeiten. Weißt du noch, Karl-Heinz, das war, als du in die Baugrube gerutscht bist und fast ersoffen wärst.»

«Stimmt», bestätigte Karl-Heinz. «Dann hätt ich ihn aber aufgeknüpft, den Wilde.»

«Wie denn, wenn du abgesoffen wärst?»

Allgemeine Heiterkeit erfasste die Runde. Nur Kilian konnte nicht mitlachen. Den Eindruck eines cholerischen Schlägers hatte Wilde bei ihrem ersten Aufeinandertreffen nicht gemacht. Im Gegenteil, er war ruhig und gefasst. Vielleicht ein wenig zu sehr.

39

Für Heinlein war die Hitze im Maintal unerträglich geworden. Er musste unbedingt raus hier, irgendwohin, wo am ehesten mit einem Windhauch zu rechnen war. Kilian befand sich noch oben am Hubland, war auf dem Weg zum Italiener. Ja, dort war es schattig, dort konnten sie sich treffen.

Nachdem er den Wagen im Schatten geparkt hatte, lief Heinlein die wenigen Meter durch den Hain, in dem das La Pineta lag. Es war zwar nicht wie erhofft merklich kühler hier oben, aber das kleine Wäldchen schenkte einem zumindest die Illusion gemäßigter Temperaturen. Der Hockeyplatz war wie vermutet verwaist und Kilian der einzige Gast auf der Terrasse. Beste Umstände für ein ausführliches Gespräch.

«Willst du noch etwas essen?», fragte Kilian. «Den Salat kann ich empfehlen.»

«Nein, danke», lehnte Heinlein ab. Nach seinem Auftritt in der Kantine des Versorgungsamtes war ihm heute nicht mehr nach fester Nahrung zumute. Er bestellte sich eine Weinschorle mit extra viel Eiswürfeln.

«Was gibt es so Dringendes», fragte Kilian und steckte sich ein Zigarillo an, «das wir nicht heute Abend besprechen könnten?»

«Ich habe die kryptische Botschaft auf dem Steinkreuz entziffern können», antwortete Heinlein und berichtete von seinem Gespräch mit Willibald Kremer. Je mehr er von Rós Fódhla und Irland erzählte, desto aufmerksamer wurde Kilian. Es korrespondierte mit den Informationen, die er von Rosie Wildes Freundin in der Universitätsbibliothek erhalten hatte.

«In Irland liegt der Schlüssel für unsere Fälle», resümierte Kilian. «Wie sonst kommt so eine Inschrift auf ein Steinkreuz in unmittelbarer Nähe zum Unfallort Rosie Wildes, die ein paar Monate zuvor ihre Liebe zu Irland entdeckt hat.»

Nun war es an Kilian, von seinen Gesprächen zu berichten. So fügten sich die losen Enden dieses Beziehungsgeflechtes bei Heinlein zusammen. «Rós Fódhla und Rosie Wilde», sagte er. «Was meinst du? Ein und dieselbe Person?»

«Der Verdacht liegt nahe. Wer könnte uns darüber Aufschluss geben? Gerald Wilde?»

«Wohl kaum. Der wollte ja noch nicht einmal von der Existenz dieses Kreuzes gewusst haben. Wie sieht es mit dieser Freundin aus? Die beiden waren doch ziemlich eng.»

«Ja, ich denke, die könnte etwas wissen. Allerdings stellt sich uns die Frage: Wer hat dieses Kreuz anfertigen und aufstellen lassen?»

«Und wer versorgt es mit frischen Blumen?»

«Wilde scheidet wohl aus, sofern er uns nicht belogen hat. Und wenn es stimmt, dass es in der Zeit vor ihrem Tod zu heftigen Auseinandersetzungen zwischen den beiden gekommen ist, dann sollten wir eine dritte Person ins Auge fassen.»

«Mann oder Frau?»

«Erst mal unwichtig. Jemand, den Wilde nicht akzeptieren konnte …»

«… weil er eine Gefahr für ihn darstellte …»

«… dem Rosie Wilde jedoch zugetan war und den sie nicht aufgeben wollte …»

«… der um sie trauert …»

«… der sich offensichtlich gut mit der irischen Kultur auskennt …»

«… und der ein Kreuz für sie errichtet hat.»

«Kann man das von Irland aus machen oder lebt dieser Jemand in Deutschland, vielleicht sogar in unmittelbarer

Nähe zu diesem Steinkreuz, um es mit frischen Blumen zu versorgen?»

«Und wenn wir schon dabei sind: Ist es derselbe Jemand, der Zinnhobel und Mangel getötet hat?»

«Richtig, da er sich mit Steinkreuzen und Bildstöcken offensichtlich gut auskennt.»

«Nicht nur das. Er kennt die mainfränkische Sagenwelt und verknüpft sie mit den Bildstöcken und den Opfern.»

«Nicht zu vergessen das Mariannenkreuz in Rheinland-Pfalz, wo Frank Wuhlheide verunglückt ist.»

«Oder ermordet wurde.»

Auf diesen Fluss an Gedanken folgte ein Moment der Sammlung. «Und was ist mit dieser Weißen Frau?», fragte Heinlein in die Stille. «Wie passt sie in diese Geschichte?»

«Rosie Wilde hielt ihre Großmutter für eine Weiße Frau», antwortete Kilian, «die sie beauftragt hatte, es ihr gleichzutun.»

«Eine Wachablösung?»

«So etwas in der Art. Das sei der Grund gewesen, wieso sie überhaupt nach Irland gereist ist. Sie wollte mit Augenzeugen sprechen, die eine Banshee gesehen oder gehört haben.»

«Und wen traf sie stattdessen oder gar in Personalunion?»

«Das ist die Frage.»

Heinlein grübelte. «Haben wir schon ein Motiv?»

«Bevor wir darüber spekulieren, sollten wir uns nochmal mit dieser Freundin unterhalten.»

Kilian rief den Kellner. Diese Frau Hartmann hatte ihm nicht alles erzählt.

40

Nicht nur vierzig Prozent der Bundeswehrsoldaten sollten nach der jüngsten Erhebung außer Form sein, auch Heinlein kam beim Erklimmen der Stufen zur Universitätsbibliothek ins Schwitzen.

«Sag, wenn du 'ne Pause brauchst», stichelte Kilian.

«Dir geb ich gleich.» Heinlein legte am Scheitel der Treppe eine Verschnaufpause ein. «Das ist einfach nur diese Mörderhitze.»

Aus der Raucherecke erhielt er unerwartet Zustimmung. «Machen Sie langsam, zwei meiner Kollegen sind schon umgekippt.»

Kilian erkannte in ihr die Freundin Rosie Wildes. «Das trifft sich gut. Sie wollten wir gerade sprechen.» Er steckte sich ein Zigarillo an. «Darf ich vorstellen? Mein Kollege Heinlein.»

Ein Kopfnicken musste genügen, Heinlein sammelte sich noch.

«Frau Hartmann», begann Kilian, «als Sie Rosie für die Reise nach Irland abgesagt hatten, suchte sie da nach einem Ersatz? Ihrem Mann vielleicht?»

Hartmann grinste abfällig. «Der wäre der Letzte gewesen, mit dem sie verreist wäre. Der wollte es ihr sogar verbieten.»

«Wieso?»

«Weil er ein gewalttätiger Pascha ist, deswegen.»

«Sie wussten demnach von den Auseinandersetzungen der beiden?»

«Sicher, es war ja kaum zu übersehen. Seitdem er den Erweiterungsbau dort drüben übernommen hatte, tauchte er hier mehrmals am Tag auf, und dann flogen die Fetzen.»

«Wurde er handgreiflich?»

«Ja.»

«Was war der Grund dafür? Hätte er sie nicht einfach ziehen lassen können?»

«Für Gerald gibt es immer nur *Ich*. Das Du oder Wir war seit Luccas Geburt verschwunden. Anfänglich hielt er Rosies Erlebnis im OP noch für eine lächerliche Spinnerei, aber je mehr sie sich in der Figur einer Weißen Frau sah, desto zorniger wurde er.»

«Reicht das, um seine Frau zu schlagen?», zweifelte Kilian.

«Bei dem schon», antwortete Hartmann. Sie drückte ihre Zigarette aus und machte Anstalten, die Unterhaltung zu beenden.

«Ich glaube», sagte Kilian, «Sie erzählen uns nicht die ganze Wahrheit.»

«Meine Zigarettenpause ist zu Ende. Ich muss wieder an die Arbeit.» Sie zwängte sich an ihm vorbei.

«Wie nahe standen Sie sich?», rief Kilian ihr nach.

Hartmann hielt inne. Den Rücken zugewandt, antwortete sie: «So nahe, wie sich zwei Menschen nur sein können.»

«Sie mochten sie sehr.»

Kopfnicken.

«Und Rosie?»

«Auch.»

«So sehr, dass sie Sie nicht mit nach Irland nahm?»

Hartmann drehte sich um. In ihren Augen standen Tränen. «Es sollte nur eine Studienreise sein, sagte sie, bei der ich ihr nicht helfen könnte.»

«Aber Sie glaubten ihr nicht?»

Kopfschütteln.

«Gab es einen anderen Mann oder eine Frau?»

«Ja.»

«Mann oder Frau?»

«Ich weiß es nicht.»

«Kommen Sie, wer war es?»

«Ich weiß es nicht. Irgendwann vor ihrer Abreise muss sie jemand kennengelernt haben. Sie hat nicht darüber gesprochen, aber ich habe es gespürt.»

«Sie stellten sie dennoch zur Rede?»

«Ja.»

«Wurden daraufhin auch Sie handgreiflich», mischte sich nun Heinlein ein, «als sie Ihnen noch immer den Namen verschwieg?»

«Unsinn. Ich hätte Rosie nie etwas antun können. Da fragen Sie mal lieber ihren Mann.»

«Hat er von Ihrer Liaison gewusst?»

«Er war auf alles und jeden eifersüchtig, der sich für Rosie interessierte.»

«Wusste er es? Ja oder nein?»

«Ich denke schon.»

«Er hat Sie also niemals persönlich darauf angesprochen?»

«Nein.»

«Könnte er jemand anderen in Verdacht gehabt haben?»

«Wen denn?»

«Diesen mysteriösen Mister X oder eine Frau?»

«Da fragen Sie ihn besser selbst. Ich habe mit diesem Tier nichts zu schaffen. Kann ich jetzt gehen?»

Heinlein überlegte. «Sofort, doch zuvor noch eine Frage. Was haben Sie studiert?»

«Bibliothekswesen. Warum?»

«Wie sehr sind Sie mit Bildstöcken und der fränkischen Sagenwelt vertraut?»

«Wenig. Ich interessiere mich nicht dafür.»

«Aber Sie könnten schnell umfassende Informationen darüber beschaffen?»

«Sicher, Herr Kommissar, schließlich arbeite ich in einem der größten Archive des Landes.»

41

Das Ruderboot, in dem Francesca und Lucca bei ihrem letzten Besuch gespielt hatten, war nicht mehr an seinem Platz. Heinlein und Kilian gingen zur Uferböschung hinunter, um nach Gerald Wilde und den Kindern zu sehen. Mainabwärts konnten sie sie entdecken. Gerald ruderte, die Kinder saßen als Piraten verkleidet im Heck. Das Piratenschiff steuerte den Heimathafen an. Francesca in der Rolle des Kapitäns und der ansonsten stille Lucca feuerten den Steuermann Gerald an, die Schlagzahl zu erhöhen.

«Alles aussteigen», verkündete er schließlich, als sie die Anlegestelle erreicht hatten. Kilian befestigte bereitwillig das Tau an einem Holzpflock, und Heinlein half den Piraten aufs Trockene.

«War der Beutezug erfolgreich?», fragte er die schwarze Korsarin.

«Die Schätze sind an einem sicheren Ort vergraben», antwortete sie.

«Gut, dann alles rein zum Proviantfassen», befahl Wilde.

Die Kinder stürmten johlend ins Haus.

«Was kann ich für Sie tun, meine Herren?», fragte er die Kommissare.

«Erst mal aus der Sonne gehen», antwortete Heinlein. «Wie wär's mit der Bank dort?»

Bereitwillig folgte Wilde. Im Schatten der Hausfront setzten sie sich.

«Es sind noch ein paar Fragen offen», begann Kilian, «die wir gern mit Ihnen geklärt hätten.»

«Wenn es unbedingt sein muss», antwortete Wilde widerwillig. «Schießen Sie los.»

«Wie würden Sie das Verhältnis zu Ihrer Frau beschreiben?»

Wilde zeigte sich überrascht. «Eine seltsame Frage. Gut, natürlich. Wir liebten uns.»

«Auch in den letzten Monaten vor ihrem Unfall?»

«Zu jeder Zeit.»

«Dann gehörten Sie zu den wenigen Paaren, über denen die ganze Zeit die Sonne schien?»

«So kann man es bezeichnen.»

«Es gab keinen Streit?»

«Nicht dass ich mich erinnere.»

«Sie wurden aber mehrfach gesehen, als Sie sich mit Ihrer Frau heftig stritten. Es soll sogar zu Handgreiflichkeiten zwischen Ihnen gekommen sein.»

Wilde schreckte auf. «Wer behauptet das?»

«Das ist erst mal nebensächlich. Wie stehen Sie zu dieser Zeugenaussage?»

«Eine glatte und unverschämte Lüge. Wer das behauptet, soll es mir ins Gesicht sagen.»

«Etwa drei Monate vor ihrem Tod hat Ihre Frau eine Reise nach Irland unternommen. Welchem Zweck diente sie, und wieso haben Sie sie nicht begleitet?»

«Ich wollte ja, aber ich konnte die Baustelle nicht einfach verlassen. Rosie war sehr traurig deswegen.»

«Sie haben sie dann allein fahren lassen?»

«Notgedrungen. Ich wäre gern dabei gewesen. Ein paar Tage ohne Kinder hätten uns gutgetan.»

«Was hat Ihre Frau in Irland gemacht?»

«Sie interessierte sich sehr für die irische Kultur. Ein Faible, dem sie seit mehreren Jahren nachging. Alte Klöster und was damit zusammenhängt.»

«Auch Weiße Frauen oder Banshees, wie sie in Irland heißen?»

Die Frage hatte er nicht erwartet, zumindest schien sie ihm unangenehm zu sein. «Ja, auch das.»

«Was hielten Sie davon?»

«Eine Spinnerei, nichts, worüber man sich ernsthaft Gedanken machen musste.»

«Ihre Frau tat es aber. Warum?»

Er winkte ab. «Ach, das ist so eine alte Familiengeschichte.»

«Erzählen Sie uns etwas darüber.»

«Hören Sie, ich weiß wirklich nicht, was Sie mit diesen alten Kamellen wollen. Meine Frau ist tot. Der Unfallgegner wurde bestraft. Das Leben geht weiter, so schlimm das auch ist. Ich habe eine Verantwortung gegenüber den Kindern. Für sie zählt die Zukunft, nicht die Last der Vergangenheit.»

«Lassen wir die Kinder mal aus dem Spiel. Ich habe Ihnen eine Frage gestellt.»

«Für mich ist dieses Kapitel beendet. Rosie hat uns verlassen, was tragisch genug ist. Ich möchte nicht täglich an ihren Tod erinnert werden. Auch ich habe ein Herz. Können Sie das verstehen?»

«Das tun wir. Dennoch verstehe ich nicht, wieso Sie der Frage ausweichen. Wir können die Befragung auch gern auf dem Revier fortführen, wenn das Ihnen lieber ist. Unsere Kollegen kümmern sich dann in der Zwischenzeit um Francesca und Lucca.»

Notgedrungen lenkte Wilde ein. «Nun gut, wenn es unbedingt sein muss. Ich war, ehrlich gesagt, nicht von dieser Geschichte mit der Weißen Frau begeistert. Ihre Großmutter ist in diesem Wahn gestorben. Sie meinte, eine zu sein. Dabei war sie lediglich psychisch gestört. Nach ihrem Verschwinden hat man sie aus einer Gletscherspalte bei Berchtesgaden gezogen. Ich hatte große Angst, dass Rosie ebenfalls diesem Irrsinn verfällt. Schließlich brauchten die Kinder eine Mutter, die im Hier und Jetzt lebt, und nicht in jenseitigen Phantasiewelten.»

«Darüber kam es also zum Streit zwischen Ihnen und Ihrer Frau?»

«Nein, Streit ist zu viel gesagt. Wir haben uns darüber unterhalten. Auch mal ausführlicher. Sie hatte ihre Position, ich die meine. Schließlich haben wir uns geeinigt, und die Sache war erledigt.»

«Worauf?»

«Dass sie sich aus dieser Geschichte zurückzieht, allein der Kinder wegen.»

«Aber es kam dennoch zum Streit, bei dem es auch mal deftiger zuging.»

Wilde hatte nun endgültig genug und wurde laut. «Wie kommen Sie eigentlich darauf? Wer hat Ihnen das eingeflößt?» Er stand auf und entfernte sich ein paar Schritte.

«Setzen Sie sich, bitte», bestellte ihn Heinlein zurück. «Wir haben mehrere Zeugen, die behaupten, Sie und Ihre Frau auf dem Parkplatz an der Uni und vor dem Supermarkt gesehen zu haben.»

Wilde kam näher, die Hände unwillkürlich zu Fäusten geballt. In seinen Augen flackerte unbändiger Zorn. «Das war diese Schlampe aus der Bibliothek, oder?», schrie er.

«Beruhigen Sie sich.»

«Seit Jahren will dieses missgünstige Weib einen Keil zwischen mich und meine Frau treiben. Sie denkt, ich wüsste nichts davon. Aber da hat sie sich geschnitten. Wenn ich die …»

«Gar nichts werden Sie!», fuhr ihm Heinlein in die Parade und stellte sich ihm in den Weg. «Sie werden sich jetzt gefälligst hinsetzen und sich beruhigen. Niemand hat davon gesprochen, dass es sich um diese Frau handelt. Davon abgesehen sind Ihre Wutausbrüche allgemein bekannt. Man bezeichnet Sie als einen aufbrausenden, unberechenbaren Choleriker. Und wie wir gerade gesehen haben, entspricht das auch der Wahrheit. Weit mehr als das, was Sie uns bisher weismachen wollten. Sie hatten des Öfteren Streit mit Ihrer Frau, bei dem Sie auch nicht vor Gewalt zurückschreckten. Das haben verschiedene Augenzeugen beobachtet. Verschonen Sie uns also mit Ihren Ammenmärchen. Was hat sich zwischen Ihnen und Ihrer Frau abgespielt? Los, ich will die Wahrheit hören.»

Wilde setzte sich auf die Bank, noch immer unfähig, das Feuer in sich zu besänftigen. «Sie hat sich immer weiter von uns entfernt, als hätten wir überhaupt keine Bedeutung mehr für sie. Und das nach über zehn Jahren, in denen ich über alles hinweggeschaut habe, was sie sich in ihrem kranken Hirn zusammengesponnen hat. Aber als sie dann angefangen hat, für diesen Irrsinn bis nach Irland zu reisen, war das Fass voll. Endgültig. Ich mache mich doch nicht zum Gespött der Leute. Eine Weiße Frau. Meine Güte. Zum Schluss hätte sie auch noch die Kinder damit infiziert. Nein, das durfte auf gar keinen Fall geschehen.»

«Woraufhin Sie wie reagiert haben?»

«Ich habe es ihr untersagt, nach Irland zu reisen.»

«Was sie jedoch nicht akzeptiert hat.»

«Nein, natürlich nicht. Zumindest nicht am Anfang. Später hat sie es dann eingesehen und den Trip abgesagt.» Wieder kam Zorn in Wilde hoch. «Bis sie eines Morgens verschwunden war. Auf dem Küchentisch lag eine Nachricht. *Bin in Irland. Komme in zehn Tagen zurück.* So ein hinterlistiges Stück. Hätte ich doch nur besser aufgepasst.»

«Sind Sie ihr nachgereist?»

«Nein, wie denn? Ich konnte die Baustelle ja nicht unbeaufsichtigt lassen.»

«Wie haben Sie sich verhalten, als sie aus Irland zurückkam?»

«Die Kinder waren im Bett, und ich habe ein ernstes Wort mit ihr gesprochen.»

«Mit welchem Ergebnis?»

«Dass wir uns zukünftig am Riemen reißen müssen, nicht zuletzt der Kinder wegen.»

«Hat sie eingewilligt?»

«Natürlich, es ging ja nicht mehr allein um uns.»

«Die Kinder, ich weiß. Was wäre geschehen, wenn sie es nicht getan hätte?»

«Das war niemals Thema.»

«Eine Scheidung kam demnach für Sie nicht in Betracht?»

«Nein, wieso auch. Wir hatten uns verständigt.»

«Wie lange vor ihrem Tod kam diese Übereinkunft zustande?»

Wilde blickte auf. «Was wollen Sie damit sagen?»

«Nichts, ich will nur wissen, ob Sie sich kurz nach ihrer Rückkehr geeinigt hatten oder rund drei Monate später, kurz bevor sie starb.»

«Irgendwann dazwischen. Ich weiß es nicht mehr.»

«Das heißt, Ihre Frau war anfänglich nicht damit einverstanden?»

«Was macht das für einen Unterschied? Das Ergebnis zählt.»

«Ich lese daraus, dass es im Vorfeld der Übereinkunft zu Streitigkeiten gekommen ist. Wie lange haben sie gedauert? Eine Woche, einen Monat, oder haben Sie sich überhaupt nicht mit ihr geeinigt und verfolgten ein anderes Ziel?»

Wilde sprang auf. «So eine Unverschämtheit. Was wollen Sie mir unterstellen? Ich habe meine Frau geliebt und sie mich.»

«Bis dass der Tod uns scheidet? Etwas in der Art?»

«Das reicht. Ich spreche mit Ihnen kein Wort mehr. Das ist ungeheuerlich, was Sie mir da unterstellen. Eine Frechheit.»

Heinlein überlegte kurz, dann spielte er seinen Joker aus. «Ich habe mir das Unfallfahrzeug angesehen. Das schaut nicht gut aus. Ich werde es dieses Mal von unseren Kriminaltechnikern untersuchen lassen. Und die finden alles.»

Wildes Zorn wechselte zu Häme. «Dafür sind Sie reichlich spät dran. Der Wagen ist schon lange verschrottet.»

Heinlein grinste. «Irrtum. Ich habe ihn gestern noch gesehen.»

Wilde starrte ihn fassungslos an.

42

«Du glaubst doch nicht ernsthaft, dass er auf den Schwindel reinfällt?», sagte Kilian.

«Er hat uns in einer Tour belogen», antwortete Heinlein. «Wenn einer etwas zu verheimlichen hat, dann Wilde.»

«Der Sachverständige hat keine Manipulation am Fahrzeug feststellen können.»

«Ich weiß. Ich wollte nur mal auf den Busch klopfen. Bin gespannt, wie lange es dauert, bis die Leute vom Park fermé anrufen.»

«Was würde das beweisen?»

«Dass er etwas zu verbergen hat.»

Heinlein öffnete die Tür zu ihrem Büro. Sabine hatte sich bereits fertig gemacht, um in den Feierabend zu gehen. «Mit euch habe ich gar nicht mehr gerechnet», sagte sie zur Begrüßung.

«Diesen Fehler macht man nur einmal», antwortete Kilian. «Darf ich sagen, wie ausgesprochen gut du heute wieder anzusehen bist?»

Sabine errötete leicht und blickte hinüber zu Heinlein, der sich wegen ihres Streits von heute Morgen noch immer nicht wohl fühlte. «Danke», antwortete sie und zog ihren kurzen Rock etwas länger. «Das hört man gern. Auf dem Tisch liegt der Bericht vom Entomologen aus Frankfurt. Den müsst ihr allerdings selbst lesen. Ich verstehe da nur spanisch.»

«Lateinisch», korrigierte Heinlein naseweis. «Das sind lateinische Ausdrücke, und sie bezeichnen Fliegen in ihren unterschiedlichen Entwicklungsstadien.»

«Bei dir ist Hopfen und Malz verloren», antwortete Sabine enttäuscht, gab Kilian einen Kuss zum Abschied und schloss die Tür hinter sich.

«Was war denn das?», fragte Kilian, der sich den kühlen und bissigen Umgangston zwischen den beiden nicht erklären konnte.

«Nichts weiter. Wir hatten eine kurze Unterhaltung heute Morgen. Apropos, ist dir zu Ohren gekommen, dass man gegen mich intrigiert?»

«Quatsch.»

«Doch, wirklich. Heute Nachmittag in der Kantine habe ich eine Kostprobe davon erhalten.» Heinlein berichtete ausführlich von dem Vorfall.

«Der Lohmann hat es bestimmt nicht so gemeint», urteilte Kilian. «A dumms Gschmarr hat mer gleich, so sagt man doch.»

«Eben, genau darum geht's. Es wird dumm über mich gesprochen. Hast du also etwas davon mitbekommen?»

«Nein, ich bin aber auch nicht so eng mit den Kollegen. Ich habe meine eigenen Probleme.»

Heinlein antwortete nicht darauf, sondern machte sich über den Bericht des Entomologen her. Seine Augen huschten über die Seiten. Nichts von dem, was da geschrieben stand, ergab für ihn einen Sinn. Er klappte den Bericht zu und reichte ihn an Kilian weiter. «Schau du mal rein. Du hattest doch Latein, oder?»

Kilian nahm überrascht die Akte zur Hand. «Wieso machst du Sabine so dumm an, wenn du ihn selbst nicht verstehst?»

«Mach es einfach. Okay?»

«Ich glaube, du brauchst dringend Urlaub.»

«Leichter gesagt als getan. Die ganze Kohle steckt in der neuen Wohnung.»

«Wie schlimm ist es denn?»

«Schlimm.»

«Soll ich dir was leihen?»

«Danke, nein. Du brauchst deine Kohle noch früh genug. Wenn der Kleine da ist, gibt es einige Anschaffungen zu machen. Wisst ihr schon, ob es ein Junge oder ein Mädchen wird?»

«Pia will sich überraschen lassen.»

«Und du?»

«Ich habe mich damit abgefunden.»

«Frauen», seufzte Heinlein, «lieben kannst du sie nicht, und töten darfst du sie auch nicht.»

«Es muss ja nicht immer so laufen.»

«Du meinst, wie bei mir?» Heinlein grinste. «Wir sprechen uns in ein paar Jahren wieder.» Dann machte er sich über seine Topfpflanzen her, die sich am Fenster aufreihten. Sie brauchten dringend Wasser.

Kilian ließ es dabei bewenden und studierte den Bericht. Doch viel weiter als Sabine oder Heinlein kam er auch nicht. Hier hagelte es Begriffe wie Calliphorae, Luciliae und Silphidae – irgendein Geschmeiß, das sich an Blut und Wunden gütlich tat. Kurzentschlossen rief er Pia an. Sollte sie ihm das erklären, schließlich hatte sie ihm unkommentiert den Bericht des Spezialisten hereingegeben.

Während Heinlein die Pflanzen wässerte und alte vertrocknete Triebe beschnitt, ließ er im Hinblick auf sein Gespräch mit dem Polizeipräsidenten am nächsten Morgen nochmals die Ereignisse und Informationen des Tages vor seinem geistigen Auge vorüberziehen. Was hatte er Neues erfahren?

Da war zuallererst sein Gespräch mit Willibald Kremer über die Rós Fódhla – einen Wettbewerb um die schönste und liebenswerteste Frau irischer Abstammung. Er wurde jährlich in Irland ausgetragen. Hatte Rosie Wilde daran teilgenommen? Wohl kaum, da sie aus dem tiefsten Bayern stammte und nach bisherigen Erkenntnissen keine irischen Wurzeln besaß. Wie kam dann das Steinkreuz mit jener Inschrift an ihren Unfallort? Da musste es eine Verbindung geben.

Dann war da noch diese seltsame Frau Hartmann, Rosie Wildes Arbeitskollegin aus der Universitätsbibliothek. Sie mochte Rosie Wilde sehr, doch diese Zuneigung schien nicht in dem Maße erwidert zu werden, wie sie es sich wünschte. Machte sie das zu einer Verdächtigen?

Und dann kam Gerald Wilde ins Spiel – ein cholerischer, eifersüchtiger und gewalttätiger Ehemann, der mit Lügen die wahren Hintergründe dieser Ehe zu verschleiern suchte. Am Unfallwagen war laut Sachverständigem nicht manipuliert worden, was letztlich auch keine Rolle spielte. Der Fahrer musste nur davon ausgehen, dass alles in wunderbarer Ordnung war. Das hätte vollkommen ausgereicht, um in einer Gefahrensituation nicht ausreichend reagieren zu können. War das Gerald Wildes Geheimnis? Hatte er seiner Frau weisgemacht, das Auto sei gerichtet, und sie damit in den sicheren Tod geschickt?

In allen drei Fällen spielte Irland eine Rolle, besser gesagt, Rosie Wildes Reise nach Irland. Was hatte sie dort gemacht? War sie der Weißen Frau, einer Banshee, auf die Spur gekommen, die nun auch in Würzburg ihr Unwesen trieb?

«So, ich hab's jetzt», sagte Kilian und holte Heinlein aus seinem Gedankensturm zurück.

«Von einem gelernten Lateiner hätte ich mehr erwartet, als Hilfe bei seiner Freundin zu suchen», sagte Heinlein.

«Und ich von einem amtierenden Ersten Kommissar, dass er mehr drauf hat als seine Kollegen.»

«Schon gut. Was sagt Pia?»

«Das Wichtigste zuerst: Der Entomologe will sich mit dem Todeszeitpunkt auf den Tag festlegen, an dem Zinnhobel verschwunden ist.»

«Wie kann er das? Hat er eine Glaskugel, mit der er in die Vergangenheit schaut?»

«Nein, aber eine Schmeißfliege aus der Familie der Calliphoridae. Nach Eiablage und diversen Larvenstadien zu urteilen, soll dieses Vieh bereits wenige Stunden nach Eintritt des Todes Zinnhobels Leiche mit ihrer Anwesenheit beehrt haben. Sie soll über mehrere hundert Meter Blut riechen können. Sicher war sie entzückt, einen nährstoffreichen Ablageort für ihre Eier gefunden zu haben. Neben der Schmeißfliege fanden sich danach schnell andere Aasfresser ein. Darunter Käfer, Asseln und Wespen, die Jagd auf die Fliegen machen.

Und jetzt kommt das Härteste: In den Insekten beziehungsweise Larven wurde sogar Alkohol festgestellt, den sie durch den Aasfraß aufgenommen hatten. Somit verdichtet sich die Annahme, dass Zinnhobel kurz nach seinem Verschwinden getötet wurde, da sein Körper nicht ausreichend Zeit hatte, den Alkohol abzubauen. Na, was sagst du dazu?»

«Dass wir unseren Job bald an den Nagel hängen können, wenn Fliegen und Käfer das besser können als wir.»

«Sieht fast so aus. Ach ja, noch etwas. Die Leiche Zinnhobels scheint nicht bewegt worden zu sein. Tatort ist somit gleich Auffindeort.»

«Ich nehme an, die Fliegen legen das nahe.»

«Exakt, da die Art der Besiedelung gut mit dem Auffindeort harmoniert.»

«Das heißt, wenn Zinnhobel irgendwo anders, zum Beispiel in der Nähe eines Waldes oder eines Flusses, getötet worden wäre, hätten wir andere Insekten finden müssen.»

«Du hast es kapiert.»

«Ich habe es anfänglich nicht glauben wollen, aber Pia hatte recht. Die Entomologie hat Todeszeitpunkt und Todesort bestimmt. Hut ab vor den Fliegen.»

«Ab jetzt sollten wir uns auf die Alibis konzentrieren. Wer an jenem Sonntagabend nicht eindeutig nachweisen kann, wo er sich aufgehalten hat, gilt als verdächtig.»

«Und wer fällt dir dazu als Erstes ein?»

«Wie wär's mit Gerald Wilde?»

«Welches Motiv sollte er gehabt haben? Nach seiner Aussage war er mit der Prozessführung hochzufrieden.»

«Richtig. Aber dir ist ja auch aufgefallen, dass er lügt, wenn er nur den Mund aufmacht.»

«Okay, wer noch?»

«Diese Hartmann. Sie konnte es nicht ertragen, dass der Tod ihrer geliebten Freundin nicht ausreichend gesühnt wurde.»

«Was ist mit diesen beiden anderen, dem Müller, dem Mann der vergewaltigten Frau, und diesem Pirsch beziehungsweise seinem Bruder? Einen Grund hätten die allemal.»

«Eins nach dem anderen. Lass uns erst mal Wilde und die Hartmann überprüfen.»

«Gut, allerdings werde ich das Gefühl nicht los, dass wir jemanden übersehen haben.»

«An wen denkst du?»

«Eine dritte, uns noch unbekannte Person. Jemand, auf den eher die Beschreibung passt. Oder glaubst du im Ernst, die Hartmann hätte Zinnhobel überwältigen und Mangel mit einem Strick an einem Baum hochziehen können?»

«Bleibt also wieder Gerald Wilde.»

«Bei ihm will mir das Motiv nicht so recht einleuchten. Was hat er davon, wenn um Zinnhobel und Mangel erneut Staub aufgewirbelt wird?»

Kilian überlegte. «Was wäre, wenn Rosie Wilde doch nicht allein nach Irland geflogen ist?»

«Richtig, wenn sie einen Begleiter hatte.»

«Dann sollten wir das schnellstens herausfinden. Wann, sagte die Hartmann, sei sie in Irland gewesen?»

«Etwa drei Monate vor ihrem Tod.»

«Also im Juli. Ich ruf bei der Lufthansa an.»

«Und ich übernehme die Billigflieger.»

Noch bevor die beiden Kommissare zu den Telefonen

greifen konnten, klingelte es. Heinlein nahm das Gespräch entgegen. Er hörte aufmerksam, lächelte und bedankte sich für den Anruf.

«Habe ich es dir nicht gesagt? Wilde wird nervös. Das war gerade der Mann vom Park fermé. Wilde war da und hat sich nach dem Verbleib des Fiat Uno erkundigt.»

«Ich hätte nicht gedacht, dass er so unvorsichtig ist. Was hat er ihm gesagt?»

«Dass der Wagen zur Verschrottung in Eibelstadt steht.»

Kilian stand auf. «Na, dann mal los.»

«Nur die Ruhe. Vor Sonnenuntergang wird er sich dort bestimmt nicht blicken lassen. Bis dahin können wir noch rausbekommen, wer der Begleiter von Rosie Wilde war.»

43

Die Nacht war zu schön, um sie im Auto zu verbringen. Nachdem die Sonne in einem roten Schleier über dem Main versunken war, hatten sich Kilian und Heinlein am Schrottplatz auf die Lauer gelegt. Wenn Gerald Wilde aufs Gelände kam, gab es keinen Weg an den Kommissaren vorbei.

Kilian steckte sich ein Zigarillo an und blies den Rauch genüsslich in den Nachthimmel.

«Jetzt noch einen guten Wein», sagte er, «und ich wäre rundum zufrieden.»

Heinlein widersprach. «Wir sind nicht zum Spaß hier.»

«Gut, dass du mich daran erinnerst», konterte Kilian ironisch. «Fast hätte ich's vergessen.»

«Ich meine das ernst.»

«Schon gut.» Kilian legte die Arme hinter den Kopf, streckte sich im Gras aus und blickte in den wunderbar klaren Nachthimmel. «Wenn was ist, dann sag Bescheid.»

«Mach es dir bloß nicht zu bequem.»

Kilian schmunzelte. «Still jetzt, sonst verrätst du uns noch.»

«Wenn wir Wilde verscheuchen, finden wir nie raus, ob er in der Sache drinsteckt.»

«Der wäre schön blöd, hier aufzutauchen.»

«Du glaubst also nicht, dass er kommen wird?»

«Nein. Aber das macht nichts. Ich habe mich schon lange nicht mehr mit einem Mann durch die Büsche geschlagen. Außerdem ist es wunderbar warm, und wir haben einen grandiosen Blick aufs Gestirn. Was will man mehr.»

«Ja, ich weiß. Ich würde auch lieber mit meiner Frau auf dem Balkon sitzen, als mir hier Flöhe zu holen.»

«Wie lange willst du denn hier aushalten?»

«Bis er kommt.»

«Na, bravo.»

Kilian schloss die Augen und rekelte sich gemütlich im Gras. Eine Nacht unter freiem Himmel konnte eine schöne Sache sein, sofern man den richtigen Partner dabeihatte. So gern er Heinlein auch mochte, er war eindeutig die falsche Wahl.

Das Geräusch einer zuschlagenden Tür ließ die beiden Kommissare aufhorchen. Es kam aus Richtung des italienischen Restaurants, das nur wenige Schritte entfernt war. Falscher Alarm. Gäste verließen mit ihrem Auto den Parkplatz.

Kilian und Heinlein gingen in ihre Ausgangspositionen zurück. «Welches Sternzeichen bist du eigentlich?», fragte Kilian.

«Stier, wieso?», antwortete Heinlein.

«Wie schaut das Sternbild dazu aus?»

«Keine Ahnung.»

«Ich habe meines am Himmel auch noch nicht finden können.»

«Was bist du?»

«Wassermann.»

«Und wie sind …?» Heinlein verstummte. Er glaubte, etwas gehört zu haben. Das Geräusch kam von einem der Schrottberge. «Da hat sich was getan», flüsterte er.

«Ich habe nichts gehört.»

«Kannst du auch nicht, wenn du ständig quasselst.»

Heinlein erhob sich hinter dem Gebüsch und blickte zum Schrottplatz hinüber. Alles schien ruhig. Er ging wieder in Deckung.

«Bevor sich da drüben etwas tut», sagte Kilian, «muss er erst mal an uns vorbei. Also, beruhige dich.»

Heinlein ließ sich überzeugen und kehrte in seine Beobachterposition zurück. «Wie geht's Pia?», fragte er.

«So weit gut. Morgen haben wir einen Arzttermin. Kontrolluntersuchung mit Ultraschall. Kaum zu glauben, wie schnell so eine Eizelle wächst …»

«Still», unterbrach Heinlein. Er schreckte auf. Da war erneut ein Geräusch. «Hast du's jetzt gehört?»

«Nein, da war nichts.» Er hatte die Worte noch nicht zu Ende gesprochen, als über den Schrottbergen ein heller Blitz aufleuchtete, dem eine dumpfe Verpuffung folgte. Dann schlugen Flammen empor.

Kilian und Heinlein sprangen auf. «Nimm du die rechte Seite, ich die linke», rief Heinlein und rannte los.

Mit einem Satz sprangen sie über den Zaun und rannten in verschiedene Richtungen. Heinlein fand den Fiat Uno an der Stelle, wo er ihn sich tags zuvor hatte zeigen lassen. Doch nun brannte er lichterloh. Da muss ein Brandbeschleuniger wie Benzin im Spiel sein, sagte er sich, als er um den Flammenherd herumging. In der heißen Luft lag ein verräterischer Geruch.

Heinlein versuchte im Dunkel etwas zu erkennen. Wo steckte Wilde? Er konnte nicht weit sein.

«Schorsch!», hörte er Kilian rufen. Es kam aus dem unteren Teil des Geländes, dort, wo es am Ufer des Mains endete. Heinlein rannte los. Er fand Kilian an der Uferbegrenzung stehen.

«Was ist?», fragte er.

«Er ist über das Wasser getürmt», antwortete Kilian. «Ich glaube, das Schlagen von Rudern gehört zu haben.»

«Aber gesehen hast du ihn nicht?»

«Nein.»

Heinlein blickte hinüber zum dämmrig erleuchteten Hafen. Die Boote waren unbesetzt. Im Restaurant würde er bestimmt einen der Besitzer finden. Aber das dauerte zu lange. Bis dahin wäre Wilde auf und davon.

«Komm», sagte er, «wir nehmen das Auto.»

Sie liefen zurück zum Parkplatz und starteten den Wagen. Was war der schnellste Weg hier raus? Keiner der beiden verfügte hier über eine genaue Ortskenntnis. Also mussten sie denselben langen Weg zurück nehmen, den sie gekommen waren. Wertvolle Zeit verstrich. Wie weit war es bis nach Winterhausen? Drei Kilometer? Der Wasserweg war auf jeden Fall kürzer. Aber Wilde musste gegen die Strömung ankämpfen. Wie stark war sie? Würde sie ihn lange genug aufhalten, bis sie ihn am Ufer vor seinem Haus in Empfang nehmen konnten?

Heinlein trat aufs Gas, als sie die Auffahrt der B13 erreicht hatten. Der BMW schoss durch die Nacht. Sie hatten die Hälfte der Strecke bereits hinter sich, als sie unerwartet ausgebremst wurden. Heinlein sah es gerade noch rechtzeitig. Ein Wagen hatte sich überschlagen und blockierte die gesamte Straße.

«Verdammt!», fluchte er und schlug aufs Lenkrad.

44

Die Auswahl ist groß. Ich kann unter unzähligen Bildstöcken und Martern wählen. Sie alle haben ihre Geschichte. Am ehesten würde noch die Sage um *Die auferstandene Frau* ins Bild passen, das ich für die Nachwelt gestalten werde.

Sie lautet folgendermaßen: Im Herbst des Jahres 1564 war die Frau des Schweinfurter Stadtschreibers Alberti in einen Starrkrampf gefallen. Man glaubte sie tot und bestattete sie in einer Gruft am alten Friedhof. Einer der Totengräber hatte an ihrer Hand einen wertvollen Ring gesehen. Er schlich sich nachts in die Gruft, um den Ring von ihrem Finger zu lösen. Zu seinem Entsetzen erwachte jedoch die Frau, vertrieb den Grabräuber und lief im weißen Totenhemd durch die nächtliche Stadt zu ihrem Haus. Dort klingelte sie, wurde aber von ihrem ungläubigen Ehemann verkannt. Daraufhin liefen unter großem Getöse die Pferde die Treppe hinauf zum Ungläubigen. Erst jetzt nahm er die Frau im Totenhemd auf der Straße näher in Augenschein und erkannte schließlich in ihr seine frierende Ehefrau.

Sie gebar ihm später ein Kind. Sowohl der Frau als auch dem Kind war jedoch kein langes Leben beschieden. Bald darauf starben sie. Nun wurde die Frau ein zweites Mal beigesetzt. Auf der Grabplatte stellte man sie lebensgroß mit ihrem Wickelkind dar, in den Wirren des Zweiten Weltkriegs wurde diese Platte jedoch zerstört.

Meine Rós Fódhla hat ihre eigene Sage verdient. Und sie ist noch nicht einmal erfunden, sondern hält sich an die Geschehnisse, die zu ihrem Tod geführt haben. Ich werde diese

Geschichte aufschreiben und meinem Letzten Willen beilegen. Damit setze ich ein unübersehbares Zeichen, das den Frevel für alle Zeit und weithin sichtbar dokumentiert. Ist das vollbracht, so wünsche ich neben meiner Geliebten bestattet zu werden. Möge die Nachwelt über die Rechtmäßigkeit meiner Taten richten. Mich kümmert es nicht mehr.

Bevor ich mich erhebe und tue, was getan werden muss, höre mein Lied. Ich singe es in dunkler Nacht, mit all meiner Verzweiflung. Mögest du es hören dort unten, in deinem kalten Grab.

I Am Stretched on Your Grave (aus dem Irischen)

Ich liege ausgestreckt auf deinem Grab,
und ich werde hier für immer liegen.
Wenn deine Hände in den meinen wären,
wäre ich sicher, dass wir uns nie mehr trennten.
Es ist Zeit, dass wir wieder zusammenkommen,
bevor die Erde mich ganz verschlingt.

Ich sollte in meinem Bett sein,
stattdessen liege ich ausgestreckt
nah an deinem Kopf und
schreie deinen Namen in die Nacht.

Die Menschen nähern sich mir in Furcht,
weil ich dich noch immer liebe.
Meine Liebe, ich will noch immer dein Schutz sein,
im Regen und im Sturm.

So soll es sein,
mit dir in deinem kalten Grab.

45

Heinlein kam wie so oft in der letzten Zeit missgestimmt ins Büro. An diesem Morgen schien ihm die schlechte Laune ganz besonders zuzusetzen. Nach dem misslungenen Zugriff von letzter Nacht war er nicht zu Scherzen aufgelegt. Ein Übriges tat das Wetter. Heute endlich, nach Wochen unerträglicher Hitze, sollte es regnen. Doch anstatt eines befreienden Gusses hatte sich der Himmel zugezogen, bereit, den Menschen unter dieser Dunstglocke das Leben noch unerträglicher zu machen, als es ohnehin schon war. Heinleins frisches Hemd war schon bei der Fahrt durch die Stadt durchgeschwitzt. Nun hätte er eine erfrischende Dusche und eine neue Garderobe gebrauchen können.

Sabine mit ihrer Antenne für seine Stimmung nahm sein Erscheinen lediglich zur Kenntnis und ließ ihn in Ruhe den morgendlichen Kaffee trinken.

«Wo steckt Kilian?», hörte sie ihn aus dem Nebenzimmer rufen.

«Er kommt später», antwortete sie.

«Was ist mit ihm?»

«Pia hat einen Arzttermin.»

«Und, was will er dabei?»

«Keine Ahnung. Händchenhalten wahrscheinlich.»

Das Faxgerät an ihrer Seite ging in den Empfangsmodus. Sie blickte auf das Display. Eine ihr unbekannte Nummer aus dem Hessischen erschien. Wenig später lagen zwei Seiten im Fach. Sie nahm sie heraus und brachte sie Heinlein.

«Hast du eine Passagierliste angefordert?», fragte sie ihn.

«Ja. Ist was gekommen?»

«Das Fax kommt ursprünglich aus Dublin in Irland, weitergeleitet durch die Ryanair in Frankfurt-Hahn ...»

«Schon gut», unterbrach Heinlein. «Gib es mir.»

Ohne eine weitere Frage zuzulassen, schnappte sich Heinlein die Seiten. Sabine ging kommentarlos in ihr Büro zurück.

Die Liste führte die Namen von rund hundert Passagieren auf, die am 14. Juli des vergangenen Jahres von Frankfurt-Hahn aus nach Kerry in Irland geflogen waren. Seine Augen suchten nach dem Namen Rosie Wilde. Hier war er. Sie hatte die Maschine um zehn Uhr vierzig genommen, Ankunft elf Uhr vierzig.

Sitzplätze waren keine verzeichnet, obwohl er darum gebeten hatte. So ging er einen Namen nach dem anderen durch, um zu sehen, ob ihm ein vertrauter unterkäme.

Bei Imhof, Michael stoppte er.

«Imhof», murmelte er mehrmals vor sich hin, «woher kenne ich nur diesen Namen?»

Dann fiel der Groschen. Imhof, na klar, das war doch dieser Marketingmensch, der für die Weinbauern und die Stadt Sommerhausen Werbung machte. Aber war es auch dieser Imhof? Oder ein anderer Imhof aus einem anderen Bundesland? Er griff zum Telefon, ließ es dann aber doch bleiben. Bis er die Personalien von Imhof aus Irland bekam, würde es wiederum einen Tag dauern, wenn nicht länger.

Wieso also nicht einfach Imhof anrufen? Das wäre schnell erledigt. Er suchte dessen Nummer aus dem Telefonverzeichnis und wählte.

Es klingelte dreimal, bis der Anrufbeantworter anging. «Sie sind mit Michael Imhof verbunden. Bitte hinterlassen Sie eine Nachricht nach dem Piepston. Ich rufe Sie umgehend zurück, sofern ich nicht gerade auf Reisen oder im Urlaub bin.»

Richtig, fiel es Heinlein ein, Imhof hatte erwähnt, dass er einige Tage frei hatte. Seine Handynummer konnte helfen. Wo war sie? Er blätterte sein Notizbuch durch, zu der Stelle, wo er ihr Gespräch stichpunktartig festgehalten hatte. Es war keine Nummer verzeichnet. Wer könnte sie haben?

Imhof hatte von seiner Tätigkeit für die Marktgemeinde Sommerhausen gesprochen, erinnerte er sich, deswegen durfte er auch diesen Turm bewohnen. Ja, die müssten sie haben.

Wieder griff er zum Telefon. «Heinlein, Kripo Würzburg. Für Sie arbeitet ein gewisser Michael Imhof. Ich hätte gern seine Handynummer.»

«Einen Moment, bitte.»

Die Frau verband ihn weiter, und Heinlein musste seinen Spruch nochmals aufsagen. Bei der vierten Station hatte er endlich Glück.

«Herr Imhof befindet sich im Urlaub», sagte eine Frau.

«Ich weiß. Ich möchte auch nur seine Handynummer.»

«Wir dürfen keine privaten Daten herausgeben.»

Heinlein schwoll der Kamm. «Sie sprechen mit der Kriminalpolizei in Würzburg. Soll ich Ihnen meine Kollegen vorbeischicken und Sie aufs Revier bringen lassen?»

«Ich folge nur meinen Anweisungen», antwortete die Frau eingeschüchtert. «Am besten verbinde ich Sie mit dem Bürgermeister.»

«Ja, tun Sie das.»

Heinlein wartete ungeduldig. Das fehlte ihm noch, dass eine übergenaue Beamtin ihn auflaufen ließ. Schließlich hatte er den Bürgermeister am Apparat. «Herr Heinlein», hörte er ihn freundlich sagen, «wie kann ich Ihnen weiterhelfen?»

«Mit der Handynummer von Michael Imhof. Er arbeitet doch für Sie?»

«Richtig, er hat das Ehrenamt des Heimatpflegers für unsere Gemeinde inne.»

Ehrenamt, dachte Heinlein, dafür habt ihr ihm den Turm überlassen. Schöne Ehre.

«Herr Imhof befindet sich meines Wissens im Urlaub», fuhr der Bürgermeister fort.

Heinlein wollte losbrüllen, fing sich jedoch wieder. «Ich weiß. Ich möchte auch nur seine Telefonnummer. Das kann doch nicht so schwierig sein.»

«Wir haben unsere internen Regelungen, Herr Kollege. Private Kontaktdaten sind streng vertraulich.»

«Die Handynummer eines Geschäftsmannes fällt da wohl nicht darunter.»

«Im Normalfall haben Sie recht. Aber Herr Imhof hat darum gebeten, seine Nummer nur im Notfall herauszugeben, damit er sich ungestört ein paar Tage erholen kann. Sie haben ja keine Vorstellung, wer hier alles wegen irgendeiner Kleinigkeit anruft.»

Noch ein Wort, dachte Heinlein, und ich nehme dich wegen Behinderung der Polizei fest. Doch er wählte die freundliche Variante, auch wenn es ihm so schwerfiel wie kaum etwas anderes in der letzten Zeit. «Das kann ich gut verstehen. Jeder will ständig etwas von einem», log er. «Mir ergeht es nicht anders. Dennoch muss ich als Staatsdiener in Notfällen erreichbar sein. Der Bürger zahlt schließlich Steuern und hat Anspruch auf …»

«Schon gut, Herr Heinlein», wehrte der Bürgermeister ab. Diese gesalbten Worte kannte er aus seinen eigenen Reden zur Genüge. «Ich hoffe nur, es handelt sich tatsächlich um einen Notfall.»

«Das tut es. Keine Sorge.»

Heinlein notierte die Nummer und bedankte sich.

«Mein Gott, war das ein Akt», schimpfte er, als er den Telefonhörer aufgelegt hatte, «und das im Zeitalter der Kommunikation.»

Dann wählte er die so geheim gehaltene Nummer Imhofs.

Es klingelte, bis auch hier die Mailbox ansprang. «Michael Imhof. Ich befinde mich derzeit im Urlaub. Sie können mich ab dem Zehnten wieder unter meiner bekannten Nummer im Büro erreichen. Vielen Dank.»

Zu dumm. Wenn er sich im Ausland aufhielt, dann musste er seine Rückkehr abwarten. Das dauerte ihm zu lange. Er musste jetzt mit ihm sprechen.

Nervös klopfte er mit dem Kugelschreiber auf dem Tisch herum. Wie war an ihn ranzukommen? Er blätterte sein Notizbuch auf und überflog die Einträge. Richtig, er hatte eine Schwester, die am Gericht arbeitete. Wegen ihr und seinem Streit mit Zinnhobel auf dem Weingut Baron hatte er ja mit ihm gesprochen.

Er wollte schon erneut zum Telefonhörer greifen, hielt aber inne. Das ließ er besser bleiben. Noch einmal so eine Aktion wie gerade eben, und er ginge an die Decke.

Nein, er würde Andrea Imhof persönlich aufsuchen.

46

Als Heinlein den Sicherheitsbereich im Strafjustizgebäude betreten hatte, fragte er nach Andrea Imhof. Eine freundliche Angestellte nahm ihn mit und lieferte ihn vor der betreffenden Tür ab. Heinlein ging ohne zu klopfen hinein. Er fand zwei Frauen vor, die am Computer arbeiteten.

«Frau Imhof?», fragte er in den Raum.

Die Dunkelhaarige antwortete: «Ja, Sie wünschen?»

«Heinlein, Kripo Würzburg. Ich würde Sie gern sprechen.»

«Nur zu.»

«Unter vier Augen, falls das möglich ist.»

Die andere verstand sofort und stand auf. «Kein Problem. Ich wollte mir eh was holen. Bin in fünf Minuten wieder da. Reicht das aus?»

«Zur Genüge», bedankte sich Heinlein und setzte sich.

Andrea Imhof war ein graziles Wesen, Ende zwanzig, mit buschigen, gelockten Haaren, die sie mit einem Band zu einem Pferdeschwanz zusammengefasst hatte. In ihren dunklen Augen spiegelte sich Verletzlichkeit. Ihr Lächeln war nicht sicher, sondern schien in ihrem zarten Gesicht zu schweben. «Womit kann ich Ihnen helfen?», fragte sie in der Annahme, dass es sich um etwas Berufliches handelte.

«Ich bin auf der Suche nach Ihrem Bruder Michael», begann Heinlein.

«Ist etwas mit ihm?»

«Nein, keine Sorge. Ich will lediglich eine Information überprüfen. Auf seinem Handy kann ich ihn leider nicht erreichen, und man sagte mir, dass er im Urlaub ist. Haben Sie Kontakt zu ihm?»

«Das letzte Mal vor ein paar Tagen.»

«Ist er verreist?»

«Ich denke nicht, sonst hätte er mir Bescheid gegeben.»

«Dann ist er irgendwo in Würzburg oder in der Umgebung unterwegs?»

«Ja, ich nehme es an. Schauen Sie doch mal in Sommerhausen vorbei. Er bewohnt dort einen mittelalterlichen Turm. Sehr schick.»

«Fürwahr. Ich habe ihn dort bereits besucht. Hat er ein Hobby, oder wo könnte ich ihn am ehesten finden?»

«Wenn Sie gut zu Fuß sind, irgendwo in den Weinbergen oder den Wäldern. Er wandert gern.»

«Etwas heiß dafür, finden Sie nicht?»

«Das macht ihm nichts aus. Er ist gut trainiert.»

Heinlein machte Anstalten zu gehen und spielte ihr eine letzte Frage vor. «Ach ja, bevor ich es vergesse. War Ihr Bruder im vergangenen Jahr in Irland?»

«Kann schon sein. Er ist die Hälfte des Jahres auf irgendwelchen Messen und Präsentationen.»

«Ich meine privat. Hat er vielleicht seinen Urlaub in Irland verbracht?»

Andrea Imhof überlegte. «Warten Sie … ja, das könnte sein. Er hat mir, glaube ich, eine Karte geschickt. Mit Klippen drauf. Ja, stimmt. Irland war's.»

«Wissen Sie noch, wann das war?»

«Ich war im August in Urlaub und er … im Juli. Wir mussten uns dieses Mal anders arrangieren.»

«Wieso, wenn ich fragen darf?»

«Wir verreisen sonst zusammen, aber letztes Jahr hat es nicht geklappt.»

«Gab es einen bestimmten Grund?»

«Er wollte wieder mal allein sein. Das nehme ich ihm auch

nicht übel. Jedes Jahr mit seiner Schwester in Urlaub fahren ist nicht gerade der Hit.»

«Sie stehen sich sehr nahe?»

«Wir sind beide Vollwaisen. Das schweißt zusammen.»

«Das tut mir leid. Wie lange sind Ihre Eltern schon tot?»

«Meine rund zwanzig Jahre und seine eine Ewigkeit.»

«Sie sind also ...»

«Michael kam als Pflegekind zu uns. Ich hatte mir immer einen großen Bruder gewünscht. Und da meine Mutter ... Sie wissen schon. Er hat sich von Anfang an um mich gekümmert. Ich hätte mir keinen besseren Bruder wünschen können. Er ist ein Schatz. Ohne ihn wäre vieles schwerer für mich.»

«Er hat mir von Ihren Schwierigkeiten mit Richter Zinnhobel erzählt.»

Andrea Imhof verlor in derselben Sekunde das Lächeln, als hätte es Heinlein mit einem Wort weggewischt. «Ich hoffe, Sie fühlen sich mit seinem Nachfolger besser.»

«Ja», antwortete sie knapp. Diese Frau war wirklich ein Sensibelchen. Ihre Augen wurden feucht. «Es war eine schreckliche Zeit. Ich möchte gar nicht mehr daran denken ... obwohl mir sein Tod natürlich leidtut. Das wünsche ich niemandem. Selbst ihm nicht.»

«Ihr Bruder hat mir erzählt, dass er Richter Zinnhobel auf seinen Umgang mit Ihnen angesprochen hat. Wissen Sie etwas davon?»

«Nein. Hat er das wirklich getan?»

«So hat er mir es erzählt.»

«Kann ich mir nicht vorstellen. Der Richter hätte das bestimmt an mir ausgelassen.»

«Dafür hatte er keine Zeit mehr. Ihr Bruder will ihn am Tag seines Verschwindens gesprochen haben.»

«Dann hatte ich ja noch Glück.» Der Hauch eines verlegenen Lächelns zuckte über ihre Lippen, bevor es wieder erstarb.

Heinlein musste bei seiner letzten, aber entscheidenden Frage vorsichtig sein, damit er sie nicht zu sehr einschüchterte. «Ist Ihr Bruder damals allein nach Irland gereist?»

Offensichtlich nicht vorsichtig genug. Andrea Imhof witterte etwas. «Das ist eine sehr intime Frage.»

«Weil ich Sie nach seiner Begleitung frage?»

«Nein, sondern wegen dem, was danach geschah.»

Volltreffer. Heinlein triumphierte innerlich. Er musste seine Begeisterung dämpfen und sein mitfühlendes Wesen stärker einbringen. Er pokerte. «Ihr Tod ging ihm sehr nahe.»

«Eine einzige Tragödie», antwortete sie ahnungslos. «Ich habe Michael noch nie so hoffnungslos und zerstört erlebt. Er hat sie sehr geliebt. Mehr als jeden anderen Menschen in seinem Leben.»

Obwohl ihm die Frage nach dem Namen der Geliebten auf der Zunge brannte, musste er sich zurückhalten. Ein vorsichtiger Schritt nach dem anderen, damit er nicht aufflog. «Wie lange waren sie zusammen?»

«Viel zu kurz. Ein halbes Jahr, glaube ich. Er hat sie bei seinen Recherchen kennengelernt.»

«In der Universitätsbibliothek.»

«Als er Bücher zurückbrachte, fiel ihr eines auf, das sie selbst gelesen hatte und bewunderte. So lernten sie sich kennen.»

«Über eine sogenannte Weiße Frau.»

«Über die Banshees in Irland. Er wollte ein Buch darüber schreiben. Die Entstehung, das Erscheinen und ihre heutige Bedeutung im Volksglauben. Leider konnte er das Projekt nicht mehr fertigstellen. Jedes Mal, wenn er daran denkt, sieht er sie vor sich.»

«Das kann ich gut verstehen.» Nun war der Zeitpunkt gekommen, dachte Heinlein. Alles oder nichts. «Rosie sah sich, nach eigenem Bekunden, ebenfalls in der Tradition einer Weißen Frau.»

Andrea Imhof schaute ihm wortlos in die Augen, als glaubte sie das Geheimnis verraten. Doch das Gegenteil war der Fall. «Interessant, dass Sie das wissen. Rosie hat immer darauf gedrängt, nicht darüber zu sprechen. Es war ihr irgendwie peinlich.»

Jetzt war es raus. Heinlein hätte einen Luftsprung machen können. «Sie kannten sie persönlich?»

«Michael hatte mich mal zum Essen in seinen Turm eingeladen. Da habe ich sie kennengelernt. Eine wunderbare Frau. Ich habe sie ihm so gegönnt.»

«Sie wussten, dass sie verheiratet war?»

«Ja. Noch.»

«Sie wollte sich scheiden lassen?»

Sie nickte.

«Doch dann kam dieser Unfall dazwischen», sprach Heinlein weiter.

«Schrecklich, wie schnell ein Glück zerstört werden kann. Michael war wie gelähmt. So habe ich ihn noch nie erlebt. Er kam aus seinem Turm nicht mehr heraus. Er schlief nicht, aß und trank nicht. Er saß einfach nur in der Ecke und starrte die Wand an. Und das alles, weil ein übermüdeter Lkw-Fahrer nicht aufgepasst hatte.»

«Machte Ihr Bruder ihn für Rosie Wildes Tod verantwortlich?»

«Sie hätten diesen fürchterlichen Menschen im Gericht erleben sollen. Kein Anzeichen von Reue. Im Gegenteil, er machte noch den Eindruck, dass er sich amüsierte.»

«Waren Sie während des Prozesses dabei?»

«Nein, natürlich nicht. Der Richter hätte das nie geduldet. Seine Angestellten hätten anderes zu tun, als ihn bei der Arbeit zu stören. Er hatte ein sehr fragwürdiges Verhältnis zu Frauen.»

«Ich habe davon gehört. Gab Ihr Bruder Zinnhobel für das milde Urteil die Schuld?»

Das war eine Frage zu viel. Obendrein noch die falsche. Andrea Imhof zog sich in Verteidigungsstellung zurück.

«Michael hat nichts damit zu tun, wenn Sie das meinen», antwortete sie scharf.

47

Erneut sprang die Mailbox von Imhofs Handy an. Verflixt, schimpfte Heinlein, wieso ging er nicht ran?

Er war auf dem Weg nach Sommerhausen, wo er Imhofs Alibi überprüfen wollte. Imhof hatte ihm wie versprochen eine Liste derjenigen geschickt, mit denen er am Abend des Verschwindens von Richter Zinnhobel zusammen gewesen sein wollte. Aber Heinlein war bei den sich überstürzenden Ereignissen nicht dazu gekommen. Jetzt musste er nacharbeiten. Er hätte sich auf die Lippen beißen können vor Ärger. Wenn es sich herausstellte, dass Imhofs Alibi nicht dicht war, dann hatte er eine wichtige Spur schlicht verschludert. Das würde bei der anschließenden Bewertung der Ermittlungsarbeit durch den Polizeipräsidenten nicht gut ankommen.

Aber so weit war es noch nicht. Erst die jüngsten Erkenntnisse hatten Imhof zum Reisebegleiter und Liebhaber Rosie Wildes gemacht. Diese Verspätung würde ihm niemand vorwerfen können. Hoffentlich. Er wagte nicht an die missgünstigen Kollegen zu denken, die sich mit Freude darauf stürzen würden. Um ihnen den Wind aus den Segeln zu nehmen, musste er nun schnell handeln und Ergebnisse liefern.

Als er von der B13 nach Sommerhausen abbog, fiel ihm auf, wie nahe Rosie Wilde und Michael Imhof beieinanderwohnten. Es war nur ein Katzensprung von Winterhausen nach Sommerhausen. Einzig der Main musste überquert werden, damit sich die beiden sehen konnten. Dazwischen lagen ein eifersüchtiger Ehemann und zwei halbwüchsige Kinder. Andrea Imhof hatte nichts darüber ausgesagt, ob Rosie Wilde ihre Kinder für die neue Beziehung aufgeben wollte. Wenn sie vorgehabt hatte, sie mitzunehmen, hatte Gerald Wilde einen triftigen Grund, die Trennung zu verhindern. Das setzte allerdings voraus, dass er einerseits von Imhof und andererseits von den Plänen seiner Noch-Ehefrau wusste.

Die erste Adresse auf seiner Liste führte Heinlein zu einem Weinbauern im Ortskern. Er parkte den Wagen und ging in den Hof, der sich zur Straße hin öffnete. Dort, unter einer schattigen, mit Reben bewachsenen Weinlaube, fand er einen Ansprechpartner. Er fragte nach dem Chef des Hauses und wurde in die Probierstube geschickt. Sosehr Heinlein Weinproben schätzte, in diesem Moment kam sie ihm nicht zupass. Der Mann hinter dem Weinausschank, offensichtlich der Herr des Hauses, war in ein Kundengespräch vertieft. Ihn dabei zu unterbrechen, brachte Heinlein nicht übers Herz. Deshalb setzte er sich an den Tisch in der Ecke und wartete auf eine günstige Gelegenheit. Es dauerte nicht lange, bis eine junge Frau mit einem fränkisch verzierten Steinkrug bei ihm erschien.

«Womit kann ich Ihnen helfen?», fragte sie freundlich.

«Ich hätte gern mit dem Chef gesprochen.» Er reichte ihr seine Visitenkarte. «Zeigen Sie sie ihm im Vertrauen.»

Sie blickte gar nicht darauf, sondern erwies sich als wohlmeinende Gastgeberin. «Er ist noch mit einer Verkostung beschäftigt. Darf ich Ihnen auch etwas bringen?»

Heinlein war froh über das Angebot und nickte bereitwillig.

«Wie wär's mit einem Grauen Burgunder?», fragte sie. «Sehr bekömmlich und ausgereift. Genau das Richtige für die Tageszeit.»

Er konnte beim besten Willen nicht nein sagen. So griff

sie eines der bereitstehenden Weingläser vom Tisch und schenkte aus dem Steinkrug ein.

«Wohl bekomm's», sagte sie, «ich sage dem Chef Bescheid.»

Der Wein war genau richtig temperiert und floss seine Kehle hinab wie Öl. Noch ein Schluck, und er würde den Grund seines Besuchs vergessen.

Schneller als erhofft war der Chef zur Stelle, in der Hand Heinleins Visitenkarte mit dem respekteinflößenden Polizeistern. «Ist was geschehen?», fragte er verhalten.

«Nein, aber setzen Sie sich bitte. Ich brauche nur eine Auskunft von Ihnen.»

Erleichtert atmete er auf. «Und ich dachte schon, es sei etwas passiert. Worum handelt es sich?»

«Ich hatte vor kurzem ein Gespräch mit Michael Imhof. Er sagte mir, dass er vor rund drei Monaten an einer Weinverkostung und einem anschließenden Gespräch mit Ihnen teilgenommen hat. Es ging um den bevorstehenden Auftritt bei einer Messe. Erinnern Sie sich?»

«Ja, sicher. Ist was mit Michael?»

«Nichts, reine Routine. Wir müssen alle Informationen überprüfen. Nun, können Sie mit Sicherheit sagen, dass Herr Imhof an jenem Tag mit Ihnen zusammen war?»

«Nicht nur mit mir, sondern mit einigen Weinbauern mehr. Wir waren eine ziemlich große Gruppe. Es musste einiges besprochen werden.»

«Wie lange dauerte die Veranstaltung?»

«Fast den ganzen Tag. Wir begannen am Nachmittag mit der Vorstellung neuer Weine, die auf der Messe präsentiert werden sollten. Bei rund dreißig Kollegen und im Schnitt fünf Weinen können Sie sich ja denken, wie lange das gedauert hat.»

«Nicht genau. Wie lange denn?»

«Es ging bis in den Abend hinein.»

«Und dann?»

«Gab es Abendessen, und danach hatte Michael seine Präsentation.»

«Die dauerte wie lange?»

«Lassen Sie mich überlegen. Eine Stunde etwa.»

«Wann war er damit fertig?»

«Gegen neun Uhr, schätze ich. Vielleicht etwas früher.»

«Was passierte dann?»

«Haben wir über seine Vorschläge diskutiert.»

«Ich nehme an, das dauerte seine Zeit.»

«Und ob. Dreißig Weinbauern unter einen Hut zu bekommen ist ein Ding der Unmöglichkeit. Es gab zum Teil hitzige Diskussionen. Irgendwann in der Nacht haben wir dann abgebrochen. Die meisten waren auch nicht mehr ganz nüchtern.»

«War Herr Imhof die ganze Zeit anwesend?»

«Klar.»

«Sind Sie sicher?»

Der Mann bemühte seine Erinnerung. Offensichtlich wich jetzt die Bestimmtheit der Nachdenklichkeit. «Ich muss zugeben, dass ich an dem Abend auch etwas getrunken hatte. Zudem waren wir mit Ehefrauen und Helfern ja fast sechzig Personen. Da kann man den Überblick schon mal verlieren.»

«Das heißt, Herr Imhof könnte sich auch mal für eine Stunde verabschiedet haben, ohne dass es jemand bemerkt hat?»

«Möglich ist das schon, ja.»

«Gab es jemand an diesem Abend, mit dem Herr Imhof besonders lange gesprochen hat? Einen Tischnachbarn vielleicht?»

«Kann ich mir nicht vorstellen. Bei einer Verkostung geht es munter zu, ohne feste Sitzplätze. Außerdem ist er ein gefragter Mann. Er war viel unterwegs. Musste hier Fragen beantworten, dort Überzeugungsarbeit leisten … Aber jetzt haben Sie mich neugierig gemacht. Was ist mit Michael?»

«Ich würde gerne selbst mit ihm sprechen, kann ihn aber nicht erreichen. Haben Sie eine Idee, wo er sich aufhalten könnte?»

«Ich habe ihn erst vorgestern gesehen. Ich glaube, er wollte wandern.»

«Wo?»

«Bestimmt hier in der Gegend. Aber vielleicht ist er auch in den Steigerwald gefahren. Er hat das mal erwähnt. Dort sollen sie ja auch guten Wein machen.»

«Bestimmt», antwortete Heinlein und machte sich bereit zum Gehen. «Ach ja, Ihr Grauer Burgunder ist vorzüglich.»

«Das freut mich. Warten Sie, ich gebe Ihnen eine Flasche mit.»

«Nein, danke, ich bin im Dienst», antwortete Heinlein.

Kurz darauf saß Heinlein wieder in seinem Wagen, unterwegs zu Imhofs Turm. Ein Anruf auf dem Festnetzanschluss blieb so erfolglos wie das Klopfen an der Tür. Unverrichteter Dinge fuhr Heinlein zur nächsten Adresse auf der Liste. Auch hier hörte er die gleiche Beschreibung des betreffenden Abends. Ja, Imhof war da und hatte viele Gespräche geführt. Nach seiner Präsentation wurde viel diskutiert. Ein Kommen und Gehen setzte ein. Unmöglich, Imhof dabei im Blick zu behalten. Und ja, er könnte sich eine Stunde lang von der Veranstaltung entfernt haben, ohne dass es bemerkt worden war.

Nach dem vierten gleichlautenden Gespräch ließ es Heinlein gut sein. Imhofs Alibi war nicht wasserdicht. Er hätte sich eine Stunde oder länger von der Veranstaltung absentieren können. Niemand wäre das aufgefallen. Zum einen, weil die Gemüter erhitzt waren, zum anderen des Alkoholkonsums wegen.

Heinlein überlegte, welchen Schritt er als Nächsten unternehmen sollte. Vor Imhofs Turm warten, bis er endlich zurückkam, begeisterte ihn wenig. Mit wem hatte er am Tag des

Verschwindens von Richter Zinnhobel noch Kontakt gehabt? Gab es jemanden, der ihn gesehen haben könnte?

Richtig, fiel es Heinlein ein, er war beim Weingut Baron und hatte mit Zinnhobel gestritten. Heinlein griff sich an den Kopf. Natürlich, das war der Beweis, dass Imhof die Veranstaltung verlassen hatte. Wieso war ihm das nicht früher eingefallen?

Er startete den Wagen und machte sich auf den Weg.

48

Heinlein ließ das Seitenfenster herunter und genoss den Fahrtwind hinauf zum Weingut Baron. Obwohl sich die Sonne hinter den Wolken versteckt hielt, blieb der Blick hinunter auf die Weinberge und den Main einzigartig. Hier oben wohnen zu können, schätzte er als ein besonderes Privileg ein, das er gern in Anspruch nehmen würde. Noch hatte er über zwanzig Dienstjahre vor sich, aber er könnte sich bereits jetzt gut vorstellen, hier oben seinen Lebensabend zu verbringen – inmitten der Reben, abseits vom Trubel der Welt und doch nahe am Geschehen. Was würde seine stadt- und standesverliebte Frau Claudia darauf antworten, wenn er ihr den Vorschlag unterbreitete, aufs Land zu ziehen?

Die Pappelallee führte ihn zum Parkplatz, wo er den Wagen abstellte. Der Biergarten war nur zur Hälfte besetzt. Eine gute Voraussetzung, um mit Gina und Miro, den beiden Angestellten, ein ruhiges Gespräch über Michael Imhof zu führen. Er blickte sich auf dem Weg zum Ausschank um, ob er sie unter den Gästen ausmachen konnte.

«Wenn Sie einen Platz suchen», sprach ihn ein Mann an, «Sie haben freie Auswahl.»

«Nein, danke», antwortete Heinlein. «Ich bin nicht zum Vergnügen hier.»

Der Mann nickte bereitwillig. «Auch gut. Womit kann ich Ihnen helfen?»

«Ich möchte mit einer Angestellten sprechen. Gina heißt sie.»

«Die arbeitet heute nicht.»

«Dann mit Miro.»

Der Mann, eine stattliche Erscheinung, die gut ein Weinfass den Berg hinaufrollen konnte, eröffnete ihm: «Ich bin ihr Chef. Können Sie mir sagen, worum es sich handelt und wer Sie sind?»

Heinlein wies sich aus. «Heinlein, Kripo Würzburg. Reicht das?»

«Ja, sicher.» Der Mann führte ihn ein paar Schritte weiter in eine ruhige Ecke des Biergartens. «Haben sie was ausgefressen?»

«Sie sollen mir nur eine Information bestätigen. Sie sind also Herr Baron, der Eigentümer des Weingutes?»

«Der Eigentümer, ja. Aber ich heiße Reisinger. Ich habe das Weingut mit dem Namen der Familie Baron vor Jahren übernommen. Darf ich dennoch fragen, worum es sich handelt?»

«Um einen Ihrer Gäste, Michael Imhof.»

«Michael?», antwortete Reisinger überrascht. «Da können Sie auch mich fragen. Wir sind befreundet.»

«Das trifft sich gut. Ich bin auf der Suche nach ihm. Können Sie mir sagen, wo ich ihn finde?»

«Er hat Urlaub. Wahrscheinlich ist er wieder in den Weinbergen unterwegs.»

«Wandern, nehme ich an.»

«Ja. Liegt denn etwas gegen ihn vor?»

«Nichts Konkretes. Es geht um seinen Aufenthalt bei einer Weinverkostung vor ein paar Wochen.»

«In Eibelstadt? Meinen Sie die?»

Heinlein nickte. «Er soll sich die ganze Zeit dort aufgehalten haben, aber er wurde auch hier gesehen.»

«Das stimmt. Wir haben nach dem Abendessen die Veranstaltung kurzzeitig verlassen, um hier in Ruhe meine neuen Werbematerialien zu besprechen.»

Heinlein suchte nach der Liste in seiner Tasche, die Imhof

ihm zur Verfügung gestellt hatte. Auf ihr fand er den Namen Reisinger. «Ah ja, hier stehen Sie. Wie lange hat denn die Besprechung gedauert?»

«Etwa eine Stunde.»

«Und anschließend sind Sie wieder gemeinsam nach Eibelstadt gefahren?»

«Ja.»

«Wo fand die Besprechung statt?»

Reisinger zeigte auf einen Tisch, der sich auf dem Weg zu den Toiletten befand. «Dort drüben.»

«Saßen Sie die ganze Zeit über zusammen?»

«Ja, bis auf wenige Minuten. Ich musste nochmal hoch ins Büro und die Unterlagen heraussuchen.»

«In dieser Zeit war Imhof allein am Tisch?»

«Ich denke schon.»

«Hat er mit jemand gesprochen?»

«Kann schon sein. Es war viel Betrieb, und er ist hier ja auch nicht unbekannt.»

«Das heißt, er ist öfter bei Ihnen zu Gast?»

«Alle zwei Wochen bestimmt.»

«Kommt er allein oder in Begleitung?»

«Kommt drauf an. Aber meistens hat er jemanden dabei.»

«Jemand Bestimmten?»

«In der Regel Geschäftspartner, und wenn er privat hier ist, auch mal Frauen.»

Heinlein horchte auf. «Kennen Sie diese Frauen?»

«Andrea, seine Schwester», antwortete Reisinger. Dann stockte er. «Und bis vor einem Jahr seine Freundin.»

«Kennen Sie sie?»

«Nur vom Sehen. Er hat sich mit ihr immer an einen der Tische zurückgezogen, die etwas abseits liegen. Er wollte seine Ruhe haben, und ich habe das respektiert.»

«Er hat sie Ihnen also nie vorgestellt?»

«Nein, ich habe da auch nicht nachgefragt. Wenn jemand

ungestört sein will, so wie die beiden, dann hält man sich zurück.»

«Wie ungestört wollten sie denn sein? Schließlich ist hier an manchen Tagen viel los.»

«Das stimmt. Aber zuweilen fällt man in der Masse am wenigsten auf.»

«Hatten Sie diesen Eindruck? Ich meine, dass sie nicht auffallen wollten?»

«Wer will das schon, wenn er verliebt ist.»

«Können Sie diese Frau, seine Freundin, beschreiben?»

Reisinger besann sich. «Das ist lange her. Warten Sie … dunkle Haare, Ende dreißig vielleicht, attraktiv, etwas verträumt, hatte ich den Eindruck.»

Heinlein reichte diese Beschreibung nicht. Er wollte eine glasklare Bestätigung seiner Vermutung. Er zückte sein Handy und rief Sabine im Büro an. «Haben wir ein Bild von Rosie Wilde im Computer?»

«Bisher nicht. Warum?», fragte sie.

«Dann scanne bitte eins ein und schick's mir aufs Handy.»

«Okay. Wird aber etwas dauern, ich …»

«Jetzt», widersprach Heinlein. «Ich warte.» Er klickte das Gespräch weg. Dann wieder zu Reisinger gewandt: «Ist Ihnen der verstorbene Richter Zinnhobel bekannt, oder besser gesagt: war er es?»

Die Frage bewirkte Unwohlsein bei Reisinger. «Ja», antwortete er knapp.

«Ja, und weiter?»

«Ich spreche ungern über meine Gäste.»

«Das trifft besonders auf Zinnhobel zu, nehme ich an?»

«Ein unangenehmer Mensch. Schrecklich laut, und wenn er etwas getrunken hatte, zudem noch ungehalten.»

«Inwiefern?»

«Er war ja bekannt dafür, dass er von Frauen keine hohe Meinung hatte. Er machte keinen Hehl daraus. Gina wollte ihn schon gar nicht mehr bedienen, weil er an allem etwas auszusetzen hatte und andauernd meckerte. Aber er war gut fürs Geschäft, und außerdem verweist man einen Richter nicht einfach so aus der Wirtschaft. Man weiß ja nie, ob man ihn vor Gericht wiedertrifft.»

«Apropos Gericht: Ist Ihnen bekannt, dass Imhofs Schwester auch dort arbeitet?»

«Natürlich, Michael hat mir davon erzählt. Andrea ist ein sehr sensibler Mensch und hatte unter Zinnhobel sehr zu leiden. Das brachte Michael ein ums andere Mal auf die Palme.»

«Haben sich Zinnhobel und Imhof hier bei Ihnen jemals getroffen?»

«Soviel ich weiß nicht.»

«Ihre Angestellten Gina und Miro behaupten Gegenteiliges. Sie glauben die beiden an jenem Sonntag vor der Toilette streiten gehört zu haben.»

Reisinger wand sich bei dieser Vorhaltung in Ausflüchte. «Die hören viel, wenn der Tag lang ist.»

«Auf mich wirkten sie glaubhaft. Aber wir können Miro ja nochmal dazu befragen.»

Nun endlich kam Reisinger aus der Abwehrhaltung. «Kann schon sein, dass sie sich getroffen haben. Aber ich würde das nicht überbewerten.»

«Wieso nehmen Sie Imhof in Schutz? Haben Sie etwas zu verbergen?»

«Himmel, nein. Michael hat eine schwere Zeit hinter sich. Ich möchte einfach nicht, dass er da in was reingezogen wird.»

Heinleins Handy klingelte. Sabines SMS mit dem angehängten Foto von Rosie Wilde war eingetroffen. Er zeigte es Reisinger. «Ist das die Frau, die Sie als Imhofs Freundin bezeichnen?»

Reisinger betrachtete das Bild. «Ja, das ist sie.»

«Sie wissen, was mit ihr passiert ist?»

«Sie ist tot. Michael kommt nicht darüber hinweg. Selbst nach knapp einem Jahr. Er leidet wie ein Hund unter dem Verlust. Eine schreckliche Sache und ein unverständlicher Unfall.»

«Wieso unverständlich?»

«Nicht für mich, aber für Michael. Er hat den Prozess mitverfolgt. Seitdem war Zinnhobel ein rotes Tuch für ihn. Er hat mir alles haargenau erzählt. Das lächerliche Strafmaß, das der Staatsanwalt forderte, die unterschlagenen Zeugenaussagen, das milde Urteil. Dieses Verfahren sei ein Witz gewesen, eine abgekartete Sache, hat Michael geschimpft. Er war nicht davon abzubringen. Und schließlich die unbegreifliche Teilnahmslosigkeit ihres Ehemannes. Also, wenn das meine Frau gewesen wäre, dann hätte ich da mehr Druck gemacht.»

«Sie wussten, dass Rosie Wilde verheiratet war?»

Reisinger war einen Schritt zu weit gegangen. Er wusste mehr, als er zugeben wollte. «Anfänglich nicht», ruderte er zurück. «Michael hat mir später davon erzählt.»

«Zu Beginn unseres Gesprächs wollten Sie Rosie Wilde nicht einmal kennen, und jetzt wissen Sie von der Verhandlung und ihrem Ehemann. Was verheimlichen Sie mir noch?»

«Nichts, das ist alles. Michael hat es mir erst vor kurzem mitgeteilt. Sein Verhältnis mit ihr und diese schreiende Ungerechtigkeit beim Prozess. Er hat ja sonst niemanden, mit dem er reden kann.»

«Was ist mit seiner Schwester Andrea?»

«Sie ist seine jüngere Schwester und wälzt selbst genug Probleme vor sich her. Was er brauchte, war ein Freund. Jemand, der wusste, wie es ist, jemanden zu verlieren.»

«Da hat er in Ihnen einen väterlichen Freund gefunden?»

«Nennen Sie es, wie Sie wollen. Ja, ich habe ihm zugehört,

und ja, ich weiß, wie es sich anfühlt. Ich habe meine erste Frau durch Krebs verloren. Das wünsche ich niemandem. Und dann kommt noch so ein arroganter und versoffener Schnösel und meint, seine Freundin sei selbst schuld, wenn sie ungebremst in einen Laster rast.

Ja, es stimmt. Michael hat den Richter an jenem Sonntag hier im Biergarten gesprochen. Als wir kamen, sah er ihn am Tisch mit ein paar anderen sitzen. Er kochte vor Wut, wollte ihm vor allen Leuten sagen, was für ein Schwein er war. Ich konnte ihn so weit besänftigen, dass er es in der Öffentlichkeit unterließ.»

«Bis Sie ins Büro gingen und die Unterlagen holten.»

«Auf dem Weg zur Toilette musste Zinnhobel an Michael vorbei. Die Chance hat er sich nicht entgehen lassen. Er folgte ihm und stellte ihn zur Rede. Ich konnte von meinem Fenster aus, das über den Toiletten liegt, alles mithören. Wie Zinnhobel es verantworten könnte, fragte er ihn, so ein Urteil zu sprechen. Das grenze an Bestechung.»

«Imhof hat also nicht wegen seiner Schwester mit ihm gestritten?»

«Nein, es ging um den Tod Rosies. Er drängte auf Wiederaufnahme des Verfahrens, aber Zinnhobel hatte nur Spott für ihn übrig. Wenn überhaupt, konnte nur der Ehemann Berufung einlegen. Doch dafür war die Frist längst verstrichen, und Wilde hatte dahingehend auch keine Anstalten gemacht. Er war offensichtlich mit dem Urteil vollauf zufrieden.»

«Hatte Imhof ihm gedroht?»

«Nein.»

«Sagen Sie die Wahrheit!»

«Auf meine Ehre. Michael hat ihm nicht gedroht. Er ließ ihn gehen, und damit war die Sache erledigt.»

«Wie lange haben Sie sich dann noch im Biergarten aufgehalten?»

«Eine halbe Stunde vielleicht. Es hatte auch keinen Sinn

mehr, mit Michael zu sprechen, solange Zinnhobel anwesend war.»

«Was passierte dann?»

«Wir sind zur Veranstaltung nach Eibelstadt zurückgefahren.»

«Das heißt, der Richter blieb noch mindestens so lange, bis Sie gegangen waren?»

«Ja, er saß inmitten seiner Bekannten und amüsierte sich prächtig. Als wir gingen, schickte er uns noch einen Gruß hinterher.»

«Wie reagierte Imhof darauf?»

«Überhaupt nicht. Er war die Ruhe selbst.»

«Haben Sie während der Fahrt mit ihm über seinen Streit mit Zinnhobel gesprochen?»

«Nein, er war wie ausgewechselt. Er redete über die anstehende Messe und die weiteren Gespräche auf der Veranstaltung.»

«Kam Ihnen das nicht seltsam vor?»

«Wieso? Ich war froh, dass er sich wieder gefangen hatte. Es wäre das Letzte gewesen, ihn von meiner Seite aus auf diese vertrackte Geschichte anzusprechen.»

«Hat Imhof die Veranstaltung in Eibelstadt nochmals verlassen?»

«Ich denke nicht.»

«Wie können Sie so sicher sein? Es waren doch um die fünfzig Personen anwesend.»

«Sicher bin ich mir nicht. Aber ich glaube ihn den ganzen Abend über gesehen zu haben.»

«Sie glauben …» Heinlein seufzte. «Ist es Ihnen nie in den Sinn gekommen, dass Imhof mit dem Verschwinden Zinnhobels etwas zu tun haben könnte?»

«Nein, warum auch? Man wusste ja lange nicht, was mit Zinnhobel überhaupt los war. Er hätte wie dieser Richter aus Hamburg einfach verschwinden können. In die Karibik oder nach Thailand, sich austoben. Man kennt das doch zur Genüge aus dem Fernsehen. Zuzutrauen war es ihm.»

«Und als Zinnhobel tot aufgefunden wurde, hat es auch nicht bei Ihnen geklingelt?»

Reisinger wurde unwohl zumute. Er suchte nach Antworten, die er nicht hatte oder nicht geben wollte. «Irgendwie schon, und dann auch wieder nicht. Ja, ich habe Michael darauf angesprochen, aber er hat nur gelacht. Zinnhobel sei Geschichte, und ich solle mir nicht länger den Kopf darüber zerbrechen. Damit war die Sache für mich erledigt.»

«Und als Staatsanwalt Mangel tot aufgefunden wurde, haben Sie noch immer nicht eins und eins zusammengezählt?»

«Mangel, mein Gott. Ich habe zwei Tage gebraucht, um mich überhaupt zu erinnern, wer das ist. Der Prozess war vor einem Jahr.»

«Der Name Frank Wuhlheide sagt Ihnen dann auch nichts.»

«Nein, sollte er?»

«Frank Wuhlheide war der Lastwagenfahrer.»

«Und?»

«Er ist tot. Ist Ihnen klar, dass alle, die an diesem Prozess beteiligt waren, gewaltsam zu Tode gekommen sind?»

Reisinger war sichtlich beeindruckt und geriet ins Nachdenken, bis er schließlich Heinlein widersprechen musste. «Sie irren sich, Herr Kommissar. Rosies Ehemann, Gerald Wilde, ist noch am Leben.»

49

Heinlein brachte den BMW mit einer Vollbremsung zum Stehen. Er hastete zur Tür und betätigte die Klingel. Der Gong kam ihm in diesem Moment länger vor als die Male zuvor. Er hob die Hand, um zu klopfen, da öffnete sich die Tür. Gerald Wildes neue Freundin stand mit nassen Haaren und einem Handtuch vor ihm. «Herr Heinlein», sagte sie überrascht, «was führt Sie zu uns?»

«Ist Ihr Mann, ich meine Gerald Wilde, zu Hause?»

«Nein, er ist auf der Baustelle.»

«Die am Hubland?»

«Ja.»

«Wann haben Sie das letzte Mal mit ihm gesprochen?»

«Heute Morgen beim Frühstück. Wieso fragen Sie?»

Ohne eine Antwort lief Heinlein zum Auto zurück. Er wählte Kilians Nummer. Jetzt musste es schnell gehen. Wie lange dauert das denn noch?, fragte er sich.

«Kilian», hörte er ihn endlich.

«Heinlein hier. Ich bin auf dem Weg zum Hubland, zu Wildes Baustelle. Komm so schnell wie möglich hin.»

«Was gibt es so Dringendes?»

«Erzähl ich dir später. Beeil dich.» Er klickte das Gespräch weg und griff hinter sich in den Fußraum. Die blaue Signalleuchte mit der Magnethalterung war schnell am Dach befestigt und eingeschaltet. Das Blaulicht würde ihm den Weg frei machen.

Mit einem Satz war er auf der Brückenauffahrt, und nach einer schnellen Linkskurve bog er auf die B13 in Richtung

Würzburg ein. Es dauerte nicht lange, bis er den ersten Schmarotzer am Heck kleben hatte. Ein aufgemotzter Toyota mit Frontspoiler und abgedunkelten Seitenscheiben fuhr in seinem Windschatten. Wenn er nur eine Minute Zeit hätte, sagte sich Heinlein, dann würde er dieses Bürschlein aus dem Verkehr ziehen. Doch auch der Toyota-Fahrer wusste, dass er die Zeit dafür nicht hatte.

Beim Ahlandsgrund war die Verfolgungsjagd zu Ende. Heinlein nahm die schmale Straße hinauf, die am Hubland enden würde. Nach zahlreichen Kurven und Hindernissen kam die Baustelle in Sicht. Erst dann nahm er den Fuß vom Gas.

Wo steckte Kilian? Er blickte sich um. Keine Spur von ihm. «Wenn man ihn einmal braucht», schimpfte er, «ist er nicht da.»

Da kam Kilian im gleichen Tempo die Zeppelinstraße hochgerast.

«Was ist los?», fragte er, nachdem er ausgestiegen war.

«Komm mit.» Heinlein erzählte ihm mit hastigen Worten vom Gespräch mit Reisinger, dem Chef des Weinguts Baron. Als sie den Rohbau betraten, dem noch Fenster und Türen fehlten, fragten sie den erstbesten Arbeiter nach Gerald Wilde. Er schickte sie ein Stockwerk höher. Da wollte er ihn vor einer Stunde noch gesehen haben. Dort angekommen, tauchten sie in den ohrenbetäubenden Lärm wild gewordener Schlagbohrer und keifender Winkelschleifer ein. Eine normale Unterhaltung war hier nicht möglich. Heinlein nahm einen Arbeiter zur Seite und brüllte ihm ins Ohr, wo sich Wilde befände. Ein Handzeichen musste genügen. Er wies in Richtung Fensterfront, die sich hinter einer Staubwolke befand. Die beiden Kommissare hielten die Luft an und eilten voran, stets auf der Hut, nicht in herumliegende Werkzeuge zu treten.

Ein Gelbhelm mit blauen Ohrenschützern, der mit einem Bauplan in den Händen am Grat stand, konnte es sein. Heinlein fasste ihn an der Schulter. Als der Mann sich ihm zuwandte, erkannte er, dass es nicht Wilde war. Umgehend deutete er auf die fehlende Schutzausrüstung. Heinlein winkte ab und wies ihn an, ihnen an einen ruhigen Ort zu folgen.

«Wo können wir Gerald Wilde finden?»

«Nicht da.»

«Das sehe ich auch. Wo ist er?»

«Wollte vor über einer Stunde zurück sein. Seitdem hängt alles an mir. Wenn Sie ihn finden, dann richten Sie ihm aus, dass er hier dringend gebraucht wird.»

«Haben Sie es auf seinem Handy schon probiert?»

«Mehrmals. Er geht nicht ran.»

Heinlein notierte die Nummer und verließ mit Kilian das erste Stockwerk Richtung Ausgang. An der frischen Luft klopften sie ihre Kleidung aus. Der Staub kroch nur widerwillig heraus.

«Was macht dich so sicher», fragte Kilian, «dass Wilde das nächste Ziel ist?»

«Das ist nur logisch. Imhof will sich an allen rächen, die an dem Tod Rosie Wildes beteiligt waren. Nach seinem Verständnis handelt es sich jedoch nicht um einen Unfall, sondern um Mord, der von Zinnhobel und Mangel obendrein vertuscht wurde.»

«Hast du einen Beweis für deine Hypothese?»

«Du meinst den Mord an Rosie Wilde?»

«Zum Beispiel.»

«Gerald Wilde und sein Verhalten sind der lebende Beweis, dass er seine Frau vorsätzlich in den Tod geschickt hat. Wenn wir ihn haben, werden wir ihn darauf festnageln. Doch zuvor müssen wir ihn erst mal finden. Ich fürchte, Imhof war schneller. Ruf Sabine an, und gib eine Fahndung nach den beiden raus. Ein Foto Imhofs sollte sie bei der Marktgemeinde Sommerhausen bekommen.»

Kilian griff zum Handy, während Heinlein überlegte, was sie noch tun könnten, um Imhof rechtzeitig auf die Spur zu kommen. Wenn er seiner bisherigen Vorgehensweise treu blieb, dann würde er erst bei Einbruch der Nacht zuschlagen. Bis dahin war noch genügend Zeit. Doch was machte er mit Wilde so lange?

In der Öffentlichkeit konnte er sich nicht mit ihm aufhalten. Er brauchte demzufolge ein Versteck, wo er ungestört den Ausgang des Tages abwarten konnte. Und es musste ein Bildstock in der Nähe sein. Welchen würde er wählen? Im Landkreis Würzburg gab es Hunderte davon. Weitere in den angrenzenden Landkreisen wie Kitzingen oder Mainspessart. Das war eine Suche nach der Nadel im Heuhaufen. So viel Zeit hatten sie nicht.

Welche Legende musste der Bildstock aufweisen, damit er passend für den Ehefrauenmörder Wilde war?

Willibald Kremer konnte eine Antwort darauf wissen.

«Herr Kremer? Heinlein hier», sprach er ins Handy. «Ich brauche dringend Ihre Hilfe.» Heinlein gab ihm die Anforderungen durch, und Kremer versprach sich schnellstens darum zu kümmern. Wie lange er allerdings brauchen würde, konnte er nicht sagen. Heinlein verwies auf die einbrechende Nacht. Das sei die Deadline.

«Was machen wir bis dahin?», fragte Kilian.

Heinlein überlegte. Wo könnten sie einen Hinweis auf den Aufenthaltsort von Imhof erhalten? «Lass uns zu seinem Turm fahren.»

Die letzten Meter ließen sie den Wagen mit ausgeschaltetem Motor rollen und schlichen um den Turm herum. Sie legten das Ohr an Tür und Fenster, doch kein Geräusch wollte die Anwesenheit Imhofs verraten.

«Dann auf die vorschriftsmäßige Tour», sagte Heinlein und zog seine Waffe. Kilian tat es ihm gleich und betätigte den Türklopfer mit dem Löwenkopf.

«Imhof», rief Heinlein gegen die Tür an, «öffnen Sie! Polizei.»

Keine Reaktion, kein Geräusch. Er wiederholte die Aufforderung.

«Scheint ausgeflogen zu sein», mutmaßte Kilian.

Heinlein begab sich kurzerhand zu seinem Wagen, öffnete den Kofferraum und förderte ein Stemmeisen zutage.

«Jetzt auf die brachiale Tour», sagte er und setzte das Eisen zwischen Schloss und Türrahmen. Auf sein Zeichen hin stemmte er sich mit aller Kraft dagegen. Die Tür sprang auf, und Kilian ging mit gestreckter Waffe hinein.

Ein «Sauber» forderte Heinlein wenig später auf, nachzukommen. In der Küche und im angrenzenden Badezimmer war niemand. Heinlein ging zur Treppe, blickte hinauf und ging nach oben. Im nächsten Raum, dem Schlafzimmer, trafen sie auch niemanden an. Das Bett war benutzt, aber schon kalt. Blieb das letzte Zimmer, das Turmzimmer, übrig. Wenn Imhof sich hier oben versteckte, so stand er mit dem Rücken zur Wand. Es gab kein Entkommen. Heinleins Puls beschleunigte sich. Ein kurzer Blick über den Fußboden musste genügen, und er zog den Kopf sofort wieder zurück, als er das Treppenende erreicht hatte.

«Alles klar?», frage Kilian leise.

Heinlein nickte, atmete tief durch und entschloss sich, die letzten Stufen mit Bestimmtheit zu nehmen. Mit entsicherter Waffe blickte er sich in dem Raum um.

In der Mitte stand eine Ledercouch, kreisum an der Wand Regale, die Hunderte von Büchern fassten, davor ein flacher Couchtisch. In der Ecke der Schreibtisch. Das war alles. Hier konnte sich niemand verstecken.

Heinlein steckte die Waffe in das Halfter zurück und betrat den Raum. Er blickte aus dem Fenster hinunter auf die alte Stadtmauer. Kein flüchtender Imhof, auch sonst niemand. Die Gemeinde schien im kollektiven Dornröschenschlaf zu liegen.

«Na, das nenne ich wirklich ein Schatzkästlein», sagte

Kilian bewundernd. «Hier lässt sich's aushalten.» Er schritt die Bücherfront entlang und schaute, wofür sich Imhof interessierte. «*Historische Ortskerne in Mainfranken, Tilman Riemenschneider* und hier: *Geheimnisvolles Würzburg*. Tja, wer hätte das gedacht.»

«Schau mal hier», sagte Heinlein. Er stand am Schreibtisch. Darauf ein gerahmtes Bild von Michael Imhof und Rosie Wilde. «Das schaut nach großer Liebe aus.» Das Bild stand bei Kilians letztem Besuch noch nicht an diesem Ort.

«Jetzt wird's interessant», sagte Kilian und zog ein Buch aus dem Regal. «*Bildstöcke an den Wegen durch Unterfranken.* Und hier noch weitere. *Historische Sühnekreuze, Bildstöcke und Gedenksteine.* Was hat Imhof eigentlich studiert?»

Heinlein hörte nur mit halbem Ohr zu. Er war mit der Schublade des Schreibtisches beschäftigt, die verschlossen war. «Volkskunde, glaube ich.» Er nahm den Brieföffner zur Hand und setzte ihn zwischen Schloss und Halterung an. Ein kurzer, kräftiger Hebel, und das Verschlossene wurde zugänglich. Obenauf erkannte er ein Bild, dessen Motiv er nur zu gut kannte. «Komm rüber. Hier ist, was wir suchen.»

Das Bild zeigte den Bildstock, unter dem Richter Zinnhobel gefunden wurde. Daneben Kopien aus Büchern. Eine davon hatte die Geschichte des Kutschers zum Inhalt, der eine junge Frau mit dem Namen Mathilde auf dem Weg nach Würzburg mit dem Fuhrwerk überrollt hatte. Daran war ein weiteres Bild geheftet. Es zeigte Richter Zinnhobel mit blutüberströmtem Kopf, zusammengekauert in seinem engen Grab.

50

Der Name Rosalinde Wilde war mit goldenen Lettern in den Granitblock gehauen. Er stand nur wenige hundert Meter Luftlinie entfernt auf dem Friedhof der Nikolauskirche in Winterhausen. Die Dämmerung wich der Nacht über der kleinen Gemeinde linksseitig des Mains. Am Himmel hatten sich die Wolken zu einer dicken schwarzen Masse zusammengeballt, die alsbald ihre schwere Last über der ausgezehrten Natur ausschütten würde. Die Luft war feuchtwarm und dick, sodass jede Bewegung Mühe und Schweiß kostete.

Michael Imhof parkte den Wagen auf der Hauptstraße. Er stieg die Stufen zur Nikolauskirche hinauf und begab sich ans Grab seiner Geliebten. Zwischen seinen Fingernägeln war das Blut von Gerald Wilde eingetrocknet, was ihn aber nicht sonderlich störte, da er die Aufdeckung seiner Taten nun nicht mehr fürchtete. Erst wenn alle Welt von den Geschehnissen der letzten Monate erfuhr, würde sein Plan aufgehen, und die Gerechtigkeit wäre wiederhergestellt.

Er hatte sich in den vergangenen Stunden mit seiner Schwester Andrea getroffen. Beim Abendessen nahm er Abschied von ihr, ohne dass sie etwas davon ahnte. Für sie war es ein vertrautes Beisammensein unter Geschwistern, wie Hunderte Male zuvor. Andrea war nun eine erwachsene Frau, die Michael Imhof ins Leben entlassen würde. Er hatte keine Angst um sie und machte sich auch keine Vorwürfe, sie allein zurückzulassen. Irgendwann war bei jedem Menschen der Zeitpunkt gekommen, an dem er sich auf eigene Füße stellen musste. Sein gesamtes Hab und Gut hatte er auf sie überschrieben. Damit sollte sie bequem über die nächsten Jahre kommen und das Leben genießen können. In seinem Testament hatte er ihr die letzten Anweisungen mitgeteilt. Das Grab neben der Familie Wilde war nach der Überschreibung durch den Vorbesitzer für ihn bestimmt, der Stein bestellt und die Inschrift formuliert. *Für meine Rós Fódhla. Sie war liebenswert und schön wie ein irischer Regenbogen*, sollte sie lauten.

Für die Totenmesse, die ein Priester des Neopaganismus halten würde, hatte er ihr keine Vorgaben gemacht. Andrea konnte sie nach ihren eigenen Vorstellungen gestalten. Einzig ein Lied hatte er sich gewünscht. Die *Rose of Tralee* sollte mit einer irischen Flöte gespielt und von einem Mann gesungen werden, den sie vom Mainfrankentheater in Würzburg engagieren konnte. Danach wünschte er sich den Frieden, den er seit dem Tod Rosies nicht mehr hatte.

Nun war es Zeit, seinen letzten Auftrag zu Ende zu führen. Michael Imhof ging auf die Knie und streckte sich nach vorn, sodass er das gesamte Grab mit seinem Körper bedeckte. Auf der vertrockneten Erde liegend, kündigte er die baldige Vereinigung mit seiner Geliebten an.

«Ich liege ausgestreckt auf deinem Grab. Viel zu lange waren wir getrennt. Doch diese Zeit ist nun vorüber. Deine Hände in den meinen, werden wir tanzen und singen, bis uns das Meer verschlingt und in seinen Armen ein Bett bereitet. Ich bin auf dem Weg zu dir.»

Dann küsste er die Erde, erhob sich und verließ den Friedhof ruhigen Schrittes.

Sein Wagen stand noch dort, wo er ihn abgestellt hatte. Niemand schien sich ihm genähert zu haben. Bevor er den Kofferraum öffnete, blickte er sich nochmal um. In Erwartung der bevorstehenden Abkühlung hatten sich die Bewohner in ihre Häuser zurückgezogen. Auf der Straße und hinter den Fenstern war niemand zu sehen, der den letzten Akt noch hätte vereiteln können.

Als der Kofferraumdeckel aufsprang, kam ihm ein Schwall abgestandener, feuchtwarmer Luft entgegen, der sich mit dem Geruch von Blut und Schweiß vermischte. Gerald Wilde lag mit Klebeband geknebelt und gefesselt darin. Er sog die frische Luft wie ein Ertrinkender über die bebenden Nasenflügel ein. Das Blut an seinem Kopf war vertrocknet, die Rohrstange, mit der ihn Imhof bewusstlos geschlagen hatte, lag daneben.

«Hältst du es noch aus?», fragte Imhof.

Wilde schüttelte verzweifelt den Kopf.

«Atme nochmal tief ein. Gleich hast du's geschafft.»

Wilde tat es und verschwand daraufhin wieder unter dem Kofferraumdeckel.

Imhof startete den Wagen. Er versicherte sich mit einem Blick auf die Rückbank, dass er alle benötigten Utensilien beisammenhatte. Dann fuhr er los.

51

Lange hatte Heinlein auf den Anruf Willibald Kremers gewartet. Denn noch immer saßen die beiden Kommissare im Turmzimmer Michael Imhofs zwischen zahlreichen Büchern und Aufzeichnungen aus dem verschlossenen Schreibtisch. Sie suchten nach Hinweisen, wohin Imhof Gerald Wilde bringen würde. Stattdessen förderten sie lediglich Notizen, Bilder und die dazugehörigen Sagen zutage, die die bisherigen Tatorte von Zinnhobel, Mangel und Frank Wuhlheide beschrieben. Nirgends war eine Spur zu finden, die Hinweise auf den nächsten Tatort geben könnte.

Während Heinlein sich ungeduldig anhörte, was Kremer in der kurzen Zeit bis Sonnenuntergang herausgefunden hatte, verlor Kilian allmählich die Geduld.

«Irgendwo muss aber etwas sein», sagte er zu Heinlein, der nur mit einem Ohr zuhörte. Das andere war bei Kremer. «Imhof hat zu allen Morden Aufzeichnungen gemacht. Jede Tat war genauestens vorbereitet, mit Art und Ort des Bildstocks und der entsprechenden Legende, die zum Opfer passte.» Er durchstöberte eine Schachtel mit Altpapier, die neben dem Drucker stand. Auch hier war nichts zu finden.

«Bitte bleiben Sie für mich erreichbar.» Heinlein beendete das Gespräch. Seine Miene versprach nichts Gutes.

«Und, hat er was für uns?», fragte Kilian.

Heinlein verneinte. «Die Anforderungen, die der Bildstock erfüllen muss, sind sehr speziell. Dafür braucht er mehr Zeit und muss andere Archive durchsuchen. Das dauert. Ich schätze, das war's. Wir sind auf uns allein gestellt.»

«Dann werden wir Wilde nicht mehr retten können. Ich habe keinen blassen Schimmer, wo wir noch suchen sollen.»

Heinlein blickte sich im Raum um, der spitz nach oben im Dach endete. Das waren rund fünf Meter. Dazwischen verliefen Querstreben, dicke Balken, die dem Dach Halt verliehen. Gab es dort oben vielleicht ein Geheimversteck?

Denselben Gedanken hatte auch Kilian. Er stellte sich mit Blick nach oben vor ihm hin. «Du oder ich?»

«Das ist ein Job für ein Leichtgewicht.»

«Ich bin froh, dass du das gesagt hast.»

Heinlein verschränkte die Hände, um Kilian eine Räuberleiter zu bauen. Er setzte den Fuß auf und schwang sich mit aller Kraft nach oben. Seine Hände griffen den Querbalken, die Füße holten Schwung, und mit einem wagemutigen Satz brachte er ein Bein auf die Verstrebung. Den Rest des Körpers nachzuholen stellte kein Problem dar.

Er tastete die Balken ab und schaute in die verborgenen Winkel der Holzkonstruktion. «Nichts», sagte er, «hier ist außer Staub und toten Faltern nichts.»

«Wäre auch zu schön gewesen», antwortete Heinlein, «komm wieder runter. Wir müssen hier unten weitersuchen.»

Wieder diente er als Stegleiter. «Hast du alle Bücher durchgeschaut?»

«Ja, und die Regalwand. Hat der Schreibtisch vielleicht ein Geheimfach?»

«Fehlanzeige. Außer den bisherigen Fällen ist hier nichts zu finden.»

«Dann sollten wir uns das Schlafzimmer vornehmen.»

«Gute Idee.»

Sie gingen einen Stock tiefer und machten sich über den Kleiderschrank und das Bett her. Das Zimmer war im Nu auf den Kopf gestellt. Ein Hinweis auf Wildes geplanten Tatort war auch hier nicht zu finden. So blieb nur noch das Erdgeschoss, in dem sich eine kleine Küche, ein Esstisch und eine Duschzelle befanden. Töpfe, Tassen und Teller wurden ausgeräumt, die Duschzelle gründlich untersucht, und selbst der Esstisch mit der Tischdecke wurde auf ein achtlos liegengelassenes Stück Papier hin überprüft. Ergebnislos. Kilian und Heinlein ließen sich erschöpft am Tisch nieder.

«Was jetzt?», fragte Kilian.

Heinlein blickte auf die Uhr. «Es ist Viertel nach zehn. Uns läuft die Zeit davon.»

«Haben wir vielleicht etwas übersehen?»

«Ich denke nicht. Aber lass uns doch noch einmal zusammenfassen, was der Tatort erfüllen muss, damit er für Imhof interessant wird.»

«Ein Bildstock, eine Marter oder ein Kreuz.»

«Dazu eine passende Legende.»

«In das sich das Opfer einbinden lässt.»

«Welche Rolle übernimmt das Opfer in diesem Fall?»

«Er ist ein Betrüger.»

«Ein hinterlistiger obendrein.»

«Er ist ein Ehefrauenmörder.»

«Richtig, ein eifersüchtiger.»

«Eifersucht speist sich aus der verloren geglaubten Zuneigung des Partners.»

«Was in diesem Fall auch zutreffend ist.»

«Wilde wusste von der Affäre seiner Frau.»

«Zumindest ahnte er es.»

«Dann kam neben Eifersucht noch Rache hinzu.»

«Wieso hat er dann nicht den Rivalen getötet? Das wäre doch das Naheliegendste gewesen.»

«Er kannte ihn nicht. Außerdem, wer sagt, dass er sie noch zurückhaben wollte?»

«Deshalb hat er sich auf seine Frau konzentriert, die ihm untreu geworden ist?»

«Einen der beiden hätte er damit sicher ausgeschaltet.»

«Und den Ehebruch dadurch gesühnt.»

«Aber Wilde hat seine Frau verloren. Wäre es andersherum nicht sinnvoller gewesen?»

«Wenn es sich nicht um einen Choleriker handelte, würde ich dir zustimmen. Doch wenn ihn die Wut packt, dann ist er zu allem fähig. Wir haben ihn ja erlebt.»

Kilian rieb sich die müden Augen. «Das reicht nicht. Irgendetwas ist uns entgangen. Ich komme einfach nicht drauf.»

«Dann lass uns nochmal über die Kreuze nachdenken. Bei Zinnhobel hatten wir den Tod dieses Mädchens mit dem Fuhrwerk. Der Kutscher wurde zu unrecht freigesprochen. Mangel fand den Tod über einem Stein, der in Zusammenhang mit einem hinterlistigen Betrug stand. Und Frank Wuhlheide starb in der unmittelbaren Nähe zum Mariannenkreuz, das Heilwasser spendete, aber vom Besitzer der Quelle nur gegen Bares herausgegeben wurde. Er fand den Tod, weil ...»

«Er unbarmherzig war?»

«Wenn es stimmt, was Staatsanwältin Lichtenhagen über die Mangels und Wuhlheides berichtet hat, dann hingen sie in diesem rheinischen Klüngel zusammen. Demnach spielt Habgier eine entscheidende Rolle.»

«Stimmt. Der Besitzer der Heilquelle wurde laut Überlieferung aus diesem Grund getötet. Die Gier nach Geld ging ihm über das Leben eines Kindes. Niedertracht lässt sich auch damit verbinden.»

«So weit, so gut», resümierte Heinlein. «Was fällt uns zu Wilde ein? Niedertracht, ja. Rache, ja. Eifersucht, ja. Was noch?»

In Kilian reifte ein Gedanke. «Wieso konzentrieren wir uns eigentlich nur auf Gerald Wilde?»

«Was meinst du?»

«Es stimmt, dass nach der Logik des Täters ein Bildstock, eine Marter oder Ähnliches zum Opfer, also zu Gerald Wilde, passen muss. Aber Wilde ist der Letzte in der Reihe. Kann es nicht sein, dass zum Abschluss der Fokus auf jemand anderem liegt?»

Heinlein dachte über Kilians Einwand nach. Ja, es stimmte. Sie hatten sich bisher nur auf die einzelnen Stationen der Serientat konzentriert, aber nicht auf den krönenden Abschluss. Imhof wollte die Schuldigen im Zusammenhang mit Rosie Wildes Tod bestrafen. Einen nach dem anderen. Mit Gerald Wilde war er beim letzten, aber auch beim Initiator aus dieser Reihe angekommen. Der Kreis hatte sich geschlossen. Folglich mussten sie an den Anfang zurück. Was war der ausschlaggebende Anlass für die Mordserie gewesen? Der Tod Rosie Wildes, oder nach der Terminologie Michael Imhofs: der Mord an seiner Geliebten, seiner gälischen Rose – die Rós Fódhla.

Heinlein sprang auf. «Komm, ich weiß, wo wir ihn finden.»

52

Die Blitze am Himmel entluden sich in bizarr zuckenden Mustern, die die Erde unter sich für Sekunden erhellten. In der Zwischenzeit, in der die Wolkendecke alles Sternenlicht schluckte, herrschte Dunkelheit. Lediglich die Scheinwerfer der Autos, die auf der Autobahn fuhren, warfen diffuse Lichtkegel in die Nacht. Das Gewitter zog unaufhaltsam näher. Die Abstände zwischen den Blitzen und dem Grollen verkürzten sich. Bald hätte die Natur ein Einsehen und würde den ausgezehrten Boden mit Wasser tränken.

Die Luft schien noch eine Spur wärmer und feuchter zu sein als am Tag, und das Atmen wurde dadurch nicht leichter. Michael Imhof hatte den Wagen auf dem Feld neben der Autobahnabfahrt abgestellt. Das fiel niemandem auf, da das bevorstehende Gewitter die Autofahrer nach Hause trieb. Sintflutartige Regenschauer waren in der Region keine Seltenheit, besonders nicht nach einer derart lang anhaltenden Trockenperiode.

Imhof öffnete den Kofferraum und packte Gerald Wilde unter den Armen. Er schleppte ihn, noch immer mit dem Klebeband an Händen und Füßen gefesselt, zum Steinkreuz, das den Namen Rós Fódhla trug. Dann riss er ihm mit einem Ruck das Klebeband vom Mund. Wilde schnappte verzweifelt nach Luft.

«Verdammt», keuchte er, «willst du mich umbringen?»

Imhof lächelte und antwortete nichts darauf. Er holte aus dem Auto die Gegenstände, die er für die Abschlusszeremonie benötigte – zwei Decken, einen Kanister Benzin, einen

Bund Fackeln und ein Säckchen mit luftdicht eingeschweißten feinen Magnesiumspänen.

Die Fackeln rammte er in die aufgerissene Erde rings um das Steinkreuz und entzündete sie.

«Für ein Lagerfeuer hast du dir einen denkbar ungünstigen Zeitpunkt ausgesucht. In ein paar Minuten zieht das Gewitter über uns hinweg.»

Erneut antwortete Imhof nicht, sondern traf weitere Vorkehrungen. Inmitten des Feuerkreises öffnete er den Benzinkanister und tränkte die beiden Decken damit reichhaltig.

«Bist du verrückt? Ein Funke, und wir brennen wie Zunder.»

Imhof nahm eine Decke und legte sie Wilde über die Schulter, als wollte er ihn damit wärmen.

«Hör auf!», schrie Wilde und versuchte sich dagegen zu wehren. Ein Schlag gegen den Kopf ließ ihn zur Seite auf das Steinkreuz kippen.

Ein Auto, das soeben von der Autobahn abfuhr, verringerte seine Geschwindigkeit beim Anblick des Feuerkreises. Die Insassen sahen einen Mann mit einer Decke um die Schultern, der offenbar betrunken auf der Seite lag, und einen weiteren, der aus einem Sack kreisrund um die beiden eine Art Pulver verstreute. Den Rest behielt er bei sich, nahm eine Decke und setzte sich in die Mitte des Kreises, gegenüber dem anderen Mann.

Imhof blickte auf Gerald Wilde herab, über dessen Stirn sich eine frische Blutspur wand. «Wach auf», sagte er. Als er nicht reagierte, rüttelte er ihn. Wilde kam allmählich zu Bewusstsein.

«Was ist?», stammelte er.

«Weißt du, wer ich bin?», sagte Michael Imhof ruhig.

«Wer … was?»

«Wer ich bin?»

Wilde betrachtete ihn im lodernden Schein der Fackeln.

«Nein, verdammt. Was soll der Scheiß?» Er riss an seinen Fesseln, als dachte er, er könnte sich tatsächlich befreien.

«Ich bin ein toter Mann», sagte Imhof.

«Wenn ich dich in die Finger bekomme, bist du das auf jeden Fall.»

«Du hast mich im Oktober letzten Jahres getötet.»

«Ach ja? Und wie soll ich das gemacht haben?»

Ein Blitz zerriss den Himmel über ihnen, gefolgt von einem heftigen Donnerschlag, als wäre eine Bombe im nahen Randersacker explodiert. Die Druckwelle war deutlich spürbar. Wilde duckte sich unwillkürlich, Imhof blieb die Ruhe selbst.

«Du hast mich in ein Auto ohne Bremsen gesetzt und in den Tod geschickt.»

Damit war der Schalter in Wildes Kopf umgelegt. Er wusste sofort, worum es ging. Giftig zischte er ihn an. «Dann bist du der Drecksack, mit dem meine Rosie gefickt hat?»

Unter der Decke schnellte Imhofs Faust hervor und traf Wilde im Gesicht. «Sprich nicht so von ihr. Ich bin der, den sie geliebt hat.»

Wilde erholte sich von dem Schlag, seine Lippen formten ein hämisches Grinsen. «Zu dumm, dass ich dich erst jetzt kennenlerne. Ich hätte mich gern früher mit dir beschäftigt. Aber mit der hinterlistigen Schlampe hat es nicht die Falsche erwischt.»

Wieder ein Schlag. Dieses Mal härter. Er ließ Wilde zur Seite fallen. «Du fühlst dich stark», sagte er, als er sich wieder erhob, «solange ich gefesselt bin. Mach mich los, und lass uns das unter Männern klären.»

«Es gibt nichts mehr zu klären, nur noch zu beenden.»

Er deutete auf die Decke und die Fackeln. «Mit Benzin? Dann wirst du auch draufgehen.»

«Ich habe nichts mehr zu verlieren. Du hast mir das Wichtigste in meinem Leben genommen. Jetzt heißt es für dich,

Abschied zu nehmen, und für mich, endlich anzukommen. Außerdem würde ich mir an deiner Stelle nicht wegen des Benzins die größten Sorgen machen. Das weiße Pulver um uns herum ist Magnesium. Wenn es nicht bald selbständig an der Luft reagiert, so wird der Regen das übernehmen. Es brennt mit bis zu dreitausend Grad. Wir werden ein weithin sichtbares Zeichen abgeben. Bis in den Weltraum wird das Licht zu sehen sein und bis an den Ort, an dem sich Rosie befindet, scheinen. Und nicht du oder ich werden diese Entscheidung treffen, sondern die Götter. Es ist wie das Entzünden der olympischen Flamme. Ihr Geist wird auf uns übergehen und uns erleuchten.»

Wilde wurde beim Blick auf das weiße Pulver an seiner Seite unruhig. Er rückte ein Stück von der bedrohlichen Linie weg. «Was faselst du da für einen Blödsinn, Mann. Lass uns hier verschwinden. Wir können doch über alles reden.»

Imhof legte die Hand auf das Steinkreuz zu ihrer Seite. «Weißt du, was hier geschrieben steht? Rós Fódhla, meine gälische Rose. Ich war nie im Leben glücklicher als mit ihr. In dieser kurzen Zeit, die uns zur Verfügung stand. Wir beide werden sie heute verewigen. Das ist das Beste, was du in deinem nutzlosen Leben noch für sie tun kannst. Und ich mache es dir leicht. Es ist alles vorbereitet. Der Stein, die Legende, das Opfer. Zeig dich würdig und …»

Ein Auto stoppte mit quietschenden Reifen auf dem Asphalt. Die Türen wurden aufgerissen, und die Kommissare Kilian und Heinlein kamen auf sie zugerannt. Sie ahnten nicht, in welcher Gefahr nicht nur Wilde und Imhof steckten, sondern auch sie selbst. Ein einziger Regentropfen genügte, um das Magnesium und dann das Benzin zu entzünden. Dieser Vorgang würde nicht nur alle blenden, sondern unter Umständen auch eine Explosion herbeiführen.

Kilian ging mutigen Schrittes voran und umkreiste vorsichtig die tödliche Installation. Der Geruch von Benzin entging ihm nicht. «Hol den Feuerlöscher aus dem Wagen», sagte er vorsorglich zu Heinlein.

«Nicht weggehen», rief Wilde ihm verzweifelt hinterher. «Befreien Sie mich von diesem Verrückten.» Er machte Anstalten, sich zu erheben, doch Imhof drückte ihn auf die Erde zurück. In seiner Hand hielt er ein Feuerzeug.

«Ruhig», sagte er, «es ist gleich geschafft. Bitte treten Sie zurück. Ich will niemanden verletzen. Sollten Sie mich jedoch zwingen, dann werde ich die Entscheidung der Götter nicht abwarten.» Ein Klick entzündete eine kleine Flamme. Dabei blickte er in den Himmel, als wolle er die Entscheidung nicht länger hinauszögern.

«Vorsichtig», sagte Kilian. Er hielt sich wohlweislich jenseits des Fackelrings. «Machen Sie das Feuerzeug aus, und lassen Sie sich helfen. Bitte, bevor es zu spät ist.»

Heinlein kam mit einem kleinen Autofeuerlöscher bewaffnet an seine Seite, den Finger bereit am Abzugshebel, um das Aufflammen des Benzins, falls nötig, einzudämmen. «Herr Imhof», sagte er beschwörend, «es ist noch nicht zu spät. Bitte machen Sie das Feuerzeug aus. Rosie hätte das nicht gewollt.»

Stoisch blickte Imhof in den dunklen Nachthimmel, als wollte er damit die Entscheidung erzwingen.

«Das weiße Pulver», schrie Wilde verzweifelt, «ist das gefährlichere Zeug.»

Kilian und Heinlein zeigten sich irritiert. Sie hatten den weißen Ring, der Wilde und Imhof umschloss, übersehen.

«Wieso», fragte Heinlein unsicher, «was ist damit?»

«Das ist Magnesium», schrie Wilde. «Wenn es anfängt zu regnen, sind wir verloren.»

Mit einem Schlag erinnerten sich Kilian und Heinlein ihres Besuchs im Studentenheim am Galgenberg, als sie den selbst gebastelten, menschenähnlichen Ballon in Augenschein genommen hatten. Ihr Kollege Randstadt von der

Spurensicherung hatte ihnen von der leichten Entzündbarkeit des Magnesiums berichtet.

«Mist», presste Kilian heraus, «wie löscht man dieses Zeug?»

Heinlein zuckte die Schultern. «Keine Ahnung. Notfalls mit dem Feuerlöscher.» Er zog die Schlaufe aus der Patrone. Nun war sie scharf. Er brauchte nur noch abzudrücken, und der Inhalt würde das Feuer ersticken. Was er nicht wusste: Einen Magnesiumbrand konnte man nur mit geeigneten Löschmitteln ersticken. Das, was er da in der Hand hielt, war ein handelsüblicher Feuerlöscher für die Brandklassen A, B und C, also für feste oder flüssige Brandherde. Dieses Brandschutzmittel würde, wenn es mit brennendem Magnesium in Kontakt käme, den Brand zusätzlich anheizen.

In die gespannte Stille hinein knisterte ein verdampfender Regentropfen, der auf eine der Fackeln gefallen war. Erschreckt starrten Wilde, Heinlein und Kilian auf die Fackel.

Imhof hingegen lächelte zufrieden und ließ den Daumen vom Feuerzeug gleiten, sodass die Flamme erlosch. Er nahm das noch immer halbgefüllte Säckchen Magnesium und drückte es fest an sich. Wie geplant, fällten die Götter die Entscheidung, und nicht er. Ein Blitz, der die Nacht über ihnen aufriss, und ein kurz darauf folgender ohrenbetäubender Donnerschlag sprengten die schweren Wolken.

Jetzt oder nie, sagte sich Kilian. Im Wettlauf mit den knisternden Regentropfen um ihn herum sprang er in den inneren Kreis. Zu spät. Ein Tropfen hatte die Magnesiumlinie entzündet. Es zischte und rauchte, und binnen eines Augenblicks reagierte das Magnesium vollständig in einem unwirklichen, gleißenden Licht, das alle blendete. Kilian sah von einem Moment auf den anderen nichts mehr und stürzte zu Boden. Nicht anders erging es Heinlein. Dieser weiße Blitz schien sich durch seine Augen direkt ins Gehirn zu schweißen. Selbst als er die Augen schloss, gab es nur noch dieses unbeschreiblich helle, alles auslöschende Weiß. Er spürte, wie er den Arm mit dem Feuerlöscher hob und den Abzug betätigte.

In die Fontäne des Löschmittels hinein gab es eine Verpuffung, einen dröhnenden Knall, der alles Leben um sie herum auszulöschen schien. Dann hörte er einen Aufschrei, der in unkontrollierbares Kreischen überging und sich schnell entfernte.

«Kilian?!», rief Heinlein, blind und mit bloßer Verzweiflung.

Er kroch spontan in Richtung des Feuerherdes, doch er musste stoppen, als er in die Flammen griff.

Auf der Straße hörte er einen Wagen bremsen. Dann einen dumpfen Aufprall, und kurz darauf schlug ein Körper ein paar Meter entfernt auf den harten Feldboden auf, wo er leblos die Böschung hinunterrutschte.

«Kilian!», schrie Heinlein.

Während er auf dem Rücken lag, prasselte heftig einsetzender Regen auf sein Gesicht. Um ihn herum weitere Verpuffungen. Das Magnesium hätte keine bessere Nahrung bekommen können.

53

Es brannte wie Feuer in den Augen. Das gleißende Weiß war einem grieseligen Grau gewichen, das von farbenprächtigen Schlieren durchzogen war. Noch immer konnte Heinlein nicht sehen, was um ihn herum geschah. Nachdem er kurzzeitig dahingedämmert war, hatte er die nahenden Rettungsfahrzeuge nur am Martinshorn erkennen können. Es mussten mindestens vier oder fünf sein, die über die Autobahn zum Einsatzort gerufen worden waren. Sie hatten vermutlich auch die Feuerwehren alarmiert, die nun versuchten, im strömenden Regen das reagierende Magnesium mit dem richtigen Löschmittel unter Kontrolle zu bringen. Solange diese Sisyphusarbeit nicht abgeschlossen war, konnten sich die Sanitäter nicht um die Opfer kümmern.

Heinlein lag noch immer auf dem Boden, Regenwasser floss ihm in die Ohren. Er wollte sich erheben und nach Kilian schauen, aber etwas an seinem Bein hinderte ihn daran. Es war seltsam gefühllos und gehorchte ihm nicht mehr. Mühsam zog er sich an den Händen durch den Schlamm. Aus der Ferne hörte er Stimmen rufen. Sie klangen eindringlich, drohend, unverständlich.

Sie kümmerten ihn nicht. Er musste Kilian finden. Wo hatte er ihn das letzte Mal gesehen? Er war auf dem Sprung gewesen, hinüber zu Wilde und Imhof, direkt ins Zentrum des Feuers.

«Kilian!», rief er wie erstickt.

Seine Finger krallten sich in die Bodenspalten, die sich inzwischen mit Wasser gefüllt hatten, und er zog sich weiter.

Wieder schrien die Stimmen auf ihn ein. Jetzt verstand er sie. «Halt, nicht weiter.»

Er hörte nicht darauf. Jetzt konnte er etwas fassen. Es fühlte sich weich, aber auch starr und zerbrechlich an. Was war das? Das musste Kilian sein. Er griff beherzt zu.

«Komm mit», sagte er bestimmt und setzte die verbliebene Kraft ein, um ihn aus der Gefahrenzone zu ziehen. Etwas fiel zu Boden. Er hörte es ins Wasser klatschen. Das, was er in der Hand hielt, fiel mit um.

«Kilian, bist du das?»

Keine Antwort.

«Sag was. Ich kann dich nicht sehen.»

Im prasselnden Regen hörte er etwas, das gegen einen Stein schlug. Etwas aus Metall.

«Greifen Sie die Stange», schrie jemand.

«Wo ist Kilian?», rief er zurück.

Ein Donnergrollen erstickte die mögliche Antwort. Das Gewitter war nicht mehr direkt über ihnen, sondern war etwas weitergezogen.

Heinlein griff um sich. Da war es wieder, dieses Weiche und gleichsam Erstarrte. Jetzt konnte er es riechen. Es roch nach Benzin und Verbranntem. Das musste er sein. Kein Zweifel. Mit letzter Kraft packte er zu und zog, so gut er nur konnte.

Ein dumpfer Laut, so, als wäre etwas aus einer Verankerung gesprungen, und ein Ratsch, wie wenn verrotteter Stoff riss.

«Mein Gott», hörte er jemanden rufen, «er zerrt an der Leiche.»

Eine weitere: «Machen Sie doch endlich was.»

Daraufhin hörte Heinlein schnell näher kommende Schritte. Dann zwei behandschuhte Hände, die nach Chemie und Rauch rochen. Sie packten fest und entschlossen zu und zogen ihn weg.

«Nein», schrie Heinlein. «Retten Sie Kilian.»

Doch der Mann wollte nicht hören. Er ließ erst locker, als sie einen Krankenwagen erreicht hatten. Er spürte weitere Hände, die seine Kleidungsstücke aufschnitten und etwas auf die Haut legten.

«Hören Sie mich?», sprach ihn jemand an.

«Ja», antwortete Heinlein. «Wo ist Kilian?»

«Wer?»

«Mein Kollege.»

Eine Pause entstand. «Ich weiß nicht», antwortete die Stimme schließlich.

«Er muss irgendwo liegen. Suchen Sie ihn.»

«Das ist unmöglich. Hier brennt es noch überall. Viel zu gefährlich.»

Heinlein bäumte sich auf. Er starrte blind in die Nacht und erhob seine Stimme. «Ich befehle es Ihnen.»

Vier Hände drückten ihn zurück. «Beruhigen Sie sich. Die Kollegen kümmern sich darum.»

«Dann lebt er noch?»

«Ich weiß es nicht. Dort am Feuer sitzt ein vollkommen verkohlter Körper, und im Straßengraben liegt noch jemand.»

«Das muss er sein.»

«Schluss jetzt!», befahl eine andere Stimme. «Bringen Sie ihn endlich ins Krankenhaus.»

«Warten Sie», bat Heinlein.

«Nein, jede Sekunde zählt.» Dann zu den anderen: «Ab mit ihm.»

Die Trage, auf der Heinlein lag, wurde hochgehoben und auf die Schienen gesetzt. Bevor er im Bauch des Krankenwagens verschwand, drang ein Laut an sein Ohr, den er nicht kannte, der ihm aber durch die zahlreichen Beschreibungen der letzten Tage vertraut war. Er kam von der Stelle, wo sich das Steinkreuz mit der Aufschrift Rós Fódhla befinden musste.

Es klang nach einem Weinen, dem Wehklagen einer Frau.
«Was ist denn das?», hörte er jemanden erstaunt fragen.
Heinlein blickte auf. Auf seinem Gesicht spiegelte sich eine Gestalt, die heller strahlte als jede Sonne.

Epilog

Die Sage von Rós Fódhla – Tod und Auferstehung der Weißen Frau.

Auf der Straße von Eibelstadt nach Randersacker ereignete sich einst ein schrecklicher Mord. Die schöne und liebenswerte Rosie Wilde wurde von ihrem eifersüchtigen Ehemann hinterrücks in den Tod geschickt. Er hatte das Fahrzeug manipuliert, das sie in die Arme ihres Geliebten hätte bringen sollen. Im darauffolgenden Prozess hatten sich der Staatsanwalt und der Richter auf die Seite des Ehemanns geschlagen und den Mann, der an ihrem Tod mitschuldig war, vor einer Strafe bewahrt.

Dieses Unrecht ließ ihren Geliebten nicht länger ruhen, bis die Gerechtigkeit wiederhergestellt war. Er suchte die Täter einen nach dem anderen auf und führte sie ihrer gerechten Strafe zu. Der eine starb unter der Last seiner verräterischen Familie, der Richter am Ort eines Fehlurteils, und der Staatsanwalt verbüßte seine Strafe im Zeichen des Betrugs. Der Ehemann, von dem all das Übel ausgegangen war, sollte zuletzt sterben. Für ihn hatte sich der Geliebte etwas Besonderes ausgedacht. Er war ein Ungläubiger, der das Erbe seiner Frau nicht achtete. Sie war wie ihre Großmutter eine besondere Frau gewesen, eine Weiße Frau, die den Tod ankündigt. Er wird sie noch einmal treffen, bevor er im Glanz des Lichts vergeht …

Mein Dank gilt

Dr. Thomas Tatschner vom Gerichtsmedizinischen Institut der Universität Würzburg für die stets aufschlussreichen Informationen und Hans Strecker von der Kripo Würzburg – beides Männer am Grat zwischen Leben und Tod, Unfall und Mord, Lüge und Beweis.

Blanka, wie immer, für ihre Kritik und Unterstützung.

Schließlich danke ich Madonna für ihr Video *Frozen*, das meine Inspiration für diesen Fall war.

Ein Gruß geht an alle Leser und Rezensenten, die Zeit und Mühe auf sich nehmen, um mir ihre Aufmerksamkeit zu schenken.

Ich freue mich auf Ihre Nachricht unter www.roman-rausch.info

B 120/3

Roman Rausch bei rororo

**«Ein neuer Tatort oder gar ein Schimanski?
Kilian braucht den Vergleich nicht zu scheuen.»**
Bayerischer Rundfunk

Die Kilian-Krimis:

Tiepolos Fehler
Kommissar Kilian ermittelt
rororo 23486
«Für Krimifreunde ein Genuss. Und für Würzburg ein echter Glücksfall.» Bayernkurier

Wolfs Brut
Ein Fall für Kommissar Kilian
rororo 23651

Die Zeit ist nahe
Kommissar Kilians dritter Fall
rororo 23837
Mord in Würzburg, Aufruhr im Vatikan.

Der Gesang der Hölle
Kommissar Kilians vierter Fall
rororo 23890

Der Bastard
Kommissar Kilian bekommt Konkurrenz
Mit Blanka Stipetic
Kilian stößt während des Afrika-Festivals in ein Wespennest aus Heuchelei, Intrigen und Verrat.

Die Levy-Thriller:

Und ewig seid ihr mein
rororo 24106
Profiler Levy jagt einen Serienkiller.

Code Freebird
rororo 24395
Ein Bombenanschlag erschüttert Hamburg.

rororo 24495

Weitere Informationen in der Rowohlt Revue *oder unter* www.rororo.de